愛妻請賜罪 1

文創風 628

沐顏 著

目錄

序

沐顏

小河流淌，青山環繞，山路崎嶇，晨光萬丈，雲霧裊裊，這便是我從小生活的地方，也是書中船山所在地。

四季如春的雲南，夏季孩子們會在清澈見底的小河裡像魚兒一般游泳嬉鬧，拿著撮箕捉魚。

婦人們忙完地裡活兒，成群結隊揹著全家人的髒衣服來到河邊，邊說話，邊聊天、洗衣服床單，到處充滿歡聲笑語。

男人們揮灑著汗水，揮著鋤頭，挖著地裡的雜草，鋤頭碰觸到石頭，發出清脆的聲響。

老人們坐在屋簷下，有的下象棋，有的抽著山煙，有的編製背簍簸箕。

冬天，河畔黃色的油菜花組成一條長龍，順著河流蜿蜒而下，美不勝收。

地裡流著汗幹活的莊稼人，割豬草順便追野兔子的孩童，每一樣都是滿滿的回憶。

人一生中有些記憶會壓抑在心底，成為回憶，釋放是最好的結果。

將自己的苦與樂灌注在筆尖，與紙筆相依相伴，書中的一些故事，根據我個人經歷和身邊人的故事改編。

有人說，每本書裡都會有作者自己的影子，這一點，我挺贊同。靈感源自生活，每個作者生活經歷不同，寫出的故事便不同。

剛開始，寫這本書時，投稿好幾次都沒有通過，後來編輯好友告訴我，小說雖是虛擬，但也源自生活，何不把自己記憶中美好的東西寫出來，這些話令我茅塞頓開，便有了書中船山這個情景和左鄰右舍的鄰居故事，為整本書潤色不少，多了幾分接地氣。

我沒想到這本書能得到上天的格外喜愛，編輯好友有一天突然告訴我這本書會被臺灣出版社印製成繁體版。

我毫不猶豫答應出版這本書，因為很多朋友告知，臺灣讀者都很善良，很可愛，能得到他們喜愛，就是對作者的一種認同。

這對於我來說，身心都得到了極大的滿足，這才是我創作的樂趣。

一本故事，交一位良友，希望往後，能有更多作品能與臺灣讀者見面。

第一章

大夏王朝，五月下旬。

晌午的天空一片暗沈。

顧清婉挺著大肚子站在大門口翹首眺望，秀氣的眉微微蹙起，一雙明亮清澈的大眼裡滿是擔憂。

昨兒縣裡趕集，村子裡有人說見到了相公，見他騎著高頭白馬，一身大紅狀元袍，頭戴宮花，威風凜凜。前有點頭哈腰相迎的縣官，後有肅穆威武護送的侍衛。

若只有一個人說，或許她還會帶著幾分懷疑，但平時見她如見到瘟疫一樣避之唯恐不及的人，昨兒趕集回來竟主動與她攀談道賀。

傍晚時分，縣衙又來了官差，說相公正在縣衙與縣官老爺談公事，今兒方才歸家，她才相信這是真的，她的相公中了狀元！

相公離家時他們的孩子才懷上一月，如今相公中了狀元歸來，孩子臨盆在即，真是雙喜臨門！

顧清婉看了看烏雲密布的天空，半是歡喜，半是擔憂，擔心相公走到半路會淋雨，想著要不要帶上蓑衣去接他，念頭未落，肚子突然傳來陣痛。

她扒在門邊，面色蒼白，陣痛越來越厲害，雙手緊緊抓著門板，指節發白，下體湧出一股溫熱的液體，她明白這是要生了！

忍著疼痛，弓著身一步一步緩緩朝屋裡走，費了很大力氣才走到門口，痛得她已經汗如雨下，鬢角的髮絲貼在臉頰上。

肚子傳來的疼痛令她眼神時而渙散時而清明，這才剛開始，便如此疼痛，不知道要何時才能熬過這生產之痛？

使盡渾身力氣才把有些沈的木門推開，前腳跨過門檻，因為肚子突然加強的疼痛使然，令她後腳沒有力氣抬起而被絆倒，整個身子不聽使喚地朝前方撲去。

她現在唯一的念頭就是不能摔到肚子，因而沒有注意到不寬敞的屋子中央擺放的斷腿木桌，「砰」的一聲，木桌被撞翻，木桌上的李子也跟著灑落一地。

這是相公昨兒讓人一併捎來的，她吃了幾顆，剩下的準備等著相公回來吃，現在都被自己不小心弄灑，相公回來會不會罵她？

相公沒有進京考狀元前，稍微有點不順便會對她非打即罵，長期以來的打罵，令她心生恐懼……

撞翻斷腿木桌，整個人雙手落地撐著沈重的身子。

顧不得手掌和肚子傳來的疼痛，趕忙爬著去撿灑落一地的李子。

只不過肚子太痛，才撿起身旁的兩顆，她整個人痛得倒在地上，按著肚子翻動，堅強如她，也被疼痛折磨得忍不住叫出聲。「啊——」

「轟——」一道閃電劃過長空，將昏暗的屋子裡映射得恍若明燈照耀，一閃即逝，閃電過後，是震破蒼穹的雷鳴。

這麼一小會兒功夫，外面天色更加暗沈，樹木隨著呼嘯的大風吹得東倒西歪，如同惡魔一般張牙舞爪，雷鳴聲混合著顧清婉的叫聲，給人一種淒厲感。

「啊——」又是一聲慘烈的叫聲，皮肉撕裂的疼痛自腿間傳來，顧清婉渾身汗如雨下，衣褲早已濕透，緊緊貼在皮膚上，她忍著疼痛，緩緩地爬向床，目光渙散地看向床頭的繡籃裡。

繡籃裡放著一隻繡了一半老虎頭的嬰孩小鞋、針線，和一把鋒利的剪刀。

爬到床前，她努力撐著身子，伸出顫抖的手摸向剪刀，當拿到剪刀時，她神情微微鬆了一些，旋即整個人如同虛脫一般坐在冰涼的地上，倚靠在床前。

顫抖著手撩開微長的衣襬，看向打了活結的褲帶，輕輕一拉，腰帶解開。

感覺到下體越來越痛，她越發焦急，忍著痛握緊剪刀對準褲腰，「哧嚓哧嚓」地隨著她手上的動作，褲襠被剪破，露出裡面被血水浸染成紅色的褻褲。

腿間撕裂的感覺再次傳來，偏頭一口咬緊床單，嘴裡發出「嗚嗚」聲，似野獸夜啼哀鳴。額頭和臉頰上全是汗水，想到即將出世的寶寶，好似所有的痛都沒那麼痛了，提著一口氣剪破褻褲，腿間一涼，一陣冒著熱氣的血腥味瀰漫開來，襲到鼻尖。

這簡單的動作，卻已經用盡她渾身力氣，肚子和下體傳來的疼痛令她大叫一聲，外面閃電雷鳴，雷雨交加，掩蓋住她淒厲的叫聲。

一滴汗水滴進眼裡，眼睛被鹹鹹的汗水迷了眼，正想擦拭，門口陡然一暗，一道身影出現在門口。

顧清婉側目，看清來人，滿臉的痛苦和委屈盡數化作滿腔柔情。「相公。」

陸仁身著滴水的蓑衣，蓑帽已經被他解下捏在手中，俊秀的眉宇此刻卻帶著些許戾氣，打量完屋裡的情況，他毫不掩飾內心的厭惡。「掃把星就是掃把星，連個穩婆都找不來。」

「相公，你……？」顧清婉無法相信相公會說出這樣的話，以前就算打罵也不會說她是掃把星，村人喊她掃把星，相公還去與人拚命，她不敢相信這是真的，還以為自己只是生產時太痛，出現了幻聽。

「不過，沒有穩婆更好。」陸仁好似沒有瞧見顧清婉臉上的不可置信，將蓑帽扔在一旁，緩緩去解蓑衣。

「啊！」顧清婉腿間傳來撕裂皮肉的疼痛，此刻神思恍惚，一個沒忍住叫出聲，趕忙抓起垂吊在床側的床帳咬在嘴裡，怕相公不悅。

陸仁對這叫聲毫無感覺，解下蓑衣，一步一步地朝顧清婉走去，她以為他是來抱她上床，忽略了他眼底的狠色，努力撐起身子，想讓他抱她時輕鬆一些，可他——

顧清婉傻眼了，她看到相公陰惻惻的笑容，仍舊不相信，以為只是幻覺。

陸仁拿起剪刀，也不嫌棄上面的血跡，蹲在顧清婉前面看著她。興許是因為生產的關係，她的臉色極其蒼白，秀氣的眉心緊皺，散亂的青絲貼在臉頰和汗水淋漓的脖頸上，衣裳上有不少灰塵。

不用想也知道，她定是疼得在地上打滾，外褲和褻褲都被她用剪刀剪破，露出曾經令他日夜銷魂的神秘幽地。

只不過……如今，看起來噁心得令他想吐。

「相公？」顧清婉不明白相公為何這樣盯著她看，她被看得背脊發涼，但直覺令她想要朝後退。

只是身後是土床，退無可退。

「昨日的李子好吃嗎？」陸仁冷冷地看著顧清婉的小動作，也不阻止她。

顧清婉不明白相公為何有此一問，她只覺得今日的相公好陌生，以前他雖然對她非打即罵，卻從來不會露出這些表情，她好害怕。

「妳不回答，我也知道妳吃了，如若不然，妳現在恐怕已經生下孩子。」

「轟——」又是一道閃電雷鳴劃破長空，外面雨勢越來越大，閃電照得陸仁此刻的樣子如同惡魔，顧清婉看著他的嘴一張一合，如遭雷擊，腦中似有什麼東西斷裂一般，她呆呆地看向他。「李子你動了手腳對不對？」

「和妳成親三載，第一次見妳這麼聰明。」陸仁輕笑一聲，說不出的嘲諷。

這是承認了？她完全不敢相信這是真的，也就是說他今日不是來接她，而是要置她於死地？她一頭霧水，要知道，腹中的孩子是他的親骨肉，可他竟然在李子上動手腳，準備讓她胎死腹中，一屍兩命？

陸仁看著顧清婉難以置信的表情，冷哼一聲。「如果不是被逼無奈，我當初就不會娶妳這個掃把星，妳這天煞孤星的命，要不是我命硬，就會和妳爹、娘、幼弟一樣被妳剋死。」

「不……不是……我不是掃把星，不是天煞孤星，爹、娘和言哥兒不是被我剋死的，不是，不是……」被陸仁撕開內心的最痛，顧清婉痛得撕心裂肺地哀號，淚眼矇矓地看著面目可憎的陸仁。「如果我是掃把星，你怎麼可能考得上狀元？我不是，不是掃把星！」

「和妳說話簡直就是對牛彈琴，此刻多說一句話都覺得反胃，妳今日的結局只有一樣，那就是……死。」陸仁扭曲的面孔在閃電的映射下變得格外陰森恐怖，如同地獄勾魂的惡鬼，嘴裡說著無情的話，手上舉起散發著寒意的剪刀，朝著顧清婉的肚子刺去。

「不……」

閃電雷鳴伴隨著淒厲的慘叫，外面傾盆大雨連成線，好似老天都能感受到人間有一場悲劇上演，在替這可憐的人慟哭。

屋子裡充斥著一股令人作嘔的血腥味。

顧清婉躺在血泊中，怔怔地看著陸仁揮動閃著寒光的剪刀，一點一點地破開她的肚皮，開膛破肚的傷口，不及椎心蝕骨的心痛，她聽到心弦斷裂的聲響。

顧清婉只剩下最後一口氣，聽著自己孩子嘹亮的啼哭，那是世間最美的聲音。

隨著鮮血慢慢流失，她的生命漸漸枯萎，她艱難地動了動嘴唇，發出細若蚊蚋的聲音。

「為什麼？」

臨死前，她只想知道這到底是為什麼？他竟如此滅絕人性。

「殺了妳，除掉這個孽種，我才能成為人上人。」猙獰扭曲的面孔，咬牙切齒的聲音，他居高臨下，一手提著剛剛從肚子裡剖出來的血淋淋嬰兒，一手拿著滴血的剪刀，如同惡魔。

她努力睜開渙散的雙眸，想要看孩子一眼，便聽到他惡魔般的聲音響起。「你們母子一起死吧！」

她想要開口求饒，替剛出生的孩兒爭取活下去的機會，但她動了動嘴唇，一個音也發不出來，臨死前眼睜睜看著他舉起孩子，用力地砸向堅硬的牆。

好你個陸仁，你等著，我顧清婉死後定化成那萬年不遇的厲鬼，永生永世纏著你，為我死去的孩兒討回公道！

既然這輩子不得善終，我顧清婉若有來生，定要將那些負我之人打入萬劫不復之地！

「小婉，小婉……」

迷迷糊糊間，顧清婉聽見一道熟悉且溫柔的聲音呼喚自己。

「小婉，丫頭，快醒醒，妳這是怎麼了？」聲音仍在繼續，語氣裡帶著幾分擔憂。

這久違熟悉的聲音充滿溫暖，暖了顧清婉的心，她從迷惘中睜開雙眼，從朦朦朧朧到清晰，只花了須臾。

當看到坐在床前的婦人一臉擔憂地看著自己，她以為是死後看到生前最留戀的人，伸出手去撫摸婦人的臉，嘴裡輕喊道：「娘。」

聲音裡帶著濃濃的哭音、濃濃的思念……

「小婉，娘在這兒。」似是感受到顧清婉的情緒波動，婦人伸手將顧清婉抱進懷裡，拍背安撫。「是不是作噩夢了？」

顧清婉靠在婦人肩膀慟哭，聽見婦人聲音，這才扯起蓋在身上的被單一角，擦了把眼淚，窗戶破損的油紙縫隙裡，射進金色的陽光灑在她身上，有些刺眼，但是好溫暖。

屋子裡有淺淺輕輕的沙沙聲，如同下雨一般，她側目望去，蠶架上一層擱著一簸箕，有六層，聲音是從簸箕裡面發出來的，其中有兩個簸箕口被老鼠咬了豁口。

還有牆角的老鼠洞堵上不久，還能見到濕濕的土灰。牆壁上糊的幾張年畫已經褪色，這種種都在告訴她——她看到的一切是她十四歲時的生活環境，她有些茫然，不敢相信她重生了！

難道是老天爺見她死得太慘，就開了眼，讓她回來報仇雪恨？

顧清婉的樣子有些呆呆的，眼神裡寫滿迷茫、震驚、不解……各種複雜情緒，這樣的她令婦人有些擔憂，伸手輕抓住她纖細的胳膊輕輕搖晃。「小婉，妳這是怎麼了？別讓娘擔心好嗎？」

婦人手心的溫暖滲透進她的肌膚裡，令她身子忍不住一顫，一把撲進婦人懷中，抱著婦人哭起來。「娘，我作了一個好可怕的噩夢，我好怕！」她確信自己重生了，娘身上的味道還是如往昔那般熟悉，那般令她安心。

「別怕，別怕，只是噩夢，噩夢都是反的。」顧母拍著女兒的背溫聲安撫，語氣裡說不盡的溫柔、道不盡的寵溺。

「娘，你們好壞，我夢到爹、娘和言哥兒都不理我，我一個人沒飯吃、沒人疼，還被人欺負。」顧清婉趴在顧母懷中哭得傷心不已，嘴裡數落著、哭著，為了不嚇到她娘，她不得不說謊。

「爹、娘和言哥兒永遠都不會丟下妳，夢是相反的，別怕，別哭。」自家女兒一直都很黏自己，顧母清楚，作這樣的夢定是嚇壞了，想著是不是待會兒看看老母雞下蛋了沒有，給女兒煮個蛋吃，壓壓驚。

「娘，爹呢？言哥兒呢？」她醒來這麼一會兒，都沒見到他爹顧愷之，幼弟顧清言。

「今日妳貴叔風濕病又犯了，妳爹在東房給他針灸。言哥兒昨日和妳一起去採藥，從陡坡上摔下來，這會兒還沒醒呢。」說到兒子，顧母眉間全是擔憂。

原來她重生到了及笄前三個月，她記得前世言哥兒摔下陡坡，回家後昏迷好幾天，從此再也沒有醒來，爹、娘傷心得一夜之間白髮蒼蒼。

過沒多久，爹爹醫死了人，被抓去縣衙，受不住刑罰死在牢裡，娘聽說以後，一路哭著去縣衙接回爹，將爹下葬過沒幾天，娘便上吊自殺，就死在堂屋門口。

想到前世的不幸，顧清婉痛徹心腑。

她不要，堅決不要前世的不幸再次降臨，她再也不要背負掃把星的名字過日子，這一世，說什麼，她都要爹、娘和幼弟平平安安。

就算是命運，她也要與命運爭一爭，哪怕神擋殺神，佛擋弒佛，誰也不能阻擋她一家平安活下去的心願！

心裡暗自起誓，顧清婉已經下床，靸上布鞋朝言哥兒住的西北房奔去，只是膝蓋有傷，痛得她發出「嘶嘶」聲，卻沒有停下來，一瘸一拐地走著。

「妳昨兒也摔了跟頭，身上還有傷，這是要去哪兒？」顧母見女兒心急火燎的樣子，怪責之餘又有些心疼。

顧清婉頭也不回地回了一句。「看看言哥兒。」

西北房裡陽光充裕，將屋裡照射得極明亮，因窗戶開著的關係，空氣清新宜人，瀰漫著窗臺上放置的海棠花香味。

顧清婉穿過外間，依著前世記憶走進裡間，只見言哥兒安靜地躺在木床上，眼睛睜得圓圓的，看起來有些茫然。

「言哥兒你醒了？」顧清婉走到床前，看著醒來的言哥兒有些不敢相信，難道是因為自己重生，家人的命運也跟著改寫？她可是記得前世言哥兒回來躺了幾天後就去了。

「妳是誰？」顧清言淡漠疏離的聲音響起，帶著幾分嘶啞。

「你……你等等，我去叫爹、娘。」顧清婉不敢相信這是真的，第一反應便是叫爹、娘來，她一瘸一拐走到裡間門口，放開嗓子便喊。「爹，娘，言哥兒醒了。」

喊完聽到顧母應聲，她才折回床前，趕忙端起一旁桌上的涼白開，坐到床頭去扶言哥兒起來喝水。

顧清言順從地喝下水，才看向眼前陌生親切的少女，他從她眼底看到了溫柔、關心，還有歉意。

溫柔、關心，他都懂，但歉意從何而來？

第二章

「言哥兒，對不起，昨日姊姊不該讓你揹那麼多東西。」顧清婉已經回憶起一切，她和言哥兒一起去採藥，還採了不少野菜，又採了一些桑葉，東西太多，言哥兒也就分擔得多，偏偏前些天下雨，山高路滑，又是斜坡路，言哥兒腳底打滑，就從陡坡上摔下來。

顧清言搖頭，正準備說話，外間顧母帶著喜意的聲音響起。「言哥兒，你醒了？」人未至聲先到。

「娘，言哥兒不但醒了，精氣神看起來還不錯。」顧清婉溫柔地笑著，看著自己失而復得的幼弟，心裡感到陣陣幸福和滿足，難道這一世，老天爺真的是給她補償？但同時又有幾分擔心，擔心這一切只是一場夢，等她一覺醒來，已身在地獄深淵。

「是嗎？我看看。」只見門口人影晃動，顧母一身藍色衣褲，繫著圍腰布，人已經走進裡間，臉上喜色怎麼都掩飾不住。

兒子女兒都平安無事，等會兒要去拜拜，謝謝保佑！

「娘要是不信，我再給言哥兒把把脈。」顧清婉說著，輕輕拉過顧清言的左手，真替他把起脈搏，樣子極認真。

顧母看著女兒真有那麼一回事的樣子，臉上笑開了花，自家女兒什麼德行、醫術怎麼樣她哪裡會不清楚，當家的醫術雖然了得，但女兒卻沒有繼承到十分之一。

「就妳那點把勢還給言哥兒把脈，別丟人現眼的。」屋子裡一暗，顧愷之緔著臉走進來。

「脈象平和，心臟跳動有力，肺腑呼吸均勻，應該沒什麼大礙。」顧清婉號完脈，說罷，偷偷瞟了顧愷之一眼，哪裡會看不出自家爹的臉是故意緔著的，他眉眼裡笑意不言而喻。

「妳這丫頭，半桶水也敢關公面前耍大刀，快起來，讓妳爹給言哥兒看看。」顧母說著，去拉女兒，說是拉，實則是扶，她知道自己女兒的傷可是比兒子的重得多。

顧清婉總不能告訴顧母，上輩子自從家人相繼出事，她被冠上掃把星的名號，村人個個避她如避蛇蠍，沒人和她來往，她整日一個人待在家裡無所事事，就只能專心研究把脈和針灸，還有她爹留下的醫書，想到此，內心一痛一悔，她怎麼就沒有好好研究一下毒藥？不然也不會被陸仁害得那麼慘，她的孩兒也不會慘死……

內心的痛苦令她眉宇間帶著些許惆悵，顧母擔心她身上的傷，問道：「可是傷口疼呢？」

她搖搖頭，道了聲沒事，站在顧母面前，身子大半靠在顧母身上。她兩腿膝蓋都受了傷，站立時有些疼，顧母感覺得到，伸出手扶住她身子。

顧愷之為顧清言號完脈，心裡微微震驚，小丫頭這是瞎貓碰上死耗子？還是真能號出門道？看向女兒的眼神裡帶著幾分探究。

「言哥兒身體怎麼樣？」顧母見當家的看著女兒不語，表情凝重，以為兒子身體有恙，忍不住開口問道。

「無礙，休養幾天就好。」顧愷之其實想和顧清婉說一樣的話，但怕小丫頭尾巴翹上天，只得改口。

得到顧愷之確認，顧母放下心來，臉上綻開一抹慈祥笑容，雙手合十在胸前拜道：「感謝保佑。」說著，看向顧愷之。「你去項家割點肉回來，晚上我要拜拜感謝。」

「行。」顧愷之笑著起身，扯了扯發皺的衣角才朝外走，臨到門口，他轉身看向顧清婉。「死丫頭，自己身上有傷，還不回去好好躺著。」

「知道了，爹。」顧清婉乖巧地應道，隨後對顧清言道：「言哥兒，你好好休息，一會兒我和娘做好吃的給你吃。」

顧清言淡淡地點頭。

「月娘，在不在家？」這時，院子裡響起一道女人的聲音。

顧清婉看向顧母。「娘，聽聲音好像是蘭嬸。」雖然隔著前世今生，顧清婉再次聽到這聲音，還是能認出是誰。

街坊鄰里的，顧母自然聽得出是誰的聲音，隨後彎身將顧清言扶躺好。「好好躺著休息，一會兒娘給你煮雞蛋吃。」語氣裡盡是溫柔疼惜之意。

顧清言木木地點點頭，顧母為他掖好被子，才笑著看向顧清婉，讓她也回房休息，隨後跟在顧愷之身後一起出了房間，院子裡傳來幾人的寒暄聲。

顧清婉聽著院子裡的說笑聲，微微凝起眉頭。上輩子家人相繼出事，只留下自己一人，村裡幾乎所有人都對她轉了態度，世態炎涼她懂，但，和娘交好的蘭嬸亦是如此，她有些想不明白，人情怎地就這麼涼薄？

三人間的互動，醒來後只說了一句話的顧清言都看在眼裡，他從來沒有感受過家人的溫暖和關愛，如此溫馨的一家，令他在短短一會兒，就完全接受了現在的身分。

他躺在床上，側目望向靠在牆上的顧清婉，見她眉宇間有著一種不符合年齡的滄桑悲涼，清澈的眼底出現一抹探究，難道這個姊姊也是和他一樣？

感覺到顧清言的目光，顧清婉收回心神，朝他溫柔地笑了笑。「好好休息，煮好雞蛋，我給你送來。」說著，一瘸一拐地朝外走去。

言哥兒醒了，是不是就會打破命運的桎梏，事情不會再如前世那般發展？顧清婉不敢確定，但暫時將懸著的心放下來。

接下來就是防止爹爹醫死人的事情了，她記得離事發還有三天，在這三天裡她一定要小心防備，凡是有可疑的人物，一定要阻止爹為他開藥。

院子裡，顧愷之已經出門買肉去了，沒了身影，蘭嬸抬了張板凳坐在門邊和顧母閒聊，看到一瘸一拐從西北房出來的顧清婉，眉心微蹙。「小婉傷得這麼重，怎麼不好好躺著呢？」

「妳又不是不知道她一直都猴得很，哪裡是安安靜靜坐得住的人？」顧母說著這話，瞋了顧清婉一眼，嘴角卻帶著笑意。

「蘭嬸今日怎麼得空過來？」顧清婉笑道，一瘸一拐地走到她旁邊坐下，感受到陽光鋪灑在身上的暖意，能活過來真好。

三月的季節是春種最忙的時期，又是小麥，又是玉米，又要鋤地，還得餵春蠶，家家戶戶都忙，很少有串門子的人。

「聽說夏家米鋪明兒發糧食，這不來叫妳娘一起去領嗎？」蘭嬸一副有好處忘不了你們的樣子。

「夏家米鋪，這不是正月尾才開的那家嗎？」顧清婉對這家米鋪印象深刻。

她爹是孤兒，帶著她娘行醫走到這村子，覺得這兒山清水秀，山上野生藥材也多，便在這兒安家。她爹雖然會醫術，但都是街坊鄰里的，收的錢也不多，有時候還免費，家裡這些年下來一直過得緊巴巴的，沒有銀子置辦田地，一直靠買米糧度日，有時還得靠街坊鄰里接濟。

幸好這夏家鋪子開張後，價錢比別家便宜，顧清婉當然光顧這家。

「可不就是這家。」蘭嬸說完，左顧右盼神秘兮兮地湊近顧母，低聲道：「月娘妳可聽說過這夏家米鋪的東家是什麼人？」

顧母搖頭。「這還真沒聽過，妳知道？」

顧清婉也來了興致，豎起耳朵細聽，她也想知道這個樂善好施的夏家鋪子東家是個什麼樣的人物。

蘭嬸點點頭，旋即將聽來的一股腦兒全說出來。「聽說這夏家東家是個二十幾歲的男子，生得眉清目秀，儀表不凡，只是有些可惜……」說到此，蘭嬸搖頭嘆息一聲。

顧母好奇地挑眉問道：「怎麼？」

顧清婉也很好奇，看蘭嬸的樣子，這夏家米鋪的東家身體恐怕有什麼問題吧？

果然……

「這東家是個有殘疾的，村子裡有好些人見過他，聽說他坐在輪椅裡，雙腿用一張薄毯蓋住，進出都離不得人，過門檻、上臺階都要人抬上抬下。」蘭嬸說著搖頭直嘆氣。「妳說這麼好的人，怎麼就落下殘疾呢？」

顧母也跟著嘆了口氣。「可不是。」

她和小婉一起去買過米糧，價錢便宜不說，那掌櫃的還多送兩捧，一捧都夠他們一家子一頓飯呢，都說好心有好報，這樣好的人怎麼會有殘疾？

只有顧清婉聽完後沈默不語，現在的她再也不相信好人有好報這句話，上輩子她一家沒有做過虧心事，卻沒有好下場，幼弟喪命，爹爹慘死牢房，娘上吊，她被人剖腹剜子，連同她孩兒也跟著一起慘死……

「這誰家瘟雞不好好關著，放出來害人，天收死絕的！」一道尖細的叫罵聲在院牆外響起。「死瘟雞給老娘滾……喔噓！」隨著這罵聲，伴隨著傳來雞慘叫的聲音和撲騰翅膀的響動。

罵聲打斷顧清婉的惆悵思緒，回過神來時顧母和蘭嬸已經朝院外走去，她也趕忙跟出去。這罵人的是誰她知道，是隔壁的羅雪容，按輩分顧清婉要喚她奶奶，可這個人總是沒事找事，隔三差五地亂罵一通，經常指桑罵槐，好像對她家很有意見一般。

顧母又是個實在人，總說自家是外來人，在村子裡能讓一讓便過去了，從不與人爭執。可這羅雪容，好像就看準這一點，經常出來發瘋。

前世她一家人死後，落井下石最厲害的就數此人一家。

「容嬸，真是對不住，我這就把老母雞關起來。」顧清婉一瘸一拐地走出院門，便聽到顧母賠禮道歉的聲音傳來，她忍著痛，三步併作兩步走，轉過房角便看到顧母和蘭嬸站在籬笆外的路上，對著籬笆裡的羅雪容點頭哈腰道歉。

「娘。」顧清婉輕輕喊一聲，顧母轉頭看向女兒，深怕女兒跟著受委屈，趕忙開口道：「不好好在家裡待著，出來做什麼？」

顧清婉恍若未聞，走過去站在籬笆外，打量起周圍情況，籬笆是細細的竹竿編排而成，每根竹竿間隔距離最大的只能穿過一根小手指，而竹竿高度約莫一人高，他們家的老母雞根本無法飛進籬笆院裡吃羅雪容家的菜。

「剛才是誰發狗瘋啊？」

顧清婉明知故問，羅雪容聽明白後臉色陰沈，一雙三角眼如毒蛇一般看向顧清婉，顧母和蘭嬸一樣能聽明白。

顧母連忙呵斥。「姑娘家的，不知道情況，少說話。」

「娘，您就是脾氣太好，誰都想來欺負您。您想想看，她家的籬笆那麼高，我們家的老母雞怎麼可能飛得過去，更別說吃她家的菜了。娘以後別隨便給人道歉，那樣她們會認為您怕她呢，是人是鬼的都想來欺負您。」

顧清婉在經歷前世的種種淒慘下場後，自醒來她就換了芯子，哪裡能容得下別人欺辱謾罵她娘。

此話一出，羅雪容臉上有些掛不住，但她可不是省油的燈，在村子裡是出了名的難纏鬼，立即開口。「雞在我家院子邊打轉，我就吆喝幾聲怎麼了，這不是很正常嗎？我有指名道姓嗎？更談不上欺負誰吧！」最後一句話，音調百轉，陰陽怪氣。

「容嬸，小婉年齡小不懂事，說話不好聽，妳別和她見怪。」顧母瞋了顧清婉一眼道。

顧清婉聽到羅雪容蠻橫不講理的話本就火了，再看到她娘道歉的樣子，心裡更不是滋味，冷哼一聲。「整日吃齋唸佛，做事說話卻沒有一點佛心，這樣欺神騙神的行為，就不怕以後去了陰曹地府蹲血河、割舌頭、下油鍋……」

「小婉，妳還不閉嘴。」顧母聽不下去，呵斥道，女兒說的這些話確實過了。

都說舉頭三尺有神明，顧清婉說的話對一些吃齋唸佛的人來說，確實有些重。女人生孩子血氣重，死後都要蹲血河中受苦，若是兒女孝順的，可請掌壇法師誦經超渡，減少蹲血河的日子。

佛語有云，吃齋唸佛之人，死後可免去這一切苦，所以好些婦女都吃齋唸佛，稍微年輕一些的吃二、六、九這三個月，等到年齡稍微大一些，就可以轉成長齋。

但是，有些人雖吃齋唸佛，卻不幹好事，比如羅雪容這樣的人。顧清婉才抓住這一點，猛踩她的尾巴。

此時的羅雪容臉色陰沈難看至極，她氣得拍胸脯，一副快喘不過氣來的樣子，指著籬笆外的顧清婉。「嘴巴這麼缺德，小心沒人要。」

對顧清婉來說，嫁不嫁人無所謂，上輩子的遭遇令她再也不想嫁人，這輩子只想守著一家人，平平安安就成。上輩子嫁給陸仁那個禽獸，羅雪容可是幫了不少「大忙」，她一定會想辦法好好「感謝」這份恩情。

正想要回擊，卻被身旁的顧母拉到身後。

有女兒的人家都忌諱這句話，顧母亦是如此，泥人都有三分火，何況是人呢？她臉色沈了下來。「好言一句三冬暖，一語傷人六月寒，小婉不勞容嬸操心，妳要是閒得慌，還是好好教教自家姊兒吧！」

能讓好脾氣的顧母說出這番話，確實逼急了。

蘭嬸是外人，兩家鬧矛盾她不好插嘴，顧母說的事她也知道一些，羅雪容有三個兒子，還有兩個姊兒都未出嫁，大的姊兒及笄不久，不過村子裡好些人都見到這姊兒不安分，常與村口王忠那小子膩在一起。這事不能扯開，越扯越大，適可而止比較好。

周圍路過的人停下腳步看向這邊，也有幾個婆娘朝這邊走來，怕事情越鬧越大，蘭嬸最終不得不出來做和事佬。「行了，今日的事也沒什麼大不了的，一人退一步，都別吵了。大家左鄰右舍的，抬頭不見低頭見，別讓人看了笑話去。」

顧母點點頭，打算息事寧人，但有人卻不領情。

羅雪容雙手扠腰，眉一豎，眼一瞪，冷笑道：「誰愛笑話笑話去，今日的事我本來就沒做錯，我吆喝籬笆院外邊的雞，錯在哪裡了？」隨即她朝周圍的人喊道：「你們大家過來評評理！」

村人都喜歡八卦，特別是幾個愛東家長西家短的婆娘，哪會放過這等機會，一群婆娘站在籬笆院外，聽著羅雪容避重就輕地講述她趕雞的行為，還有對顧家母女說的話。

顧母被說得有些面紅耳赤，好像聽羅雪容這麼一說，還真是她們母女的不是。

蘭嬸聽了有些生氣，但這不是自家的事，她不好開口，聽到不滿處，眼睛一翻一翻的。

顧清婉本想暫時放過羅雪容，偏偏不說她反而越自以為是，這種人就不該饒過她，既然如此，就別怪她。

「既然妳都說雞在籬笆院外，牠招妳了還是惹妳了？妳憑什麼用泥巴塊打牠？我說妳佛口蛇心妳還不信。」

顧清婉平靜地看向還在說她野蠻沒教養的羅雪容，淡淡問道，聲音不大不小，卻令人無法忽視。

第三章

本來還滔滔不絕的羅雪容被這話嗆得一時不知該說什麼，隨即指著顧清婉。「妳們看看，是不是沒點教養？我什麼時候佛口蛇心，妳倒是說說。」

「妳不是論理嗎？我只是實事求是而已，又關教養什麼事？」顧清婉冷笑連連，眼裡滿滿的嫌棄嘲諷。「妳是不是個佛口蛇心的人，自己不清楚？喊著吃齋唸佛、造橋鋪路，丁點兒事就罵人家祖宗十八代，說話誇大其詞，背後嚼舌根，下蛋的雞沒招妳惹妳，妳丟泥巴塊打牠，妳幾十歲的人不知道下蛋雞驚嚇過度會下蛋不得力？妳吃的哪門子齋，唸的哪門子經？」

隨著顧清婉的話一出口，周圍看熱鬧的人都驚訝得目瞪口呆，這可不像是顧家乖乖女說出來的話，怎麼摔了一跤就變了性子？

羅雪容語塞，心中氣急，她竟被一個毛都沒長齊的小丫頭說得一句話都說不出來，一張臉脹得面紅耳赤。

顧母聽了女兒的長篇大論，心裡同樣驚訝不已，女兒一直就膽小害羞，什麼時候能當著這麼多人的面，說得別人一愣一愣的，找不到話說？這下怕是徹底得罪羅雪容了，但想到羅雪容一直做的事、說的話，得罪就得罪吧，只是這麼多人看著，不能讓女兒說得太過，若是傳出去，對女兒名聲不好。

顧母顧及女兒，扯了扯她袖子。「小婉，別說了，我們回家。」

看著一張臉脹成豬肝色的羅雪容，顧清婉無比解氣，今日的事她是就事論事，全程說話沒帶一個髒字，就算傳出去也不會對她有什麼影響。

顧清婉從羅雪容身上收回目光，看向她家牆角刨土的母雞，對顧母道：「娘，我們把母雞趕回去吧，別被那些佛口蛇心的人打死了。」說著，便走過去吆喝，把母雞趕著往自家院子走。

此時的羅雪容，臉色更加陰沈。

女兒的話，令顧母一臉無奈，旋即請周圍看熱鬧的幾個婆娘進屋坐坐，幾人都笑著拒絕，說家裡忙著呢，改天。

客套話說完，顧母見女兒已經吆喝母雞回院子，便拉著蘭嬸。「走，進屋再坐坐去。」

身後，羅雪容陰毒的眼睛盯著顧母的背影，壓低聲音和幾個婆娘交頭接耳說著，顧母和蘭嬸相視一眼，轉過房角進了院子。

顧清婉將母雞抱進灶房的雞窩裡，出來後便見到顧清言倚靠在西北房門口，太陽照在他身上，為他鍍上一層薄如蟬翼的金光，使得他稚氣未脫的俊臉上，看起來多了幾分精神。

她走向他。「怎麼不躺著，起來做什麼？」

顧清言搖搖頭。「總躺著頭暈，起來坐坐，曬曬太陽。」

她扶著他走到長板凳前坐下。「餓嗎？」

「有一點。」他點點頭。

「昨晚到現在都沒吃，不餓才怪，我這就去給你找吃的。」顧清婉含韻而笑，如瓊枝海棠，清雅而不奢華，她纖瘦的身姿一瘸一拐地沒入灶房。

顧清言從來沒有看過如此單純溫暖的笑容，比此刻的陽光還要暖人暖心，他冰冷的心在這笑容的滋養下緩緩融化。

由於十二歲處於變聲期的關係，他嗓音帶著低沈。「剛剛外面怎麼那麼吵？」

顧清婉挑開灶房的布簾，露出精緻清麗的小臉。「總有喜歡挑事的。」說了一聲，又縮回屋裡。

「妳別什麼都和言哥兒說。」顧母和蘭嬸進來院子，聽見女兒的話，訓斥起來，她可不想言哥兒的心情被那些不著邊的人影響。

「娘，有沒有吃的？言哥兒餓了，我就找到兩個烤馬鈴薯。」顧清婉在灶房裡翻箱倒櫃，聽見她娘訓她，也懶得解釋。

顧母讓一同進來院子的蘭嬸先坐，隨後朝灶房走去，邊走邊道：「有，我給你們兩個都留了。」話音落下，人已經進了灶房。

她朝水缸走去，水缸邊掛了一個白布蓋住的小籃子。

從水缸中拎起小籃子，走到桌邊將白布掀開，裡面放著兩碗紅薯米湯、兩個甜饅頭，顧母從筷籠兜裡拿出兩雙筷子。「妳和言哥兒一起吃，你們昨晚到現在一口都沒吃，晚上給你們滾了身、定了魂再吃雞蛋。」

「好。」顧清婉接過籃子，拎著走出灶房。

顧母忙跟出來，進堂屋搬桌子出來放在言哥兒面前，顧清婉將吃食擺上，去抬板凳時對蘭嬸道：「蘭嬸，妳也坐過來吃些。」

「我吃了才過來的，你們姊弟倆快吃。」蘭嬸笑著說完，已經轉身看向坐她旁邊的顧母。「妳也別生氣，為這種人不值得，她是個什麼樣的人，村人都知道。」

「我倒是沒什麼，就怕她胡亂說我家小婉。」顧母憂心忡忡地道，眼看再三個月女兒就及笄，名聲若是壞了可怎麼嫁人，都怪她這個做娘的太軟弱，才讓女兒出頭。

「她愛說說去，小婉今日也沒說錯。」蘭嬸想到羅雪容為人，臉色都不太好看。

「妳又不是不知道，沒有的都被她說成有。」顧母嘆氣道，想到自己這些年可不就被羅雪容胡亂說。

「娘，您別總是這麼杞人憂天的，我就不信她能說出花兒來。」顧清婉將烤馬鈴薯皮剝乾淨，遞給低頭默默吃甜饅頭的顧清言，接過話茬兒。

顧清言接過，對顧清婉道了聲謝，拿起咬了一口，雖然馬鈴薯是涼的，但吃起來很香，他默默吃著東西，聽著三個女人妳一言她一語。

蘭嬸接過顧清婉的話。「小婉說得是，今日本來就是羅雪容不對，諒她也吹不破牛皮。」

顧母嘆了口氣，點點頭，心道：希望如此。眼角餘光看到變得沈默的兒子，以為是她們的話題令他不開心，旋即轉移話題。「小蘭，你們大埂山的溝邊我記得有兩株桑樹，可預給別人了？」

「憑妳和我的關係，我當然先考慮妳，哪裡會給別人，妳只管去摘就好。」蘭嬸嗔道。村子裡，養蠶的人家都是土地少或者像顧清婉一家沒土地的人，土地多的人家，這個季節是一年中最繁忙的時候，有些人家忙不過來便不會養蠶，養蠶可是很費功夫的事。

「謝謝。」顧母誠摯道謝，在村裡，就數小蘭和她關係比較好，經常關照她家。

「妳再說謝，我可就生氣了。」蘭嬸故作生氣道：「妳這麼一說，我記起來了，上次我去小山砍竹竿綁樓時，看到幾棵野生桑樹，就在苗子家的地上，妳要是有空，可以去摘了，別到時被人摘去。」

「好。」顧母點頭。

申時的太陽漸漸偏西，陽光雖然刺眼，溫度卻沒有午時那麼灼烈。

蘭嬸看了看西移的太陽，站起身。「我都出來好久了，待會兒還得去地裡，先回了。」

顧母起身相送，顧清婉和顧清言也放下食物，準備起身，卻被蘭嬸攔著，笑道：「你們兩個快吃飯，蘭嬸不是外人，不用送。」

語落，蘭嬸挽著顧母的手腕，兩人悄悄說著話往外走去。

顧清婉見狀，知道兩人怕是有什麼話說，知趣地沒跟上去。

顧清言吃完飯，抬著板凳坐在院子裡，抬頭看向碧藍的天空，目光落在點點白雲上。他現在已經確認自己穿越了，魂穿到和自己同名同姓的少年身上，陌生的環境、陌生的家人，不過，老天還是偏愛自己的，讓他重生到一個溫暖的家。

不管是顧母還是顧父，還有那邊收拾桌椅的少女，他都能感受到他們濃濃的關切之情。

雖然家裡條件看起來很差，但他相信，只要有他，一切都會好起來。

「啊——」

一聲驚叫打破了顧清言的思緒，他急忙站起身走過去，只見堂屋前，顧清婉呆呆看著自己的雙手，眼裡出現滿滿的不可置信，以及驚慌。

他走到她旁邊，問道：「怎麼了？」

「言哥兒，我、我、我也不知道，你看！」顧清婉指向桌子兩邊那兩個豁口，那是她剛才不知道怎麼就弄壞的。

顧清言作為一個穿越者，他仔細觀察兩個豁口，腦子裡便有了模糊的答案。「這是妳剛才掰下來的？」

「這桌子沈，我以前都得用很大力氣才抬得動，這次我只是稍微用了點力，就掰下來兩塊，而且在我手裡的木塊都碎成了渣……」顧清婉完全想不明白怎麼回事。

她雖然重生一回，兩世經歷最多也就是個十八歲的少女，根本不懂這種詭異的事。

剛開始，顧清言還以為是顧清婉天生神力或有特異功能，但從顧清婉的話語中聽出了端倪，他問道：「妳是說妳以前沒這麼大的力氣？」

「言哥兒，我以前是怎麼樣的你會不知道？我哪會有這麼大的蠻力。」顧清婉不明白弟弟怎麼會問這種莫名其妙的問題。

「那是什麼時候開始的？」顧清言好奇地看著顧清婉的雙手，前世的職業病又開始了。

「醒來以後，昨日都還正常的。」顧清婉順從地回道。

只見顧清言十二、三歲的少年模樣，一手撐著下顎，一手抬著另一隻手肘陷入沈思，顧清婉看著他人小鬼大的模樣，不禁笑起來。

「你們姊弟二人在做什麼呢？吃完飯怎麼不去躺著？剛才小婉叫什麼啊？」顧母送蘭嬸回來，看著兒女站在堂屋前，疑惑地問道。

顧清婉轉過身看向顧母，怯怯道：「娘，我犯錯了。」

「做錯什麼了？」顧母走到近前，看到桌子兩邊豁口，又看向地面狼藉的木屑。「怎麼弄的？」

顧清婉將事情講一遍，聽得顧母一愣一愣的，旋即轉身走去後院，不多時拿著一根木棍回來。「來，用力試試。」

顧清言眼睛也跟著一亮。「快試試看。」

顧清婉接過木棍捏在手裡，稍微用力，木棍立馬變成碎屑，從她指縫間鋪灑在地上。

震驚了！不管是姊弟二人，還是顧母，都震驚得說不出話來。

「我去喊妳爹回來！」顧母眼裡的震驚未褪，愣愣地轉身朝外走去。

「言哥兒，怎麼回事？我會不會被當成怪物？」顧清婉擔憂地道。

「別擔心，這是好事，來，我們再找些東西試試。」顧清言想到剛才顧母從後院找來東西，想必後院是放置雜物的地方，便拉著顧清婉朝後院走去。

從西邊牆進入後院，後院北邊牆角有幾間草樓，有茅房還有豬圈、牛圈，不過都沒牲口在裡面，院子中央種了一些小白菜、青蘿蔔。

顧清言從牆角撿來幾顆拳頭大小的石頭遞給顧清婉。「試試。」

眼見拳頭大小的石頭又被顧清婉捏成碎屑粉末，姊弟二人都沈默了。

顧清婉內心複雜，難道是老天爺讓她這一世力大無窮，好報前世之仇？若是這樣的力氣，隨隨便便就能捏死陸仁那個狼心狗肺的東西。只是她現在還不知道陸仁在何處，前世陸仁是突然間出現做了倒插門（注），成親以後，也從不提及他的過去。

看來，只得走一步看一步，每一個人都有生死輪迴，前世欠下的債，今世必還，她相信，陸仁遲早會出現，那就是她報仇之時。

就算陸仁不出現，她以後有了錢，勢必要把他找出來。

顧清言現在認定顧清婉昨日摔跤後，傷及身體某個部位，從而激發體內某種能力，才會變得力大無窮，不過這只是猜測，他只是根據醫學推理。

「小婉。」顧母的聲音從前院響起。

聽到雜亂急切的腳步聲，想必是顧母叫顧愷之回來了，顧清婉放開嗓子應道：「娘，我們在後院。」

話音落下不久，顧愷之和顧母的身影出現，他們走向姊弟二人，顧愷之道：「聽妳娘說妳力氣突然間變大了？」

「我也不知道怎麼回事。」顧清婉也很茫然，雖然心有猜測，但她總不能告訴他們，她的力氣是老天爺賜予的，讓她來報前世之仇。

「這是妳捏碎的？」顧愷之已經看到地面鋪灑的一層石頭碎屑灰。

「是的。」顧清婉點點頭。

「當家的，這事情是不是能聲張啊？」顧母擔心女兒的怪力傳出去，會被人胡說成妖怪，以後可怎麼嫁人。

「沒關係，我們女兒受到上天眷顧，神力無窮，沒有什麼好隱瞞的，不過也不用刻意宣傳，過我們的日子就好。」顧愷之看著女兒，內心複雜。多年前，師父有個得道高僧的好友曾給他批命，說他一家將來都會死於非命，特別是女兒更是死得淒慘，所以他對女兒的愛比兒子要多，再加上這些年一直都小心翼翼地隱藏自己一家，這時，女兒卻突然有了這種力量，不知道是禍還是福。

「好。」聽當家都這麼說了，顧母也沒什麼好擔心的。

「小婉現在就是要適應自己的力氣，不要把家裡東西都損壞了。」顧愷之想到放在堂屋門口的豁口桌子，交代一聲，見女兒點頭，他才轉身走出後院。

顧母看向姊弟二人。「累了就回去休息，娘現在去煮肉謝神。」

「我也去幫忙。」顧清婉乖巧地挽著顧母的手。

前世為了能讓陸仁心無旁騖地讀書考狀元，費盡心思養他的胃，家裡雖窮，但一樣食材也能做好多種口味，幾年下來，她做得一手好菜。陸仁經常被請去吃飯喝酒，回來後都說沒有她做的味道好。

顧母放開女兒的手，笑道：「妳啊，聽妳爹的話，好好適應一下身上的力氣，別把傢伙

注：倒插門，指入贅。

都弄壞了，可又得花銀子。」說完，又對顧清言道：「言哥兒，和姊姊玩一玩就回去睡會兒，晚些娘給你定魂。」

「好。」顧清言本想加個「娘」字，但到了嘴邊又叫不出口。他前世是孤兒，沒有爸媽，更沒姊姊，將近三十年的習慣，不是一朝一夕能改的。這一世雖然有了爸媽，但短短幾個小時，他還真的叫不出口。

等顧母離開，言哥兒又去撿來幾塊石頭、木棍讓顧清婉掌握力道，他在旁邊看著，有時候提點建議。

顧清婉捏著石頭，腦子裡卻有了想法，她一身力氣，以後做什麼都方便了。家裡條件不是很好，有時候三餐不繼，若是她一身力氣用對地方，以後他們家吃喝就不愁了。

她想起村口李大蠻子就有一身蠻力，他一個五十幾歲的孤老頭，靠著打獵為生，打獵也是三天打魚兩天曬網的，卻能養活自己，還經常去鎮上逛窯子呢。

照這麼說，若是這樣，她可以去打獵來貼補家用。

第四章

顧清婉心裡有了這一想法，便開始盤算起來，不過這幾天恐怕是不能去的。前世，她爹醫死人就這幾天，所以得守在家裡。

她總感覺前世爹醫死人的事情有蹊蹺，不得不令她多心。

傍晚，太陽徹底沒入山巔後，風清氣爽。

顧母將煮好的肉塊挾在碗裡擺在供桌上，又拿了幾塊點心擺上，香爐裡插了香、點了蠟燭，一家人跪在地上開始拜祭。

唸誦了一首佛經，顧母虔誠禱謝神明保佑她一雙兒女平平安安，隨後三叩首起身，看向一旁的兒女。「你們兩個也過來磕個頭。」

顧清婉和顧清言依言磕頭叩首，起身後被顧母叫進屋子，要給他們滾身定魂，是怕他們昨日受到驚嚇。

顧父燒好開水，見母子三人進屋，便道：「都準備好了。」

「好。」顧母應聲，拉過顧清婉站在牆邊。「小婉是姊姊，先來。」說罷，拿過蠟燭給顧清言拿著。「要把姊姊人影都照出來，知道嗎？」

「知道。」顧清言不相信這些鬼神的事，但見顧母無比認真，他也肅穆以待。

「當家的，你把東西收進來吧，順便切點肉炒上，給兩個孩子吃。」等顧愷之端來熱水，顧母對他說道，並從旁邊桌上拿起一顆雞蛋，開始從顧清婉頭上往下滾。

「好。」顧愷之應聲開門出去。

顧母拿著雞蛋將顧清婉從頭滾到腳，從腳又滾回頭，反覆好幾遍，放下雞蛋，又拿過一旁的竹篩擋著顧清婉的人影，開始用熱水對著人影澆水，一連好幾下，嘴裡唸唸有詞。

顧清婉靜靜地站著，背脊滿是汗水，也不敢出聲，關於鬼神的事他們都心懷崇敬。

不多時，顧母放下竹篩，用袖子抹了一把汗，讓顧清婉拿蠟燭，這次換顧清言。同樣的方法為顧清言做了一遍，門口飄來一股飯菜的香味。

顧愷之的聲音也隨之響起。「好了就先過來吃飯。」

顧母準備去倒水，被顧清婉搶先端起盆子，還比劃了一下她如今力氣大了，顧母只得笑著由她。雖然女兒膝蓋有傷，看起來應該沒什麼大礙，便拉著兒子朝灶房走去，不忘對女兒道：「倒了水就過來吃飯。」

「好。」顧清婉答道，她把水端起，倒進門口的木桶裡，這水可以留著澆菜，村裡喝水不方便，還得去坡下的河裡擔水，村人用水都比較仔細。

收拾好，顧清婉才一瘸一拐地走去灶房。

一家子圍桌而坐，顧父做的飯菜味道極好，聞著都令人食慾大增。

顧清婉吃了一筷子菜，有種流淚的衝動，吃到這熟悉的味道，竟然隔了一世，叫她如何不難過？

想到蘭嬸說明日可以去領取米糧的事，她開口道：「爹，明兒一起去領取米糧嗎？」如果她爹不在家，自然就不會有人上門求醫。

那麼，她擔心的事就不會發生。

「明兒一早我得去宗家坳一趟，妳白叔說他親戚有不少桑葉，讓我去採摘一些，怕是要到晚上才歸家，你們娘仨一塊兒去，順便逛逛集市。」顧愷之往兒子、女兒碗裡各自挾了一塊肉，自己只挾了白菜蘸辣椒水吃著。

這麼說她爹就不用給人看病，這樣也好，意思也差不多。

顧清婉見她爹娘都不碰那盤肉，心裡不是滋味，分別為顧父、顧母挾了一筷子肉。「爹、娘，你們也吃。」

「我們不愛吃肉，你們姊弟倆多吃一些。」夫妻二人同時說著，從自己碗裡把肉分別挾給姊弟倆。

哪有不愛吃肉的人，那是捨不得吃！顧清婉低頭哽咽著將肉吃下去，看著她爹娘不捨得吃肉，都留給他們姊弟，令她打獵的心更堅定幾分。

顧清言沒有拒絕，埋頭吃著飯菜，他的眼睛有些酸澀，心卻很溫暖，他徹底接受這樣的家人，接受這個家。等到眼睛沒那麼酸澀，喉嚨沒那麼脹，他才抬頭看向顧父。「爹，明兒一早我和你一起去採摘桑葉，姊姊和娘一起去集市。」

原來，叫爹、娘、姊姊，並不是那麼難開口，反而如此順口。

「不行。」

三人異口同聲說道。

昨兒顧清言才從陡坡上摔下來，三人哪裡會再同意他去採摘桑葉，若是再有個三長兩短，一家人怎麼辦？

「那好吧，我也不去集市，我看家。」顧清言以前就喜歡宅在家裡，逛街他沒興趣。

「你不是最喜歡趕集嗎？」顧清婉疑惑地問道，如果她沒記錯，以前每次到趕集日，弟弟總是吵著鬧著要去，就算沒銀子也要去，家人忙得去不了的時候，他就與一幫和他差不多大的孩子一起去，走二十里路也要去呢。

顧父、顧母也看向兒子，不明白兒子怎麼轉了性子？

屋裡燭火忽明忽滅，三人已經放下碗筷，只有顧清言還吃著，不，準確地說，他在沈默，也在掙扎，最終他開了口。「爹、娘，我從今兒一醒來，就忘記以前的事了，怕你們擔心，沒敢說。」他也弄不清楚怎麼回事，他以前看過一些穿越小說，主角都會繼承原主的記憶，但他卻沒有，為了怕穿幫，他還是編一個謊比較好。

「怎麼會這樣？難怪我說，言哥兒醒後怎麼性子變了。」顧母眼淚唰一下就從眼眶裡溢出來。「當家的，你快給言哥兒看看，嚴不嚴重。」

顧清婉同樣震驚得說不出話來，這到底怎麼回事？言哥兒雖然擺脫上輩子的命運，沒有死去，怎麼就沒有了記憶？「爹，是不是昨日摔到了頭？」

顧父已經在為顧清言把脈，眉頭緊鎖，半晌後才開口道：「言哥兒一切都正常，不過這種事也不是沒有，想必是昨兒摔下時震到了經絡，才會忘記以前的事，說不定過些日子就好了。」

顧清言看著為他擔心的三人，只能心生抱歉。

屋子裡安靜下來，燭火忽暗忽明地照在人臉上，如同幾人的心情那般，灰暗複雜。

顧母眼睛紅紅，沈默了半晌，嘆氣道：「就算記不起來以前的事也無所謂，只要人好好的，比什麼都強。」

這話顧清婉愛聽，她還以為她娘會想不開呢，沒想到竟然這麼開明，她也笑著接過話。「娘說得對，只要人在，比什麼都強。」

顧清言聽著這兩句話，心裡暖洋洋的，他柔和的目光在顧母和顧清婉臉上掃過，最後停在顧父臉上。「所以我決定，明兒開始，要和爹學醫術，忘記了以前也好，心無雜念，或許學習起來更容易。」

「爹，您看，言哥兒想開了。」顧清婉歡喜地道。弟弟以前不愛學醫，就算她爹強行讓弟弟看醫書認藥，弟弟也不學。被逼得無奈的時候，當著大人的面還會看些，大人一轉身，弟弟就一溜煙跑得沒影子，天天和村裡那些孩子上山追鳥玩耍。

顧母回過神來也是歡喜得不得了，喜極而泣地抹了一把淚。「愷之，我們的兒子懂事了。」

「嗯。」顧父亦是滿臉欣慰地點點頭，懂事的何止是兒子，就連女兒也感覺和以前不一樣，他看向臉上還稚氣未脫的兒子。「只要你肯學，爹就教你。」

「爹，您可不能厚此薄彼，我也要學。」顧清婉笑得如一朵綻放的玫瑰花那般耀眼瑰麗，心中卻在滴血，若是前世她肯努力學習認藥，也不至於被陸仁那個禽獸陷害。

聽到這話，顧母立馬不樂意了。「姑娘家的學什麼醫，拋頭露面的以後誰敢要妳？」

「孩子想學就讓她學，若是真因為女兒會醫術就嫌棄，那樣的男人不要也罷，我可不想要一個迂腐的女婿。」顧父一臉慈祥，寵溺地看著兒子、女兒。

「謝謝爹。」顧清婉笑著說完，站起身收拾碗筷，隨後偷偷瞧了顧母一下，被顧母瞋了一眼。「你就這樣慣著孩子。」話是對顧父說的。

「有一技傍身，走到哪裡都餓不死。」顧父將面前的碗筷遞給女兒，隨後站起身。「讓丫頭收拾，我們去餵蠶。」說完，扯了扯發皺的衣角，邁開步子走出灶房。

「去院子裡坐著乘涼，讓姊姊收拾。」顧母對兒子說完，又讓顧清婉洗完碗再燒水洗腳，隨後出了屋子。

「好。」顧清婉笑著應一聲，眼角餘光看到顧清言坐著不動，微微蹙眉。「娘不是讓你去院子裡坐嗎？坐那裡做什麼？」

顧清言沒有回顧清婉的話，而是站起身走到灶爐前。「我來燒水。」他就著昏暗的燭光看向大鍋裡的情況，看不清晰，這時，眼前一亮，顧清婉的聲音也在一旁響起。「我來洗鍋，你燒火。」

說罷，顧清婉放下蠟燭，從灶臺邊拿起絲瓜瓤丟進鍋裡，又拿起木勺彎身從灶膛邊舀了一勺草木灰倒進鐵鍋裡，端起桌上的洗碗水倒進去，彎身抓住絲瓜瓤擦洗鐵鍋。

顧清言愣愣地看著顧清婉做著這一切，行雲流水沒有絲毫拖沓，心裡佩服的同時，更多的是充滿新奇，他從來沒有看過用草木灰洗鍋，而且那絲瓜瓤還能這麼用。

他依言坐在灶火前面，卻不知道如何下手。

顧清婉麻利地清洗完鐵鍋，加了水，見顧清言一動不動，就明白過來。她笑著走過去，拿過灶臺前靠在牆上的木棍，在灶膛裡撥弄幾下，將上面一層木灰撥開，露出裡面的火炭，從旁邊抓起一把玉米芯扔進去，對顧清言道：「爹剛剛做飯，裡面的火還沒燃盡，可以就著用。」

「好。」顧清言點點頭，表示明白。

等火燒起，顧清婉拍了拍顧清言的肩膀。「交給你了。」說完，她拿抹布在盆裡搓揉幾下，開始擦桌子和灶臺。

顧清言燒著火，眼睛隨著顧清婉移動，臉上掛著一抹無奈的笑容，他怎麼也想不到，有一天會喊一個比他小十二歲的少女姊姊。雖然荒唐卻不反感，這一家人給他的感覺很溫暖，感覺最特別的應該是這個姊姊，她雖然有時候在笑，但恍似能看到她淚流滿面，很奇怪，他也解釋不出這是為什麼。

不管以前發生什麼令她傷心的事，以後他再也不會讓那些事發生，他要讓她表裡一致，臉上總有笑容。

「言哥兒，你在發什麼呆，我在跟你說話呢。」顧清婉喊了顧清言好幾遍，不知道他在想什麼，那麼入迷。

回過神來的顧清言訕訕地摸摸頭。「姊姊說什麼？」

「明兒好好看家，誰來都不要開門。」顧清婉一臉慎重地對顧清言說完，拉他起身。

「我忙完了，你去院子裡坐吧。」

「為什麼不能給人開門？」顧清言並沒出去，而是蹲在一旁，就著燭光看向顧清婉的眼睛。

「最近人拐子多，你一個人在家，我擔心。」顧清婉往爐灶裡加了一把玉米芯，灶膛裡的火光亮起，照得她小臉熠熠生輝，如同月色下綻開的蓮花，芬芳且美麗。

「好，我聽姊姊的。」顧清言點點頭。

「對了，這幾天最好別讓爹給人開藥，如果可以，也儘量讓爹別給人看病。」顧清婉怕她一個人會有疏漏，有弟弟幫忙，或許就會萬無一失。

聽完顧清婉的話，顧清言好似抓到什麼，旋即故意作出一副不解的神情。「為什麼？看病就會有銀子，有銀子不賺，那不是傻子嗎？」

「總之不行，你聽姊姊的就好，姊姊求你。」顧清婉著急道。

「那妳給我一個理由，要不我不答應。」顧清言嘟著嘴將臉別過一邊，其實心裡一陣惡寒，他一個將近三十歲的男人竟然做出這種表情。

顧清婉以為顧清言失憶，又是個孩子，隨便編造一個謊言，應該能騙過去，旋即在心裡組織一下語言，緩緩道：「姊姊作了一個夢，一個很可怕的夢，夢裡你和我一起採藥摔下山坡，回來幾天後就再也沒有醒來。過沒多久，爹爹醫死人，被帶到縣衙，慘死牢房中，娘去領回爹爹屍體，回來後傷心欲絕地上吊，就吊死在我們的堂屋門口。」

說到此處，顧清婉已經泣不成聲，顧清言鬆開緊緊攥著的拳頭，起身走到門口挑開簾子望了一眼，又抽回身子蹲在顧清婉身邊，他凝眉問道：「那後來呢？」

顧清婉用袖子抹了一把淚，又將自己後來如何被騙，如何被算計做了陸仁妻子的事，直到被陸仁剖腹剜子慘死的下場說了一遍。「所以，姊姊好怕，我怕夢裡的一切會變成現實。」

顧清婉自己也弄不清楚為什麼要對弟弟說，就是直覺，直覺弟弟能幫她。

「好，我答應姊姊，不會讓姊姊的夢變成現實。」顧清言站起身將顧清婉抱進懷裡安慰，他的心很痛，很痛！只有他清楚這不是夢，他就說姊姊很特別，笑容裡隱藏著淚水，原來姊姊是重生的。那個人是叫做陸仁是嗎？等著吧，等著我顧清言將你碎屍萬段。

顧清婉以為弟弟只是太單純，才這麼容易相信自己，並沒多想，抹了一把淚，推開弟弟，鄭重道：「姊姊給你說的事，萬萬不可告知爹、娘，記下了嗎？」

「姊姊放心，我絕對不會告訴爹、娘。」顧清言舉起手保證。

「姊姊相信你，別隨便舉手發誓，舉頭三尺有神明。」顧清婉急忙抓過顧清言的手嗔怪道。

「好。」顧清言雖然不相信鬼神一說，但是他的穿越、姊姊的重生，讓他都弄不清楚了。

姊弟二人在這邊談著他們的秘密，顧愷之夫婦亦是如此。

屋子裡響起如細雨落在樹葉上的沙沙聲，顧母從背簍裡抓起一把桑葉，一片一片鋪在簸箕裡，簸箕裡有密密麻麻的蠶，桑葉剛鋪上，須臾便被吃得只剩下桑葉梗。

「愷之，我總覺得兩個孩子都不一樣了。」身為人母，孩子有變化怎麼會感覺不出。

「不管怎麼變，都是我們的孩子。」顧父自然也能看出來兩個孩子的轉變。

「女兒突然有了怪力，兒子突然失憶，怎麼會有這種奇怪的事？」餵蠶的動作不停，顧母憂心忡忡地道。心裡擔心，是不是要發生什麼事了？

「妳無須擔心，老天安排這一切，自有祂的道理。」顧父說著，側目看向顧母。「月娘，要不我們讓言哥兒……」

「不行。」顧母不等顧父說完，直接開口拒絕，就算顧父沒有說完，她也能猜測他的想法。

「好吧，妳不同意就罷了。」顧父嘆了口氣，眉宇裡帶著些許的惆悵。

「愷之，你是不是還沒死心？」顧母停下餵蠶的動作，轉頭靜靜地看著顧父，她的眼睛在昏黃的燭光裡，顯得格外明亮。

第五章

「沒有。」顧愷之勉強笑了笑，背過身去繼續餵蠶。

顧母滿懷感傷，聲音裡帶著無限惆悵。「這麼些年你始終忘不了師父的交代，但是，你要為我們兩個孩子著想，難道你想讓他們過著顛沛流離的生活？」

「月娘，不說了，妳別傷心。」聽出妻子聲音裡的哭腔和顫意，顧父連忙放下桑葉，走過去握住她的手安慰。「為了我們的孩子，為了妳，我以後再也不提那件事。」

「愷之。」月娘撲進丈夫懷裡，眼淚唰唰往下掉。「不是我不孝順，要讓你忤逆你師父的意思，令他老人家在九泉之下也不安心，實在是我不想讓兩個孩子受到牽連，跟著我們顛沛流離，我過夠了那樣的生活。」

「不想了，為了妳和孩子的安定平安，我會將那件事埋在心底，爛在肚裡。」顧父抱著顧母，拍背安撫，語氣裡滿是堅定，隱隱還有幾分無奈。

得到顧父的保證，顧母輕輕頷首，兩人擁抱的身影被燭光映射在牆壁上，跟著燭火忽明忽滅的光微微搖曳。

腳步聲響起，隨之而來是顧清言的聲音。「爹、娘，水燒好了。」

顧母連忙從顧父懷裡退回身子，用袖子抹了抹眼淚，抓起一把桑葉若無其事地餵蠶，嘴裡應道：「知道了，你和你姊先洗，我和你爹餵完蠶再洗。」

「我們等爹娘一起。」顧清言俊朗筆直的身軀已經挑簾走進屋來，他笑著走到顧父旁邊，抓起一把桑葉，學他們一片一片鋪在簸箕裡。

顧父、顧母見此，臉上都是滿足欣慰的笑容。「摔了一跤，性子都沈穩不少，還會幫爹娘幹活了。」

「以後兒子天天跟著娘幹活，跟著爹學醫。」顧清言淡笑道，看向門口挑簾進來的顧清婉，眼裡閃過一絲心疼。

聽到兒子這麼懂事的言語，顧母和顧父高興得合不攏嘴。

「爹、娘，以後我和言哥兒能做的事，儘管讓我們做便是，你們無須再勞心費神。」顧清婉走到顧清言旁邊，一起餵蠶。

這話，令夫妻二人相視一笑。

「對了，娘，蘭嬸說還要一家之主的身分銘牌才能領取米糧，到時可別忘記拿上爹的身分銘牌。」顧清婉想起蘭嬸的話，提醒一聲。

「娘記著呢。」顧母回道。

顧清婉卻微微蹙起眉，疑惑不解地道：「這縣衙發米糧需要身分銘牌沒什麼奇怪，為何連這夏家米鋪也要身分銘牌這東西？真是弄不懂。」

狀似無意的話，卻令顧父微微瞇起雙眸。

顧清言接過話。「或許只是例行簡單的登記而已，人家派發米糧，總不能誰領取他家米糧都不知道。」

顧清言的話有幾分道理，消除了顧父幾分警惕。

顧清婉腦子裡想起顧清言失憶的事，她側目看向一旁的弟弟。「言哥兒，你失憶了，那你可還識得字？」

顧父、顧母亦是側目望向兒子，他們也想知道這個答案。

「不清楚。」顧清言搖頭，他沒有見過這個世界的文字，不好說。

「那你待會兒拿本醫書先看一下，還記不記得那些字。」顧清婉說著，將鋪好桑葉的簸箕往架子上放，又抽出上一層的簸箕，姊弟二人雙手利索地鋪著桑葉。

「好。」顧清言看向低頭鋪桑葉的顧父。「爹，家裡可有關於我國歷史的書籍？」

顧父微微一愣，旋即明白過來兒子為何要這些書，開口道：「餵完蠶，爹找給你。」

「你都還沒確認識不識得字，怎麼就要麻煩爹了。」顧清婉嗔怪道。

「先讓爹找出來，若是不認識，到時候姊姊教我。」顧清言笑道。

顧清婉看著弟弟的笑容，總覺得弟弟和以前反差有些大，不過就像她娘說的，活著就好，只要人在，比什麼都強。

有她和顧清言在，話題總是不斷，一家人說說笑笑，不多時，一屋子的蠶都餵完了。

顧清婉點起蠟燭，找來一本史書遞給顧清言，讓他先翻翻看。

顧清言依言翻開書，裡面的字竟然和他認識的文字一樣，他早就應該想到，他一個穿越者，怎能聽懂他們說話，原來是文字和語言都一樣。

他認真地看起這本書的開篇，書的開頭是簡介，他現在所在的地方是個名叫大夏王朝的國家，類似唐代，國力強盛，外邦臣服，合朝上下重文輕武，文風鼎盛。

他就說，在一個陳腐的古代，為何像姊姊這樣的女孩都識字，原來是國風使然。

這一點，顧清言倒是理解錯了，不是國風的關係，而是顧父的關係，在他心裡，兒女都一樣，識文斷字懂的道理才會多，多讀書，才能少吃虧。而且，顧父是一個醫者，當然希望兒女都能讀懂醫書，閒暇時，便督促姊弟二人讀書。

因此雖然姊弟二人都未進過書院，卻比很多進過書院的人要懂得多。

其實村子裡，不識字的女子比比皆是，男子亦有很多不識字的，畢竟家境寬裕的人才能進得起書院讀書，在這窮山僻壤的山溝裡，有錢的人不多。

「爹、娘，你們不用擔心了，看來言哥兒還識得字。」顧清婉從灶房裡端出洗腳水，放在二老腳下，她一邊說著，一邊蹲下身為顧父脫鞋襪。

顧清言聽到這話，笑著抬頭看向顧清婉，並沒說話。

兒子的表現是默認女兒的話，令顧母和顧父都一陣輕鬆地笑起來。顧父將雙腳泡進洗腳盆裡，打趣道：「我和妳娘可沒擔心過，若是言哥兒不識得字，麻煩的可是妳。」

話音一落，一家人都笑起來。

顧清婉為顧母脫了鞋襪，二老都泡上腳，她走到顧清言旁邊。「可有不識得的字？」

「沒有。」顧清言搖頭，他黑亮的眼珠一轉。「爹，兒子不記得以前的事，為何還記得這些字？」

「爹也弄不清楚，醫理的事情不是我們能參得透的。」顧父只好把這一切歸於醫理都無法解釋的事。

顧清言笑了，他發現，他的這個便宜爹真是個很了不起的人，想法令他這個現代人都不得不佩服，溝通起來完全無代溝。他本來就是想要消除一家人的懷疑，這便宜老爹真的如了他的願。

顧清婉和顧母不懂這些，只能看著父子倆討論。

和樂融融的氛圍，讓顧清婉隱在黑夜裡的眼睛微微有些濕潤。

戌時的月亮早已爬上樹梢，灑下清澄的銀輝。

燈火熄滅，各自回房上床休息，顧清婉躺在床上，雖然和家人待了一天，她還是有點不真實的感覺，雙手掐著大腿，用力一擰——「嘶！」好痛，看來是真的，她是真的重生了，而且爹、娘和弟弟都在，她覺得自己好幸福。

這一世，說什麼也不會讓上一輩子的遭遇再次降臨，這一世只要一家人平平安安、健健康康，就算死後要下那阿鼻地獄也毫不畏懼。

卯時剛到，顧清婉便睜開雙眼，聽著外面樹梢上的小鳥歡快地唱著小曲，心情也變得愉悅。

從衣櫃找出一件七、八成新的粉色衣裳、一條藕粉色百褶裙，再配上一雙綠色芍藥繡花鞋，出了房門，便被院子裡梳頭的顧母看到。「穿得這麼鮮是要做什麼？」

「出門時我再換一件素色的。」顧清婉差點忘記這茬，她娘前世時一直就不讓她穿得光鮮亮麗地出現在別人眼前，說那樣是在招蜂引蝶，正經人家姑娘才不會那樣做。

對於這點，顧清婉表示很無奈，哪個姊兒不愛美，但她娘管教得就是比別人家要嚴厲。

正巧顧清言從屋裡出來，聽到顧母和顧清婉的談話，看向舀水洗臉的顧清婉，清新脫俗的裝扮並沒有什麼不妥，他不解地問道：「姊穿這樣很好看，為什麼要換？」上街趕集不都是要穿最好看的衣服嗎？

顧清婉偷偷瞧了顧母一眼，對顧清言搖頭，示意他不要問那麼多。

顧母也沒開口解釋，將長長的髮絲盤了一個髻在後腦，用一根雕刻精緻的木簪固定住，對顧清婉道：「娘今兒給你們煮玉米糊糊吃，小婉收拾好，去拔個蘿蔔回來切絲涼拌。」

「好。」顧清婉乖巧地應一聲，等顧母進了灶房，她才看到一臉無措的顧清言。「怎麼不刷牙洗臉？」

「姊，用什麼刷牙？」顧清言一臉茫然，從昨日醒來後他就感覺嘴裡不舒服，但又不好意思問，自從知道姊姊是重生之後，就感覺和姊姊更親近了一些。

顧清婉莞爾。「等等，我給你拿去。」說著，她進了自己房間。

從櫃子上拿下一個竹筒，竹筒裡塞著撕好的柳條，抽了一根拿出去，遞給弟弟。「今兒回來，我們去後面墳地多折一些給你放著。」

「嗯。」顧清言根本沒有聽清楚顧清婉說的是什麼地方，他拿過柳條便舀水刷牙，第一次用這個東西，有些不習慣，要不要自己製作一個牙刷呢？

顧母挑簾探頭出來。「你們姊弟兩個洗漱完，先來喝杯溫水。」

早上起來喝杯溫水，可以清洗腸胃，防止口臭。

「好。」顧清婉應一聲，拿過卡在牆縫中的篦子梳頭，他們家的房子是人家的老房子，她爹娘逃荒到這裡買的，這房子用石頭建造，有的地方已經裂開一條條縫隙。

麻利地將頭髮分股，結鬟於頂，用帶子束著垂下的髮尾，垂於肩上，簡單的垂鬟分髾髻，令顧清婉看起來更加俏麗動人。

顧清言洗漱完，抬了條板凳坐在房簷下，等顧清婉梳理好頭髮，他眼睛一亮，他這個姊再大一些，一定是個美人，才十四歲就這麼漂亮。

不過，娘都那麼漂亮了，何況是姊姊呢？

顧清婉梳理完頭髮，撿了落髮，看著弟弟眉開眼笑，也不知他想到什麼。「要不要姊姊給你梳？」

「好。」他笑著點頭，露出一口潔白的牙齒，耀眼至極。

「你這隻皮猴，都已經十二歲了，還不學習怎麼紮頭髮。」顧清婉走過去，解下弟弟的髮帶，用篦子梳理起來。

「不是有姊姊和娘幫忙嗎？」顧清言笑了，突然間回到少年，感覺很不錯，有爹、娘、姊姊疼的感覺很棒。

「你們兩個都是不聽話的皮猴，娘不是叫你們先喝水嗎？水都要涼了。」顧母一臉笑容，端著兩碗溫水從灶房出來，走向姊弟二人。

姊弟倆相視一笑，小跑過去接過顧母手中的碗，「咕嚕咕嚕」幾口喝完。

顧清婉接過弟弟手中的碗，放進灶房後出來，聽到弟弟問她娘。「一早起來怎麼不見爹呢？」

「你爹早早就出門了，宗家坳路程遠，早點去，儘量在天黑之前趕回來。」顧母說著已經進了灶房。

這麼說，他爹早餐都沒吃就出門，起早貪黑這麼辛苦，顧清言心裡很酸澀，再看看他們家的危樓，心想該用什麼辦法掙錢，讓他爹、娘、姊姊過上好日子。

顧清婉不清楚顧清言在想什麼，她為他梳了兩個總角辮子，捻了落髮，就去後院拔蘿蔔回來清洗、切絲，調了鹽。

家裡只有鹽巴，花椒要七月末八月初才能收成，辣椒這才育苗，還得兩個月才能見到，窮人家除了逢年過節，一般時候都很少買這些香料做菜，若是遇到天荒年，鹽巴都吃不起。

顧清言吃著只有鹽味的涼拌蘿蔔，就著玉米糊糊，心裡已經盤算起來。

顧家人生活一向如此清貧，顧母和顧清婉都已經習慣，她們並不覺得有什麼。不過顧清婉倒是想著去打獵的事，打了獵物，就能讓全家都吃到肉，還能拿到集市上去賣。

飯後，顧清婉換了一件淺藍色斜排短衣，下著同色百褶裙，腰束同色帶子，一雙平時穿的藍布鞋。剛換好衣裳出來，蘭嬸就來了，在門口喊了一聲。「月娘，收拾好了嗎？」

顧母從東北屋裡應一聲。「好了，妳先進來坐，我再找個袋子。」

蘭嬸進來院子，顧清婉從西屋裡出來，見她一身只有老婆婆才穿的色澤，笑道：「妳娘是不是又不讓妳穿好衣裳出門了？」

「是我自己要穿成這樣。」顧清婉笑道。

「得了吧，妳娘什麼性子，我會不知道，妳看蘭嬸我。」蘭嬸說著手從頭指向腳。「一身衣色都比妳鮮亮多了，真不明白妳娘為什麼要管這個。」

蘭嬸一頭青絲梳理得一絲不苟，和顧母一樣在後腦盤了個簡單的髻，上著五、六成新的黃色印花斜排短衣，下著同色百褶裙，腰束青色緞帶，腳上是藕色繡花鞋，這麼看，確實比顧清婉鮮亮好多。

「娘自有她的道理。」顧清婉說著，走向坐在門檻上看書的顧清言。「想要什麼？回來給你捎上。」

「沒有。」顧清言已經徹底明白這個家的境況，就算有想要的，他也開不了口。

「姊姊回來給你捎兩個米粑粑。」顧清婉想著弟弟從前就愛吃這個，就算失憶，口味應該不會改變。

「不要，我現在不喜歡吃那些東西。」顧清言說了違心話，說真的，他剛才都沒吃飽，現在聽到和「米」字有關的食物，已經悄悄吞了一口口水。

「你是我弟弟。」顧清婉莞爾一笑。

他是她弟弟，又怎麼會不瞭解？

顧清言臉一紅，低頭看書掩飾尷尬。

「姊姊洗碗的時候，就著娘做飯的火，扔了兩顆馬鈴薯進去灶膛，想必已經能吃了吧。」顧清婉眨著明亮清澈的眼睛，慧黠地道。

「謝謝姊姊。」顧清言心裡一暖，真想在姊姊白皙的小臉上親一口，原來，姊姊心思如此細膩，竟察覺到他沒有吃飽。

顧母從東北屋出來，手裡拎著裹好的布袋，笑著對蘭嬸道：「讓妳等這麼久，不好意思。」

「好了嗎？好了就走。」蘭嬸從板凳上站起身，伸了個懶腰。

顧母道聲好了，隨即對顧清言又交代幾句，讓他別亂跑、好好看家的話，把布袋扔進背簍裡，揹起背簍和蘭嬸一起往外走。

顧清婉拿過一早準備好的羃䍦，對顧清言道：「出來關門。」

「姊姊，妳的腳真的沒問題嗎？」顧清言關心地問道。

「沒事，一點都不疼了。」顧清婉笑著朝外走去，心裡也很奇怪這一點，本來昨兒她醒來後膝蓋很痛的，越到後來，疼痛越輕，今兒一早竟已經感覺不到痛了。

她現在沒有時間來探究是怎麼回事，只能留待以後慢慢發現，或許她現在的身體，帶著強大的力量也說不定。

一路上，她們見到人就笑著問好，同一個村子的人，她爹又是醫者，有時不等她們開口，別人就先打起招呼。

今兒整個村子，每家每戶都有人去集市，都知道夏家米鋪派發糧食的事，有這種好事，誰都不願意落下。

第六章

「月娘、小蘭，等等。」三人正走著，後面傳來女子的喊聲。

三人轉身看去，是顧家對門的李春媳婦王青蓮，她揹著背簍，滿頭大汗跑來，有著雀斑的臉上帶著幾分不滿，一嘴齙牙一張一合。「妳們兩個真不夠意思，都不叫我。」

顧母和蘭嬸相視一眼，旋即笑道：「還以為妳有伴了。」

王青蓮三十七、八的年齡，這個人喜歡嚼舌根，東家長西家短，和羅雪容走得近，但和顧母、蘭嬸關係也不差。

「沒有。」王青蓮搖頭。

顧清婉笑著喊了王青蓮一聲，算是打招呼。她對王青蓮只有「同情討厭」四字，同情是因為李春在外面有了一個小婆子，長期不歸家，丟下王青蓮一個女人帶著三個孩子，日子過得很苦，三個孩子大了，一個兩個都不在家孝順她。討厭，自然是討厭王青蓮那張嘴，總是在背後說人長短，沒有的也給你編一個。

「昨日的事我都聽說了，容嬸現在越來越過分了。」王青蓮走在顧母和蘭嬸中間，開口道。

兩人都沒有接話，王青蓮就是一個兩面派，當著別人的面說另一人的壞話，當著另外一個又說你的壞話，因此不宜和她多說。

王青蓮繼續道：「也難怪她現在這麼跩，大兒子現在是秀才老爺，二兒子雖然沒讀書，但聽說在外面混得不錯，三兒子現在又是童生，只等考過縣試、府試、院試，又是一個秀才老爺。」

顧母和蘭嬸相視一眼，只笑不語。

顧清婉揹著背簍走在後面，聽著王青蓮說完羅雪容三個兒子，又誇起人家兩個女兒，在心裡甩了兩個白眼。王青蓮是在告訴她們娘兒倆，羅雪容就算罵了她們，顧家沒有撐腰的，就不要去惹羅雪容。

聽來聽去，都是在替羅雪容傳話。

顧清婉心裡微怒，但又不好說難聽話得罪人，臉上帶著得體的笑容道：「蓮嬸，李叔是不是快回來了？昨兒我夢見豬往妳家門裡鑽。」

不能說難聽話得罪人，又不想聽王青蓮誇耀羅雪容一家，顧清婉故意岔開話題。她這樣說是有道理的，老人們都說夢見豬回家，是出門在外的人要回家的意思。

她記得前世，爹出事被帶走那天，就聽人說李春回來，還帶著他的小婆子。兩人回來就把家裡的臘肉給煮了，王青蓮幹活歸家，想要找他們吵，反被兩人綁在灶房的木柱上，看著兩人笑嘴瞇眼地把整鍋肉吃完。當時她娘因為她爹的事已經焦頭爛額，所以沒有閒情去關心王青蓮。

「是嗎？我也有那種感覺，這兩天房簷下老蜘蛛吊著下來，我還說是不是有客人要來我家呢。」王青蓮被轉移話題，齙牙嘴一張一合，爆出點點唾沫。

「李春有多久沒回來了?」轉移了話題，蘭嬸接過話去。

幾人邊走邊聊，王青蓮的情緒也低落起來，說起自家的孩子和男人，她就一肚子苦水，趁此機會就和兩人倒倒苦水，一邊說著眼睛通紅，偶爾長長地嘆氣，表示心酸。

前幾天下雨，出了村子，路就變得難行，泥巴路又濕又滑，幾人深一腳淺一腳地走著，裙裾帶起點點泥巴星子，繡花鞋裹著一層黏黏的泥巴。

顧清婉沒有循規蹈矩地走，而是跑跳著走，她儘量跳走到長草的地方，鞋子便不會沾上太多土。

顧清婉再次驚訝，因為她發現自己的身體變得好輕，用身輕如燕四字來形容也不為過，本來她一身怪力，還以為身子會特別沈，踩下地的腳印會非常深，沒料想，她提氣跳躍，腳尖著地時，竟有種輕如鴻毛的感覺。

不但沒有踩出深深的腳印，就連地上的草也沒塌多少，令她一臉茫然。

有旁人在，她不敢有太大動作，只是跟在三人身後小心嘗試，幾番跳躍下來，她心情無比雀躍激動，雖然不清楚到底怎麼回事，但她知道自己又多了一樣技能，她現在不但力大無窮，更是身輕如燕。

有了這一想法，顧清婉對改變一家命運又多了成倍的信心，壓制住雀躍的心情，默默地跟在後面。

好在走出村子山下十里路，有一條河流。

河邊有她們村子不少人，情況和她們一樣，褲腳和裙襬、布鞋都是泥巴，這些人就著河水把泥巴清理乾淨，一邊笑著閒聊。

顧清婉幾人在河邊把裙襬和布鞋上的泥巴清理掉，才提著裙襬踩著鵝卵石涉水過河。

河岸這邊有一道用鵝卵石修建的河堤，順著這條河堤走，便能走到鎮上。

過了河，又加了村子裡的兩個婆娘，俗話說三個婆娘一臺戲，五、六個婆娘在一起，嘰嘰喳喳閒話不停，用了小半個時辰，終於走到鎮上。

今日的市集很熱鬧，才到鎮口，一股牛馬驢糞的臭味向鼻尖襲來，兩邊街道擺滿琳琅滿目的商品，一摞摞瓷碗、大甕、水缸用稻草綑住擺放得整整齊齊，攤位後方拴著各家馬匹或驢車、牛車。

人流湧動，顧母擔心和顧清婉走散，緊緊拉著她的手。

顧清婉觀察著兩邊的商品，一邊小心翼翼地避開別人的背簍撞到自己，清澈的雙眼在一些賣吃食的攤位上掃過，留意哪裡有賣米粑粑，回去的時候好給弟弟捎上。

今日大部分的人都是來領取米糧的，同顧清婉幾人一樣朝夏家米鋪擠去，一個兩個擠得滿頭大汗，汗流浹背，儘管陽光刺眼，卻沒有人生起打退堂鼓的心。

這種好事百年難遇一次，小老百姓們當然要卯足勁地朝前面擠，生怕自家領不到。

夏家米鋪是在東街，等顧清婉她們擠到東街口，早已人滿為患，排了一條長長的人龍，也有一些百姓已領取了米糧朝外擠，嘴裡嚷著讓讓之類的話。

百姓們不懂秩序，但夏家人早已請來官差維持秩序，安排領取米糧的百姓們排好隊，一個一個上前領取，不遵守秩序的人領不到米糧。

顧清婉幾人就接著長長的人龍排隊，一個個踮高腳尖，探頭探腦望向前面。今日的東街全被夏家人和領取米糧的百姓佔領，兩邊鋪子都店門緊閉。

領取米糧的百姓排了三排，派發米糧的速度很快，只見一個個領完米糧的人，滿臉笑容地從身旁經過，見了熟識的人，笑著打聲招呼離去。

顧清婉耳裡全是交談聲、笑聲，如同蒼蠅一般嗡嗡直響，令她煩躁不已。前世，自從她一家出事，便很少出門，早習慣安靜的日子。

今日她才知道，如潮水般的說話聲湊在一起，是多麼令人煩躁。

正在顧清婉倍覺煩躁時，身後突然響起驚呼聲。「天哪！他就是夏家米鋪的東家嗎？長得真好看！」

「是啊，可惜是個殘廢。」身後的人壓低聲音道。

顧清婉好奇地轉身朝後方看去，陽光下，輪椅轆轆轉動而來，上頭坐著一個清瘦的男子，男子二十來歲，就算坐在輪椅中，也能看出他身材挺高。

他一襲藍色棉麻長衫，同色布帶束髮，斜飛入鬢的劍眉，迷人深邃的鳳眼，又直又挺的鼻子，稜角分明的俊顏，無不訴說著男子儀表不凡，氣質雍容閒雅。

看到這樣的男子，顧清婉心裡發出一聲輕微的嘆息。

如此一個儀表堂堂的男子，眉宇間竟帶著些許暮氣，令人有種望天長嘆英雄白頭的悲涼感。

在他身後，跟著兩名精壯的漢子，應該是他的護衛。

興許是顧清婉的眼神太過專注，男子似有所感地抬眼對上她的目光，四目相對，旋即又各自移開，這一眼無波無瀾。

對彼此來說，對方只是個陌生人。

且顧清婉戴著冪羅，模樣完全隱藏在冪羅中，男子根本看不清。

顧清婉正準備轉身，身後一排人不知為何驚叫起來，她側目望去，只見最後方一個身穿黃色印花衣裙的少女朝人群外用力擠，來不及多想，她身後一排人接二連三地朝前撲過來，她後面是一名五大三粗的壯漢，若是被他撲倒在地，她名聲可就壞了！

偏偏她又不能讓，前面是她娘，還有蘭嬸她們啊！

眼看男子即將撲上來，顧清婉淡然轉過身，用背簍隔著和男子之間的距離，當男子雙手摸到她背簍時，微微用力後推，身後男子本來前衝的姿勢，瞬間朝後仰去，倒在後面的人身上，嘴裡直哎喲哎喲地叫。

他們這一排發生這樣的事，自然引來無數人的目光，所有人哈哈大笑起來。

夏家米鋪的東家亦看到了這一幕，不過他的心思不在此，而是在那名少女身上。事情發生到結束，少女始終沈著淡然，不驚不慌，最後直接用背簍將壯漢反推回去。

就算是他身後的阿大、阿二，想要將那名壯漢反推回去，也要費不少力氣，且那名壯漢可是被身後的人推倒，帶著身後人的力量，一般人根本反推不回這樣一個壯漢，但是這名少女輕易就做到這一點……

可見這名少女不簡單！

顧清婉不知道她的表現令夏家米鋪東家多看兩眼，此刻被顧母和蘭嬸幾人圍著，問她有沒有事、有沒有被嚇到的話語。

她搖頭表示沒事。

她沒事，但有人卻有事。

被她推倒的壯漢此刻倒在地上翻滾，身上裹了一身泥，嘴裡嚎叫著。「痛死人了，救命啊！」

「怎麼回事？」眾人不解地問道。

排隊領取米糧的人，此刻全把疑惑的目光投到壯漢身上，不明白發生何事。剛才一併倒地的人也相繼站起身，他們也不清楚壯漢在唱哪一齣，他們都沒事，他一個五大三粗的男人在地上鬼哭狼嚎什麼？

顧清婉她們幾人也是茫然地看著，不明白這壯漢怎麼了？

夏祁軒見到這一幕，斜飛入鬢的劍眉雲卷雲舒，旋即一揮手，身後的阿大俯身上前，他在阿大耳邊低聲說了幾句，語落，阿大撥開人群，朝夏家米鋪走去。

壯漢痛得滿頭是汗，他忍著疼痛，看向顧清婉，嚎道：「妳把我的手弄斷了！」

「我？」顧清婉一愣，以為自己聽錯了。

顧母幾人也是不解，心道：是不是遇到碰瓷（注）的人了？

「不是妳是誰?!」壯漢吼了一聲，又在地上滾兩圈。

注：碰瓷，泛指偷雞摸狗，敲詐勒索的行為。

「我什麼時候弄斷你的……手……了……」顧清婉本想反唇相稽，這才想起自己一身怪力，她以為一點點力道，對別人來說卻是傷筋斷骨的，於是辯解的聲音越說越微弱。

想到此，她連忙走過去。「讓我看看。」

「妳想幹什麼？離我遠點！」壯漢如同見鬼般瞪著驚恐的眼睛朝後退避。

看到壯漢避她如蛇蠍，顧清婉的心好像被狠狠撕開一層皮，隱藏在冪籬中的眼裡劃過歷經滄桑後的悲涼。

整理好情緒，她面色如常地道：「你不是說我弄斷你的手嗎？你不讓我看，我怎麼知道是不是真的？」說完這句，她聲音沈下來。「還是說你想訛我？」

她的靈魂本就是從地獄裡爬出來的惡鬼，帶著地獄裡的陰寒煞氣，聲音裡不自覺散發著徹骨寒涼，將壯漢嚇得停止哀號，心裡的恐懼令他忘記身上的疼痛。

顧母感覺到周圍人的目光都在女兒身上，微微蹙起眉，她走到顧清婉身旁。「小婉，人家都看著呢，少說兩句。」

聽到這溫柔的聲音，顧清婉瀰漫陰霾的心立即陽光明媚，她側目看向顧母，冪籬中的小臉上綻開一抹笑容。「娘，他說我弄斷他的手，又不讓我給他看，我怎麼知道他是不是想訛我？」

「行了，別說了，不讓看就別看，妳一個女孩子，給他看也不合適。」顧母看了一眼地上的壯漢，雖然知道女兒接骨接得好，但那也是給豬、牛、狗等畜牲接骨，這人和畜牲的骨骼可不一樣，萬一再弄出個三長兩短可不好。

村子裡有個老獸醫，顧清婉小時候長得和年畫上的娃娃一般可愛，那老獸醫疼愛她，天天帶著，她自然學會老獸醫的那些醫術，不過前兩年，老獸醫得了絕症，已經與世長辭了。

壯漢半天才反應過來，見母女二人站在那裡說話，又嚎叫起來。「哎喲喲，痛死我了！妳們不能走，賠我銀子！」

「娘，您聽，他就是想要訛我們的銀子。」顧清婉指著壯漢，語氣裡帶著怒意。

顧母看了壯漢一眼，拍拍女兒的手，她看向周圍的人。「各位父老鄉親，可有懂醫術之人？」

顧清婉看明白她娘的意思，娘是怕她給壯漢檢查，對她名聲不好，真不明白娘是怎麼想的，醫者眼裡沒有男女之分，只有傷患，爹不是都對娘解釋過了嗎？為什麼娘總是想不開。

顧母連著問了兩遍，也不見有人回答，就在顧清婉準備勸說她娘的時候，離去的阿大撥開人群又走回來，身後跟著一個六十來歲的老頭，老頭肩上挎著一個藥箱，很明顯這是一名大夫。

阿大走到夏祁軒身後站著，夏祁軒溫和的目光停在大夫身上。「胡大夫，要麻煩您了。」

「夏東家客氣了。」胡大夫神情恭敬，抱拳作揖，旋即挎著藥箱走向地上嚎叫的壯漢。

顧母面帶笑容，客氣禮貌地對胡大夫道：「麻煩大夫了。」不管這胡大夫是不是受人之託，至少也是幫助她們母女，客氣一些是應該的。

胡大夫對顧母的態度可不比對著夏東家，他淡淡地睨了顧母一眼，收回目光，蹲在壯漢旁邊放下藥箱，開始檢查壯漢的情況。

顧母並沒有因為胡大夫的態度而感到不舒服，大多數人都捧高踩低，她不會放在心上。

顧清婉和顧母的想法卻不同，看到胡大夫狗眼看人低的眼神，她心裡明白，不管在什麼時候，有錢有勢才會受人尊重，這一刻，她心裡無比渴望有錢。

他們家想要權勢這輩子是不可能的了。她爹娘是平頭百姓，她從沒想過攀龍附鳳，但爹娘不允許弟弟進書院讀書考狀元，也不知道是為什麼。

不過，不管是為什麼，作為子女，她尊重父母的決定。

幸好她現在有特殊能力，只要運用得當，相信可以給家人創造出好日子。

顧清婉在心裡立誓要奮起掙錢的時候，胡大夫已經檢查完畢，他站起身，對輪椅中的夏祁軒道：「夏東家，他的雙臂是大力所致脫臼，其他沒什麼大礙，不過得快點找到接骨的師傅，否則他的手臂就算接好，也會有後遺症，最壞結果就是以後雙手都使不出力氣。」

周圍都是單純的百姓，聽到胡大夫說得那麼嚴重，都震驚得瞪大雙眼，同情地看著地上嚎叫的壯漢，猜想是誰把那漢子的手給弄脫臼了？

誰也不會想到是那看起來風一吹就倒的少女。

第七章

夏祁軒不著痕跡地看了顧清婉一眼。他早已練就的淡然之心，這一刻變得不再淡定，不過此時不是震驚的時候，得解決目前的情況，他溫和的聲音響起。「胡大夫可會接骨？」

「術有專攻，老朽沒有涉及接骨一類。」胡大夫一臉慚愧。

「我會。」怕攤上大事，顧清婉已經顧不得娘高不高興，上前一步道。

所有人的目光都聚集在顧清婉身上，她淡然自若，完全沒有感覺到心慌。

當顧母聽到胡大夫說壯漢再找不到接骨師傅手會使不出力氣時，心裡害怕極了，要是從此被這人纏上，那她一家人可怎麼辦？於是一時沒看住女兒，讓她開了口。

聽顧清婉這麼說，連忙扯她的手。「妳會什麼，別添亂，妳一個姑娘哪裡會這些？」

在道與德之間，顧母顧忌的是德，她想顧清婉能嫁個好人家，就不能拋頭露面。

「娘，都這個時候了，您還顧慮什麼呢？」顧清婉微微蹙起眉頭，無奈的聲音裡帶著幾分懇求。「救人一命勝造七級浮屠，別人不知道他的手怎麼回事，您還不知道嗎？若是再不為他接好骨頭，他就落下終生殘疾，一個耕地種田的小老百姓，若是雙手使不出力氣，這是要了他的命，再說您難道不害怕人家纏著我們家？」最後一句話，顧清婉對顧母耳語，戳中顧母最擔心的一點。

蘭嬸和王青蓮早就被這情況嚇傻，她們平時再怎麼橫，也只是在村子裡，現在到了外面，這裡圍著不下千人，遇到這樣的事，自然嚇得不輕，此刻聽到顧清婉的話，也立即開口勸說。「月娘，妳就讓小婉給人家看看，人家會感激妳一輩子。」

「這位嬸子，若是您女兒真能接骨，何不讓她幫忙，這也是行善積德的事。」夏祁軒聽出問題所在，也明白顧母的顧慮，他臉上帶著溫和的笑容，禮貌地道。

「是啊，月娘。」蘭嬸和王青蓮也附和著勸說。

「好吧。」顧母猶豫半晌，深深地嘆了口氣，點點頭。

看到顧母點頭，夏祁軒微笑地看向顧清婉。「麻煩姑娘了。」

顧清婉沒說什麼，只是淡淡地點頭，旋即走向那名壯漢。

壯漢疼得死去活來，根本沒聽到幾人談話，此刻見顧清婉走向自己，瞪著眼睛朝後躲。

「妳要幹什麼？別過來！」他也不明白為什麼要害怕一個少女。

「大叔，您沒有聽到胡大夫的話嗎？若是您的骨頭再不接上，恐怕會留下後遺症，難道您希望以後什麼都做不了？您不要怕，我是來給您接骨的。」人家的手是自己弄脫臼的，顧清婉的態度沒有開始那般強硬。

壯漢明顯不相信這麼一個未及笄的少女會接骨，這時旁邊響起百姓們的聲音。「這位大哥，就讓這姑娘為你看看，總比落下殘疾的好。」

這聲音落下，隨即此起彼伏的勸說聲鑽進壯漢耳裡，他掙扎一番才點頭。「好。」

顧清婉見壯漢答應，旋即看向夏祁軒。「夏東家，可否讓他們倆幫個忙。」她要阿大、阿二的原因，是她看出這兩人有一把子力氣，就算周圍做慣農活的百姓估計也不及二人

二。

「沒問題。」夏祁軒溫和地頷首，旋即對阿大、阿二道：「你們按照姑娘說的做。」

「是。」兩人應聲後，走到顧清婉和壯漢旁邊。

「麻煩二位了。」顧清婉禮貌性地道，兩人搖頭，讓她儘管吩咐便是，她也沒有客氣。

「將他扶起坐直。」

阿大、阿二按顧清婉的吩咐，把漢子從地上扶起，都小心避開脫臼的雙手。

「按住他身體。」顧清婉說著，已經蹲下身，伸出纖細的手抓住壯漢的一隻手，她一手固定壯漢的手，一手在壯漢的手腕、手肘、膀子關節處摸著。

「哎喲，妳輕點！」摸到壯漢的肩膀時，他忍不住嚎叫起來。

顧清婉點點頭。「大叔，您忍住一點，很快就好了。」

壯漢滿臉是汗地點頭，他怎麼也想不到會這麼倒楣，竟然摔得雙手脫臼，其實他嘴裡說是顧清婉給他弄脫臼，心裡卻以為是倒在地上的時候摔的。

周圍的人都看著顧清婉，不太相信這麼一個少女會接骨，接骨師傅沒有三年、五年經驗，根本不成。

顧母和蘭嬸她們倒是不擔心這個，顧清婉以前經常跟著老獸醫走東家去西家，幫忙接骨，最後那兩年都是顧清婉在做，老獸醫和人聊天。

顧母現在一雙眼睛看著女兒的手摸著壯漢的手臂，心裡一陣陣不舒服，從小接受嚴格家教的她，雖然嘴上答應，心裡難免還沒過這道坎。

「啊——」

整條東街上的吵雜被一聲慘叫覆蓋，所有人屏息凝氣，看向壯漢的手臂，叫得這麼慘，是不是沒接好？弄得越發嚴重了？

只聽少女輕快許多的聲音響起。「大叔，您試著慢慢抬一下這條胳膊。」

壯漢依言慢慢抬起手臂，旋即臉上露出一抹驚喜。「真的好了！嘶嘶……」還沒來得及開心，另一隻手的疼痛又襲擊而來。

顧清婉並沒急著給壯漢另一隻手接骨，她放下背簍，從背簍和背帶的銜接處拿出一個針線包，從裡面拿出兩根在陽光下反射著銀光的繡花針。「大叔，您別亂動。」說完，見壯漢點頭，她才一手摸索起壯漢臂膀的穴道。

在所有人不解的目光中，她將繡花針插進壯漢的臂膀裡，本以為會很痛，但壯漢好似一點感覺都沒有。

做完這一切，她才換到壯漢的另外一邊，用同樣方法接好另一隻手，不過卻沒有給這隻手臂扎針。

「麻煩二位了。」顧清婉點頭對阿大、阿二致謝，好在有他們兩人幫忙，若不然，在接骨最痛的瞬間，壯漢若是稍微動一下身體，都會出不少錯。

夏祁軒坐在輪椅中，安靜地看著顧清婉行雲流水的接骨手勢，直到接完骨頭，他才笑道：「今日有姑娘幫忙，省了不少麻煩。」這少女，今日在他心裡留下特別的印象。

「夏東家不必客氣，醫者父母心。」顧清婉淡淡說著，仍然蹲在壯漢旁邊，扎進壯漢膀子裡的繡花針還未取出。在回夏東家這句話的時候，她心裡其實有些汗顏，總不能說是她把人家弄脫臼的吧，她只是怕被纏上才出手而已。

所有人都不明白這少女最後為何要扎壯漢兩針，因此都沒有離去的意思。

一炷香後，答案揭曉，拔下針，顧清婉將繡花針放進針線包，一邊對壯漢道：「大叔，前幾天您應該是擰到筋了，剛給你扎兩針，現在應該不疼了吧？」

壯漢動了動手，果然怎麼動都沒問題，一點痠痛感都沒有，於是連忙道謝。「太謝謝姑娘了！」

夏祁軒本來就對顧清婉刮目相看，沒想到那兩根繡花針竟然有這麼大的本事，擰傷的筋脈都能醫好，當下心裡微動，骨節分明的大手放在兩腿上，一抓一放。

顧清婉回了壯漢一句。「不必客氣，舉手之勞。」

將針線包放回原處，她揹起背簍走回顧母身邊，拉著顧母的手，乖巧地喊道：「娘。」

她此時說話的語氣和動作，哪裡像剛才那名沈著冷靜的少女。

顧母還沒從驚訝之中回神，不知道女兒什麼時候施針的手法這麼高，都能媲美當家的針灸本事，不過女兒打小就聰明，又能識文斷字，說不定是什麼時候偷偷找出當家那些針灸醫書自學成材的。

「小婉，好樣的。」蘭嬸和王青蓮對顧清婉豎起大拇指。

冪羅中的小臉綻放一抹燦爛自豪的笑容，不過這笑容在顧母的眼神下收斂起來。

不管何時何地，顧母都希望女兒有姑娘家的矜持和品德。

「這位孀子，今日多謝您們出手相助。」夏祁軒在幾人說笑間，轉動輪椅來到跟前，溫和有禮地抱拳道。

這話是對顧母說的，蘭嬸和王青蓮幾人都將目光投向顧母，她臉上帶著端莊的笑容。「夏東家不必客氣，這事本來就有我家姑娘的錯。」

「總之，要謝謝孀子剛才點頭，才省去了不少麻煩。」夏祁軒看出眼前的婦人家教嚴謹，能點頭答應讓這姑娘出手，實屬不易。

他這樣說是有道理的，今日若是壯漢真出了問題，作為夏家米鋪的東家，也有一些責任。

「為了彌補今日之事，您們兩位可多領取一升大米。」夏祁軒最後想出這個辦法作為補償，隨後他招手對阿大吩咐兩句。

阿大看向顧母和壯漢。「請二位跟我來。」

夏祁軒話音一落，引來眾人一陣羨慕，王青蓮見狀，紅了眼，急忙開口。「唉，夏東家，您可不要厚此薄彼啊，我們兩個也是和她一道的。」

「阿大，給她們二人也各自加一升。」夏祁軒不喜歡計較這些，聽到王青蓮的話，一點猶豫都沒有，對阿大吩咐。

「謝謝夏東家！」王青蓮喜出望外，樂得整張臉都擠在一塊兒。

「謝謝。」蘭嬸有些不好意思，輕聲對夏東家道謝，同時捏了捏顧母的手心，意思是給她道謝，沾了她的光。

顧母笑著搖頭，以眼神示意她見外了。

夏祁軒臉上從頭到尾都帶著溫和的笑意，他笑著朝幾人禮貌地頷首告辭，對一旁臉色陰沈的胡大夫道：「胡大夫，今日麻煩您了，請到家中坐坐。」

「夏東家邀請，老朽就恭敬不如從命了。」胡大夫聽到夏祁軒的邀請，便知道今日能收到一筆可觀的收入，心花怒放。

顧清婉目送夏東家和胡大夫離開，心裡好生佩服這樣的人，大方不拘小節，舉止雍容，彬彬有禮。

有了阿大帶路，顧清婉一夥人就如同走後門，不需要再排隊。

先是拿上自家的銘牌登記，隨後才領取米糧。

阿大交代完派發米糧的人，小跑到夏祁軒身後，和阿二一起抬起夏祁軒走上石階。

直到夏東家被抬進那道朱紅色的大門，消失在眼前，所有人才收回目光，心裡為這樣善良美好的人而感到惋惜。

顧清婉自然也看到這一幕，心裡莫名有些堵，這就是造化弄人吧，好人不一定有好報，如同她上輩子，懵懂無知，最後落得悲慘的下場。

好在，隨著她的重生，好些事情都已經改變了。

比如夏家米鋪派發糧食的日期提前了一年，她家和羅雪容的矛盾也從暗到明，弟弟的生命沒有再被剝奪。

有了夏祁軒的話，派發米糧的人沒有一點作假，給他們幾家多了一升米。

領完米糧，幾人樂得臉上開了花，一升米等於四斤，夠一家子吃一個月呢。

幾人擠出東街，見時辰尚早，又去別的街道逛，買一些家裡需要的用品，顧清婉也用零花錢買了兩個米粑粑。

直逛到太陽西移，申時正三刻，幾人才心滿意足地準備歸家。

「妳個爛貨，妳以為我認不出妳來，就是妳推老娘的！」一道尖細帶著一股子潑辣勁的聲音在人來人往的街道上響起，顯得特別突兀，引得所有人都駐足觀望。

顧清婉幾人也擠在人群中，朝著聲音來源看去。

當看到人群中的情況，顧清婉就想避得遠遠的，因為她認出被抓住的人是誰，那是羅雪容的大女兒曹心娥。

此刻她披頭散髮，衣衫被撕扯開，狼狽不已，周圍的人都在看笑話，沒有一個人上前去幫忙。

顧母和蘭嬸她們自然也認出是曹心娥。「怎麼會是心娥？走，我們過去看看。」說著，幾人朝人群中央擠。王青蓮和羅雪容關係好，看見曹心娥被欺負，擠在最前面，一邊走，一邊唾沫橫飛地道：「麻煩讓讓，我們認識吵架的人。」

看熱鬧不會腰疼，聽到有人去幫忙，都自覺地讓開一條路。

顧清婉跟在她娘身後，走到中間的時候，正好聽見曹心娥辯駁。「誰推妳了！妳哪隻眼睛看到我推妳了？」

「喲，妳個小賤人還嘴硬，大街上這麼多人，老娘沒有抓，偏偏抓到妳，妳以為老娘乾飯吃多了撐著？」那婦人眼睛瞪得老圓，嘴角上挑罵道，抓住曹心娥的衣領不放。

「大姊，怎麼回事啊？好好說，先放開人家姑娘。」王青蓮走上前去拉架，那婦人死死抓住曹心娥衣領不放，她不敢太大力分開兩人，怕把曹心娥的衣領扯壞。

「妳誰啊？」婦人一聽這齙牙婆的語氣就是認識這女的，口氣不善起來。

「我是她家鄰居，有事我們好好說，何必動手動腳呢？」王青蓮好言相勸，她本就齙牙，扯出笑容時令人看到她那張嘴如同血盆大口，甚是嚇人。

「我呸，妳把妳那張破嘴給老娘先閉著。」那婦人顯然不是善茬，死活不放開曹心娥，感覺到王青蓮的口水噴到她臉上，一臉嫌棄地罵道，旋即眉毛一挑。「妳都沒弄清楚是什麼事就來勸架，我勸妳還是有多遠滾多遠。」

王青蓮沒想到這人這麼不給面子，但既然出面，就必須幫忙到底，旋即放緩語氣道：「大姊，那請問發生了什麼？」

那婦人輕哼一聲，睨了王青蓮一眼，隨後轉頭指向曹心娥。「這個爛貨，老娘好好排隊領取米糧，她在後面推我一把，害得老娘被那麼多人罵，妳說，妳是不是瘋了？」

顧清婉這才想起是有這麼一茬，當時她看過最後面的情況，一個黃色印花衣裙的背影慌裡慌張地朝外面擠，她這才仔細打量曹心娥，那衣裳可不就是曹心娥身上這身？

這就叫現世報嗎？

「大姊，這說話可得講證據，人來人往的，妳怎麼知道是她呢？或許是妳看錯了。」王青蓮現在也拿不準是不是曹心娥。

「看錯？老娘眼神好使得很，當時要不是還要排隊領糧食，老娘早就當場抓住她啦。」婦人咬牙切齒地說著，又狠狠掐了曹心娥兩下，痛得曹心娥哎喲喲慘叫。

顧母和蘭嬸見此，畢竟是一個村子的，看到村人被欺負，自然想要幫忙，卻被顧清婉拉住，在她們兩人耳邊低語幾句，兩人最後放棄了念頭，站在一旁。

顧母心情最複雜，就如小婉所說，若今日不是因為曹心娥，她們也不會遇到麻煩，再經過女兒分析之後，她才覺得曹心娥挺可怕，竟然想要毀掉她女兒的名聲，她又何必去做好人？

第八章

王青蓮此時也不知道該說什麼，她眼神看向蘭嬸和顧母，顧母不出來幫忙她能理解，畢竟昨日兩家才吵架，可是蘭嬸為什麼也不動呢？她朝蘭嬸一直打眼色，蘭嬸卻假裝看不見。

見無人幫忙，王青蓮只好硬著頭皮開口。「大姊，就算是她，恐怕也是無心之失，當時人多，或許是後面有人撞了她，她再撞妳，妳就大人不記小人過，原諒她吧。」

「原諒？妳是沒有看到老娘被那幾個婆娘罵的樣子，怎麼原諒？」婦人怒目罵道。

曹心娥也沒想到會被人逮到，此刻滿心後悔，她本來是想要害顧清婉那個賤人的，沒想到會害了自己，她一直垂著腦袋不敢抬頭，今日真是丟人丟大了。

聽著婦人的語氣，不打算這麼輕易放過自己，眼角餘光朝人群裡瞟，希望看到能幫自己的人，正巧瞧見人群中的顧清婉，雖然顧清婉戴著冪羅，但自己還是一眼就認出她，頓時怒意橫生，心裡也生了算計，隨即指著顧清婉。「是她，是她推我！」

她話音落下，令周圍好些人都哄堂大笑起來，有人連連搖頭，這裡圍觀的人大部分都是目睹整個事件的人。

王青蓮也是臉色陰沈下來，祖宗，妳要冤枉人也要有幾分把握才行啊，這下鬧笑話了吧，人家顧清婉從頭到尾都跟我們一起。再說，人家是受害人啊，沒有找妳麻煩都算好的，現在還指著人家鼻子冤枉，真是不知死活。

顧母的臉色最難看，蘭嬸安慰地拍拍她的手。「別生氣，這裡好些人都知道事情經過，她冤枉不了小婉。」

顧清婉嘴角勾起一抹嘲諷的笑意，不作死不會死，她現在根本無須開口，就會有人站出來替她說話。

果然，那婦人立即冷笑一聲，一把將曹心娥推倒在地。「無恥的爛貨，妳竟然冤枉人家，今日好在有那位姑娘，我惹的禍才小一些，妳睜眼說瞎話就不怕爛了舌頭？」

曹心娥被推倒在地，小腹處似有一根筋微微痛了一下，疼痛很快消失，她沒有在意，現在滿腦子都是婦人的話，她不知道發生了什麼事，推完人她就跑了，怎麼這麼多人都用異樣的眼神看自己？就連幫她說話的王青蓮亦是如此，當時到底發生了什麼事？

她現在只能死咬著不放，才能逃過一劫，心中這麼一想，便這麼做了。

「我沒有說謊，我敢發誓，真的是她推我，我要是有半句謊話，不得好死！」

周圍不少人大笑起來，同時更加噁心曹心娥，怎麼會有這種無恥的人？睜眼說瞎話也敢發誓。

「心娥，妳、妳怎能胡說呢？」王青蓮聽不下去，想要阻止都晚了。曹心娥為了讓別人相信，說話語速極快，她根本來不及阻止，現在弄出這樣的笑話。

圍觀的人有的不知情，向知情人士打聽清楚後，臉上的表情亦是精采至極。

蘭嬸也是無奈地嘆了口氣，這種人根本是自作孽。

「這位姑娘，妳說話怎麼不先打草稿啊，這樣冤枉人真的好嗎？」一道聲音從人群中響起，眾人循聲側目，此人就是雙手脫臼的壯漢，他從人群中擠出來，走到眾人中間，看著地上的黃色衣裙少女。

「我什麼時候冤枉她了？」曹心娥還想要辯解。

壯漢好脾氣地開口。「我把事情始末告訴妳。」語落，不等曹心娥答應，便將顧清婉救了他的事仔仔細細地說一遍。

聽完壯漢的話，周圍的人都是一臉鄙夷地看著曹心娥，這種無恥不要臉的東西。

曹心娥聽完壯漢的話，早就無地自容，當看到周圍人的眼神，她內心這一刻都崩潰了，不知該再說什麼，眼淚唰唰落下。

壯漢說完，還對顧母她們幾人笑了笑，笑中帶著濃濃的感激之色，不管是那名少女醫好自己，還是領到那些米糧，他都心懷感激。

顧母她們是女人，和陌生男子不能表現得太熱絡，都淡淡點頭回應。

顧清婉看到曹心娥這樣，心情無比舒暢。

顧母心軟看不下去，曹心娥再怎麼不是，終究是未出嫁的姑娘，旋即對那婦人道：「大姊，這事反正都過去了，就算了吧，她年紀小，不懂事，妳就原諒她一次。」

娘啊，妳怎麼不想想她們母女一起欺負妳的時候呢？

顧清婉沒想到她娘會幫忙說話，心裡有些酸，腦中突然靈光一現，嘴角微微勾起一抹笑容，走上前對那婦人道：「大嬸，您就原諒她吧，她家是我們村子裡有錢有勢的人家，她爹是曹華貴，大哥是秀才老爺，三哥是童生，都是有頭有臉的人物，您看在這幾人的面子上就不追究吧。」

這話聽起完全沒問題，都以為顧清婉是在幫曹心娥，眾人無不誇讚姑娘心腸好，人家冤枉她，她還站出來幫人家說話。

曹心娥本來還在嚶嚶哭泣，聽到顧清婉幫自己說話，心裡好生疑惑，我都這樣對她了，她怎麼還幫我呢？但心裡又有種怪異的感覺，暫時說不出來。

顧母暗自瞋了顧清婉一眼，眼神帶著幾分凌厲，她都不知道女兒什麼時候生出這等心機，這是在告訴眾人，曹心娥這丟臉的人是誰家的姑娘啊。

雖然理解顧清婉的做法，但善良的顧母卻不認同。

顧清婉雖然被她娘嗔怪，但她面色如常，淡定自若。

既然好人沒好報，人弱被人欺，她幹麼不狠心一些呢？如果曹心娥不陷害她，又怎麼會嘗到這種苦果？

那婦人聽到顧清婉的話，認真地思索一會兒，才狠狠看了曹心娥一眼。「這種沒臉沒皮的爛貨，家裡竟還有有本事的人，不過能教養出這種人的人家，估計也好不到哪裡去，既然妳們都替她說話，那就算了吧。」

顧清婉在心裡豎起大拇指，聰明，竟然能聽懂她的弦外之音，要的就是這種效果！

被婦人這話一點，所有人都腦筋轉了彎，開始鄙夷曹華貴和羅雪容夫婦教養出這種女兒。

曹心娥也回過神來，她就說顧清婉不會這麼好心幫自己，現在所有人都知道她爹娘是誰，這下丟人的是她全家了。怒氣噌噌地往頭上冒，鼻子裡發出粗氣，她從地上站起身，指著顧母。「月娘妳個賣騷的呢，不好好管管妳女兒，這種蛇蠍心腸，怎麼不去死？」

圍觀的人一愣，世上怎麼會有這種蠢女人？人家幫她說話，她倒好，竟然指著人家罵，個個搖頭，表示對這種人找不到言詞來形容。

那婦人拍拍顧母的肩膀。「這就叫做狗咬呂洞賓不識好人心，妹子妳這忙是白幫了。」說完，嘲諷地看了曹心娥一眼，轉身離去。

顧母沒想到曹心娥會這樣指著自己鼻子罵，特別是罵她的孩子，心裡氣得半死，但這是大街上，吵起來會讓人看笑話，到時連累女兒。只能深吸一口氣，拉著顧清婉和蘭嬸。「走吧，天晚了，該回去了。」隨後對臉色也不好看的王青蓮道：「青蓮，回家不？」

王青蓮這個時候不可能丟下曹心娥，對顧母歉意地笑了笑。「妳們先回去，路上慢點。」

「好。」顧母應一聲，懶得再看曹心娥一眼。

曹心娥見顧母拉著顧清婉她們離開，以為對方不敢跟自己吵，心裡更加硬氣，立即開口。「賤……」才說了一個字，就被王青蓮捂住嘴，直到顧家母女和蘭嬸走遠，嘴巴才被放開。

她瞪著王青蓮。「妳幹什麼？」

「心娥，人來人往的，妳再吵，丟的是妳自己的人。」王青蓮皺著眉頭勸說。

「妳個齙牙婆，妳以為我不知道妳安的什麼心，妳就是和顧家那兩個賣騷的是一夥的，合起來欺負老娘。」真的是狗咬呂洞賓不識好人心，曹心娥的話一出口，王青蓮也不再說什麼了，轉身離開。

周遭人看到這一幕，臉上都帶著嘲諷的笑容，人家好心好意幫忙，她倒轉過來罵人家，難怪人家生氣走了。

沒有熱鬧可看，圍觀的人陸陸續續離開。

今日的事，相信不用多久，就會傳到十里八村，整個鄉鎮的人都會知道，曹華貴家有這種極品女兒。

「月娘，有什麼好生氣的？別想不開，生氣傷身，為這種人生氣不值當。」一路上，蘭嬸勸說生氣中的顧母。

「我沒生氣，只是想不通而已。」顧母淡淡道，怎麼會有這種無理取鬧的人？

顧清婉揹著背簍，裡面有今日領的大米八斤，還有雜七雜八的東西，一般人揹著會很沈，但她好似輕無一物，輕輕鬆鬆跟在她娘身後。

「他們在看什麼？」前方河岸邊，一群人站在一起說話，有幾個時不時將目光投向河畔一堆壘高的鵝卵石上。蘭嬸走在前面，第一個看見，轉頭對母女二人道。

顧家母女也看到前面的情況，蘭嬸看見幾人，笑道：「七嬸你們都在幹麼呢？發生什麼事了嗎？」

七嬸笑著看向她們三人。「趕集回來了？」

「是啊，七嬸。」顧母回了一句，好奇地問道：「這是怎麼了？」

七嬸嘆了口氣，道：「梘槽溝李成佐的兒媳婦難產，大人小孩都沒了，真可憐。」說到此，七嬸用下巴指了指那堆鵝卵石壘的石堆。「那孩子就埋在那裡。」

話音一落，顧清婉背脊一陣冷汗，還伴隨著一陣陣反胃——往年五、六月天氣乾旱的時節，山溝裡的水會供應不上給村人吃，村人便會吃河裡的水。

住在河岸的人家，牲畜一死都會丟到河邊，任由河水沖刷，特別是這種情況，生下死胎不吉利，都不希望家人再遇到這種事，就會在死胎的臉上抹上一層鍋灰，再埋在河邊，讓河水沖走，寓意是一去不回，防止孩子魂魄找回來。

只要一想到每年五、六月都會吃河裡的水兩、三個月，顧清婉胃裡一陣難受。

顧母沒有看到顧清婉難看的臉色，繼續和七嬸他們聊著。「我們來趕集的時候，都還沒看見呢，是多久前的事？」

「一個時辰不到。」七嬸嘆氣道：「李成佐兩口子傷心得要死，看他們哭，這心裡啊，不是滋味。」

「七嬸是個心善的，就是看不得人傷心難過。」顧母誠心誠意地誇讚，家裡有時候買鹽沒錢，東借西借都沒人借，只有七嬸暗自借了不少銀兩給她。

「走吧，邊走邊說。」七嬸一臉愁容，佝僂著背轉身走在前面，後面幾人連忙跟上。

顧清婉走在最後，正要轉身之際，看到王青蓮，她對幾人道：「是蓮嬸。」

幾人本準備啟程的腳步一頓，都齊齊轉身看向走來的王青蓮。顧家母女和蘭嬸沒有見到曹心娥，心中都疑惑，蘭嬸開口道：「那人沒和妳一起回來？」

「別提了。」王青蓮追上幾人腳步，一臉氣憤地道。

「誰啊？」七嬸他們幾人不知情，好奇地開口。

王青蓮現在在氣頭上，七嬸話音一落，就噼哩啪啦像倒豆子一樣，把整件事情經過詳詳細細說出來。「真是好心沒好報。」

「唉，雪容也不知道怎麼回事，把心娥教成那樣，不過她家小女兒性子是個好的。」顧母和蘭嬸攙著七嬸一起涉水過河。

一路上，一行人嘴巴都沒停過，都不知道他們渴不渴。

終於熬到了家，走到巷口，就見弟弟坐在門檻上看書，顧清婉疾步走過去。「怎麼坐在這裡？」

「看看時辰，估著妳和娘該回來了，就在這裡看書等妳們回來。」顧清言說著，沒有見到顧母，微微皺眉。「娘呢？娘沒和妳一道回來？」

「七奶奶讓娘去拿點東西。」顧清婉笑著回道，牽著弟弟的手進大門。「姊姊給你買了米粑粑。」

「都沒銀子，妳又亂花錢。」顧清言知道家境不好，姊姊還給他買這個，心裡不舒服。

「沒關係，這是姊姊的私房錢。」顧清婉溫柔一笑，將背簍放下，把放在上面的米粑粑翻出來遞給弟弟。「快吃，你別擔心，姊姊已經想到掙錢的法子，以後我們家會慢慢好起來的。」

顧清言心裡酸澀，接過米粑粑拿在手裡，恍若千斤，前世不管是天上飛的、水裡游的，還是地上跑的，他想吃就吃。現在，看到兩個拳頭大小的米粑粑，竟然滿心珍惜。

「謝謝姊姊。」他壓下激動的心情，開口道謝。

顧清婉沒有聽見弟弟的話，她現在在灶房舀了一瓢涼水，「咕嚕咕嚕」喝著，早上出門到現在，一口水都沒喝過，快渴死了。

出了灶房，顧清言問道：「姊姊妳剛才說想到法子掙錢，什麼法子？」

「打獵。」回答完，她將背簍裡的東西分別放好。

顧清言本不認同這個法子，但家裡目前好像只能有用這種白手起家的法子了，想用醫術掙錢太不現實，都是一個村子的，不可能收太多錢。

「言哥兒，你和你姊把蠶餵了，飯做上，我去接你爹。」顧母一進院門，就對發呆的顧清言道。

「好。」顧清言笑著應一聲，準備去接過娘親手上的東西，卻被姊姊搶先一步。

顧清婉放好領來的大米，從屋裡出來，見娘拎著小半麻布袋的東西進來，趕忙上前接過。「娘，這是什麼？」

「這是妳三姑婆家帶來的馬鈴薯，妳七奶奶兩個老人吃不了那麼多，她給我們分了一些。」顧母說著，進了灶房。

她開口道：「娘，您和言哥兒在家做飯、餵蠶，我去接爹。」

「不用，我順便去問下妳白叔家的桑葉有沒有預給別人。」顧母又鑽進西屋，出來時背上揹著大兩號的背簍，說著就往門口走。「做好飯，你們姊弟倆先吃，不用等我和妳爹。」

「娘，您路上慢慢的，回來的時候天黑，和爹注意安全。」顧清婉追出門，她娘給了她一個安心的笑容。

「姊姊，蠶我中午才餵的，這會兒還要餵嗎？」顧清言看著準備進西屋拿桑葉的顧清婉，笑問道。

「那晚一點再餵。」顧清婉說著，拿起掃把掃院子，地上有些蠶屎，她一臉不可置信地抬頭。「你不會是一個人把蠶撿了吧？」

「嗯，撿蠶輕鬆，我做得來。」顧清言有些不好意思，其實他還想幫著挑水的，問題是不知道要去哪裡挑水，而且看到那兩個大木桶，就感覺他挑不動。

「言哥兒，你真是太棒了，等爹娘回來，我就把這事告訴他們，讓他們好好誇誇你。」顧清婉高興地誇讚一句，心裡感動，弟弟懂事了。

「姊，這又不是什麼大不了的事，沒必要跟爹娘說。」顧清言被姊姊說得都有些不好意思。

第九章

掃完地，見水缸裡只有半缸水，顧清婉拿起扁擔挑起木桶，便往外走。「言哥兒，好好看家，姊姊去挑水。」

「姊姊，我和妳一起去。」顧清言說著，追上前，他想去看看在什麼地方挑水，以後家人忙的時候他去挑，雖然挑不了太多，半桶的擔子還是可以的。

「怎麼，在家待一天悶了？」顧清婉打趣道，見弟弟有些不好意思，她莞爾一笑。「行，把大門鎖上。」

顧清言連忙應聲。

當顧清言走了三里多路才看到水溝的時候，心情無比複雜，以前他看過不少穿越小說，男女主角不管遇到什麼問題都能輕鬆解決。

等到自己穿越後，他才知道，古人的生活條件艱苦，並不像小說中那般容易。

「你看那崖上，這個季節的水還不是很多，等到雨水多的時候，那裡就是一個大瀑布。」顧清婉指著水溝上方的陡崖，她知道弟弟失憶，恐怕這些景物也忘了，才講給他聽。

「那一定很漂亮。」顧清言能想像得到瀑布千尺的景象，就是現在，水溝兩畔都是灌木叢林，水溝裡山石嶙峋，就算沒有千尺瀑布，風景同樣優美。

「你是不記得了，以前你和村裡的二虎子他們經常去陡崖上方的水溝裡刨蟹，再拿回家讓娘給你煎，冬天的時候又在這山溝裡摘冰條子回去，用碗糖化水喝。」顧清婉走在前面，笑著一步三回頭說著。

聽姊姊講的這些，顧清言能想得到原主多麼調皮。

此刻水溝裡兩個挑水的人，水桶裡滿了水，停在一旁閒聊，顧清婉見到兩人，笑著打招呼。「兩位叔叔也來擔水呢。」

「是啊，小婉，妳也挑水？」兩人異口同聲。

顧清婉笑著點頭，隨後將木桶放下，拿出木瓢舀水倒進木桶。

顧清言抬眼看向河對岸的山峰，隱隱約約還能看到一個村落。「姊姊，那麼高的山上還有人住？」

「嗯，他們的民族和我們不同。」顧清婉一邊舀水，頭也不抬地回道。

難道說這個世界也有許多民族？顧清言心裡好奇，等什麼時候閒了，去山上看看。

「你可別想著去，他們排擠我們外族人，同時不愛乾淨，若看到他們做出來的飯，你也不敢吃。」顧清婉似能猜到弟弟的想法。

「要是他們的姑娘要嫁給我們這邊的小伙子怎麼辦？」顧清言有些好奇，棒打鴛鴦？

「他們不會自討沒趣，因為他們有自知之明，知道配不上我們。」顧清婉把兩只木桶都舀滿水，用扁擔挑起兩桶。

顧清言默默地跟在顧清婉身後，他沒想到古代思想會這樣迂腐，每個種族都是平等的，為什麼要分高低貴賤呢？

「小心。」顧清言在想事，沒有注意前面，聽到顧清婉的聲音時，差點撞到身前的木桶和扁擔。

「怎麼了？」他茫然地問道。

「你看。」顧清婉挑著木桶，兩手固定兩邊繩索，只能用下巴指著路旁的地裡。

顧清言順著姊姊指的方向看去，便看到一條女子手臂粗細的長蛇，蛇身是烏黑色，看起來極猙獰，還好那蛇在下面的地裡，否則他一定嚇到尿褲子，他最怕的就是這東西。

「你走前面。」顧清婉看出弟弟害怕，錯開身子，讓弟弟走前面。

「姊姊，怎麼這裡都能看到蛇？」顧清言依言走在前面，害怕得一走三回頭，怕蛇跟上來。

「三月三蛇出山，這個季節不少冬眠的蛇都出來了，遇到是常事。」顧清婉並不害怕蛇，如果不是她挑水，那條蛇她都會逮回去做蛇肉羹。

蛇肉味道鮮美，蛇膽可入藥，蛇皮可蒙二胡，都是寶。

「姊姊的意思是，現在滿山都是蛇？」想想，那得多恐怖！

「差不多，只要上山就能遇到。村子裡怕蛇的人多，只有少數幾人不怕，捉也捉不完。」顧清婉淡然道：「我們這邊稱作陰山，蛇蟲鼠蟻就多。」

「陰山？」顧清言有些不明白，還有這區分。

「嗯，太陽東昇照到的是對面的山，我們這邊要等到中午之後才能照到。」顧清婉有問必答。

姊弟倆邊走邊聊，感覺沒有多久便到家了。

到家做完雜七雜八的事，看了看快下山的夕陽，顧清婉便開始做飯。

「姊姊，妳是不是還有秘密沒告訴我？」顧清言幫忙燒火，往灶膛裡丟了一把玉米芯，抬頭看向洗馬鈴薯的顧清婉。

「什麼？」顧清婉茫然不解，她有什麼秘密？

「我發現妳腳程很快，而且挑那麼重的水步伐輕盈，完全看不出來沈重的樣子。」顧清言道。

說起這個，顧清婉一臉笑意，將自己身體輕盈的事告訴弟弟。

「難道這是傳說中的輕功？」顧清言不可思議地看著姊姊，隨後好像要印證一般，拉著顧清婉往外走。

顧清婉沒有見過世面，哪裡知道輕功不輕功的，被弟弟拉著，一臉茫然地跟在後面到院子裡。

顧清言道：「姊姊，妳試試看能不能飛起來。」

顧清婉點點頭，腳尖一點，嗖一聲整個人原地跳起兩丈。眼看離地那麼高，想著她要怎麼落地，心裡一害怕，整個人墜下地面，摔了個狗啃泥，跌得不輕。「哎喲！」

「姊姊，妳怎麼樣了？」顧清言連忙跑過去，擔憂地問道。

「有點疼。」顧清婉疼得嘴裡發出嘶嘶聲。

「姊姊，對不起，都怪我，讓我看看摔到哪裡了？」顧清言滿心自責。

「沒事，就是手蹭破一點皮，膝蓋有些疼，過會兒就好了，你又不是不知道我痊癒得快。」顧清婉攤開火辣辣的手，手心紅紅的，破了少許皮，沒什麼大礙。膝蓋不方便給弟弟看，她這膝蓋傷口才剛好，現在又受傷了。

顧清言攙扶住顧清婉，邊走邊道：「姊姊，妳以後多練習，就能駕輕就熟了。」

「那我以後多練習。」顧清婉雖然很疼，但身體有了新的能力，讓她忘了疼痛。

進了灶房，顧清婉坐在板凳上休息，顧清言繼續燒火。

火光映射在顧清言的臉上，忽暗忽明，他心裡猶豫不決，要不要把他的事稍微改編一下，告訴姊姊呢？

「姊姊，其實我也有件事瞞住妳和爹娘。」最終，顧清言還是作了決定。

顧清婉挑眉。「什麼？」

「自從那天我醒來後，就忘記以前的東西，卻多了一些不屬於我的記憶。」顧清言皺著眉頭道：「所以，我現在都不知道我是誰，我怕妳和爹娘擔心，所以沒敢說。」

「多了什麼記憶？」顧清婉一臉驚訝。

顧清言選了一些重點告訴顧清婉，比如他過去學的是西醫，是某大醫院外科副主任，順便提了一些生活環境和習慣的不同，倒是沒有說他那些悲慘的命運，主要不想讓姊姊跟著傷心。

聽著這種稀奇古怪的事，顧清婉一愣一愣的，抓住弟弟話裡的重點。「你的意思是以前的東西你都不會，卻多了記憶裡的那些本事？」若是如此，那她弟弟是不是很厲害呢？

「是的。」顧清言點點頭。

「這有什麼想不開的？或許這是上天賜予你的東西，不管你是失憶還是記憶改變，你始終是我弟弟，我們一家人的血脈羈絆是無法斬斷的。」

顧清言沒想到姊姊竟然一點都不奇怪，也沒表現出驚慌，不愧是重生後的姊姊，遇到這種事還這麼淡定。

「姊姊，我說的話不要告訴爹娘，我不想讓他們擔心，胡思亂想。」顧清言看著姊姊忙忙碌碌的身影，不忘交代一聲，在這個世界上，他最信任的就是姊姊。

前世經歷人世間的涼薄，這一世有這麼好的一家人，他不想失去任何一個人的愛。

「不用你說，姊姊也不會告訴爹娘，我又不是傻子，平添煩惱。」顧清婉莞爾一笑。

「姊姊真好。」顧清言發自內心地笑了，露出潔白的牙齒。

「你是我弟弟。」顧清婉頭也不抬地道，漏勺舀不了鍋底的米，她連鍋帶米地端起，倒進箕裡，只等漏乾水分，待會兒等玉米麵蒸出第一道後摻一起，再蒸上一遍。

顧清言從沒見過做飯這麼麻煩，光是一鍋飯就費了好多時間，同時更加佩服古人的智慧。

昨晚的飯裡沒有大米，他同樣感覺很好吃，就是菜的味道有點不合胃口，只有鹽味。前世，他可是個吃貨，只有鹽的菜叫他這個吃貨怎麼辦？

「姊姊，家裡有做菜的醬料嗎？有的話待會兒炒菜放上一些。」

「沒有。」顧清婉抬眼看向弟弟，他們家不是一直都這麼吃的嗎？

「沒有就算了。」顧清言聽到這兩字，神情低迷。

顧清婉腦筋一轉，便知道弟弟的心思了，開口道：「別這樣，等姊姊上山打獵賣了錢，就去買醬料回來。」

「山上的獵物多嗎？」顧清言現在擔心的是能不能打到獵物，儘管姊姊現在身手不錯，又有力氣。

「有山雞、野兔、野豬、豹子，最多的還是大蟒蛇。」顧清婉將知道的動物都說出來。

一聽大蟒蛇很多，顧清言就渾身雞皮疙瘩，寒毛直豎，不想在這上面多說。

直到太陽徹底下山，天漸漸灰暗下來，飯才做好。姊弟二人從灶房出來，點了蠟燭去餵蠶。餵了足足三大麻袋的桑葉，才將蠶餵完。等忙完，天已經徹底暗下來。

姊弟倆在門口等著顧父、顧母歸家，等得越久，心裡難免越擔憂。

「姊姊，爹娘經常這樣早出晚歸嗎？」顧清言濃眉深鎖，心疼起顧父、顧母。

「嗯。」顧清婉心情也不好，家裡沒有土地，每年只能靠養蠶結繭後拿去賣，再加上她爹給人看病的銀子，村子裡一些人家接濟一點，一家人勒緊褲腰帶，才能熬過漫長的一年。

「姊姊，不如明日我們就去打獵。」顧清言越是心疼顧父、顧母，就越想早一點讓這個家好起來。

「不，明日我自己一個人去，你在家。」顧清婉拒絕弟弟一起上山，山高坡陡，她怕顧清言再出什麼意外。

「不行，我要去。」顧清言已經決定。

「你難道忘記我跟你說的了？要在家看著，防止這兩天有陌生人來看病。」顧清婉沈下臉來，弟弟失憶後性子也變得執著，不知道是好還是壞。

「姊姊，妳儘管放心，根據妳說的，我已經算出出事是哪天，所以我們不用守株待兔。」顧清言自信滿滿地道。

「不，我發現夢裡和現實還是有些差別的，小心一些比較好。」小心駛得萬年船。

「如果按照姊姊夢裡的情況，那人應該是在後日才會出現。」顧清言分析起來。「但是，為了防止事有出入，我們今晚就得想辦法，讓爹明日不要給人看病。」

「用什麼辦法？爹娘心腸好，只要有病人上門求醫，都會給人家看病、開藥。」若是直接讓她爹不要給人看病，她爹一定會胡思亂想，又得跟他解釋。

「最好的辦法，就是讓爹出門，就如今日一樣。」顧清言只能想到這個法子，心裡雖然不想爹那麼辛苦，但是總比惹上官司強。

「不，爹累了一天，我不想讓爹再出去。不如還是你在家看著，等這件事解決了，以後你再和我一起上山。」顧清婉道。

「那好吧。」顧清言無奈地點頭，目前只有姊姊這個法子最好。

姊弟倆商定好，坐在大門檻上等了一炷香不到，聽到沈重的腳步聲，隨後是顧父、顧母的聲音出現。

「怎麼都坐在門口，吃了嗎？」顧父看到兒子、女兒，再累這一刻也覺得不那麼累了。

「等爹娘一起吃。」顧清婉笑道，去接顧父的背簍，被他阻止。「都到家了，爹還揹得動。」

一家人說說笑笑進了大門，圍桌而坐，邊聊邊吃。

忙活一天，大家都累了，早早各自回房休息。

月夜靜謐，銀輝萬丈，村子裡偶爾響起狗吠聲，卻沒有影響到做了一天農活熟睡的人們。

卻在這時，顧家院門突然被敲響。

「砰砰砰！」敲門聲顯得特別急，中間沒有絲毫停歇，隔壁兩家的狼狗也吠起來。

顧清婉聽見敲門聲，連忙起身穿上布裙，套上外衫出門。

顧父、顧母這時也從東北屋出來，顧父問道：「誰？」

這時候來敲門的，大部分都是得了急病的人，顧父雖然很累，卻沒有顯出不耐煩。

「愷之，開門哪！救命啊——」帶著哭腔的聲音響起，是羅雪容，她這是怎麼了？顧家人都很疑惑。

顧父連忙把外衫扣好，邊往大門走邊道：「等一下。」

顧清言也從西北屋出來，打著哈欠，問道：「誰啊？」

「你怎麼起來了？快去睡覺。」顧母走到院子中央，轉頭對顧清言道。

顧清言並沒聽話，而是走向顧清婉，未等他開口問，顧父已經開了大門。「容嬸，怎麼回事？」

「愷之，快去拿藥箱，心娥快不行了！」羅雪容說著，已經泣不成聲。

顧母去接顧父的時候，兩人在路上，顧母就把今日曹心娥做的事告訴了顧父，此刻聽羅雪容這麼說，愣了一下，心想：曹心娥下午不是還好好的嗎？才一下午就不行了？

顧清婉還想著羅雪容謾罵她娘和曹心娥今日做的事呢，心裡自然不願意她爹去給曹心娥看病，忍不住開口道：「爹，這麼晚了，您去給一個未出閣的女子看病，會被人詬病的，說不定這是某些人想要陷害您，您一過去，還不知道人家怎麼亂說您呢。」

不管是顧清言還是顧母，聽到這話都覺得有理，畢竟羅雪容的為人就是那樣，心裡難免擔憂，但顧母還是不喜歡顧清婉說這種話，得罪人不說還損了名聲，於是呵斥道：「小婉，怎麼說話的。」

羅雪容站在大門口，見顧愷之的腳步頓下來，心裡更加著急，帶著哭腔的聲音道：「小婉，我知道以前對你們一家做了過分的事，妳才會這樣防備，但是現在真的不是計較這些的時候，心娥快死了！」說著，羅雪容又嚶嚶哭起來。

對門的王青蓮被吵醒，開了大門，便見有人大半夜在顧家門口哭，覺得稀奇，套上外衫走過來。當看清楚是羅雪容的時候微微一愣，不明白發生了何事，半晌後才回過神來，問道：「這是怎麼了？」大半夜的在人家門口哭。

「青蓮，是妳啊，沒什麼事，就是心娥吃壞肚子，痛得死去活來的，我請愷之過去看看。」羅雪容可不敢把大女兒的情況告訴王青蓮，王青蓮就是嘴碎，藏不住話，若知道大女兒的事，明兒整個村子都會知道，那大女兒以後怎麼做人？

第十章

「不對吧，容奶奶，妳剛不是說心娥大姑要死了嗎？這會兒又給蓮嬸說只是吃壞肚子，到底怎麼回事？妳不會是聽到心娥大姑的謊話，真來算計我爹吧？」關係到自家人的安危，顧清婉不得不防，而且看羅雪容遮遮掩掩的，應該不是什麼好事，才不敢讓王青蓮這個大嘴巴知道。

既然如此，顧清婉怎會放過這個機會。

羅雪容被顧清婉的話氣得雙腿無力，整個人靠在門牆上，大口大口喘氣，一句話都說不出來。她現在都這麼低聲下氣了，這混蛋還拆她臺，以前她怎麼就沒有發現顧清婉心腸這麼歹毒，等過了這事，再好好找她算帳！

顧母連忙走到顧清婉旁邊，扯了扯她的袖子，訓斥道：「妳是怎麼回事？大人說話，姑娘家插什麼嘴，我平時怎麼教妳的？」

顧清婉被顧母一訓，垂下腦袋，嘟著嘴不敢反駁，她不是怕她爹被算計了嘛。

月光下，看到女兒可憐兮兮的樣子，顧母有些不忍心，但還是硬起心腸不去安慰她。

顧母背過身去，對顧父道：「當家的，你就去看看吧。」

顧父心裡也有顧慮，他雖然平時不說什麼，但心裡什麼都清楚，特別是羅雪容的為人。女兒的話也提醒了他，所以他才沒有動身，這會子有了妻子的話，他才重新邁開步子，推開東屋的門，進去取藥箱。

顧母見顧父去取藥箱，又對顧清言說：「言哥兒要是不睏，就陪你爹一起去，也好幫幫忙。」

「好。」顧清言乖乖地應一聲，跟著取了藥箱出來的顧父朝外走。

羅雪容雖然憤怒，但此刻不宜發作在臉上，見顧家父子出來，連忙道：「要麻煩你了。」換作平時，王青蓮一定會跟著去，但她心裡氣著呢，不想言語，和顧母打了聲招呼，就回自家去了。

顧母回去看顧青婉，怕她還在生氣。進房看到她已經上床躺著，知道沒什麼事，就坐下跟女兒聊幾句。

「再三個月妳就及笄了，娘的這顆心越發不安，畢竟我們家境不好，怕妳遇不到好人家，就算遇到條件稍微好點的人家，又怕夫家對妳不好。」顧母一臉憂心忡忡，女兒真是一隻痛腳，放哪裡都不合適。

「娘您安心吧，兒孫自有兒孫福，說不定將來我的夫家是名門望族，夫君是大官呢，公婆也好得不得了。」顧清婉只是想要安慰娘，卻讓娘的臉色大變。

「不……娘情願妳嫁給一個莊稼漢，也不要嫁給做官的人家。」

「為什麼？」原來娘也這麼反感做官的人嗎？顧清婉第一次發現這點。

顧母見女兒一臉好奇，心裡咯噔一下，她真是太不小心了，旋即乾笑兩聲。「妳這丫頭，難道就沒有聽過戲文裡唱的那些嗎？當官的人多壞啊。」

有問題——

顧清婉明顯感覺到娘回答得太刻意，不過她又說不出問題在哪兒，只能暫時放下，接過她娘的話。「娘說得是，不但戲文裡有，現實也有。」她不就是很好的例子？想到此，心裡一陣抽痛，神情黯然。

「所以，娘才會這麼說嘛。而且，我們小老百姓，哪裡高攀得上名門望族、達官貴人，妳找個踏實的男子就成。」顧母看著房頂，並沒注意到顧清婉的異樣。

「等掙夠銀子，給我們家買了很多土地，再給言哥兒存夠很多娶媳婦的銀子，我再嫁人。」顧清婉嘻嘻笑道，如果不是怕娘傷心，她想說的是一輩子不嫁人。

「那不是成了老姑娘？妳願意，妳爹和我也不允許。」顧母笑著用指尖輕輕戳了女兒額頭，嗔笑道，旋即眉心微蹙。「是不是有敲門聲？」

顧清婉豎起耳朵細聽，是有敲門聲，她疑惑道：「難道是爹和言哥兒回來了？」說著，坐起身。

顧母已經下床，套上外衫往外走，顧清婉也連忙下床跟出去，未等母女倆開口，外面的人聽到腳步聲響，已經喊開了。「月娘，開門。」

聽到這聲音，母女二人相視一眼，怎麼是曹華貴？

顧母急急忙忙去開門。

「心娥情況不樂觀，愷之讓小婉過去幫忙。」曹華貴都快急哭了。

顧母已經顧不得心裡的芥蒂，忙對身後的顧清婉道：「小婉，走，和娘一起去幫忙。」

顧清婉非常不願意，但怕娘傷心，只能心不甘情不願地答應。

才到曹家院子裡，撲鼻而來全是香燭的味道，只見羅雪容和小女兒曹心蕙跪在院子裡磕頭向神靈禱告。

顧清婉在月光下翻了翻白眼，要是求神拜佛能救人，都不用大夫了。

「我的月娘，妳也來了。」羅雪容聲音裡還有哭音，見到進門來的三人，忙站起身走過來，拉著顧母就朝西屋走。「月娘、小婉，快進屋。」

顧清婉要吐了，什麼叫做她的月娘？謾罵她娘的時候，逮到什麼都亂罵，這會子有求於人時就說得這麼好聽。

「小婉，快來。」前腳剛落地，顧父焦急的聲音就傳來。

顧清婉忙跑進右邊裡屋，屋子裡，地上全是血水，臭氣熏天。木架子床上，曹心娥披頭散髮，一臉蒼白地躺著一動不動，身下已經被血水染得血紅一片。

顧父將泡過烈酒的銀針放在一旁白布上，對進來的顧清婉道：「我需要妳來幫她扎針，待會兒我在門口，讓妳給她扎哪個穴道就扎哪個，穴道的位置妳可都知道？」

男女有別，顧父是男子，不適合在曹心娥身上摸穴道扎針，只能讓顧清婉代勞。

曹心娥的情況不樂觀，此刻也找不到別人，顧父只能死馬當活馬醫，讓曹華貴叫來顧清婉。

顧清婉點點頭。「女兒知道每個穴道位置。」

得到肯定答案，顧父很意外女兒不知何時竟然記住了穴道，但不驚訝，畢竟他的那些醫書都放在書櫃裡，女兒無事的時候都會拿來看。

門口站著的幾人聽到顧清婉的話，同時都鬆了一口氣。

羅雪容最怕顧清婉在這個時候會故意說不會，那麼她的心娥恐怕要出事了。不過，若是真到了沒有辦法的時候，讓顧愷之親自扎針也行，最多讓心娥給他做平妻，反正心娥已經到了這一步，也不怕丟人。

顧父對顧清婉叮囑一番，和顧清言出了裡間，將門簾拉下。

屋裡只有顧清婉一人，抓起曹心娥的手腕號脈……原來如此，竟然是未婚先孕，想必這孩子是王忠的吧？

不過現在孩子已經流掉了，她身上的血還沒止住，床上和地上這麼多血，想必已經流好幾個時辰，羅雪容憋了這麼久才去叫她爹來看，恐怕是眼看人快不行了才厚著臉皮上門。

顧清婉號完脈，解開曹心娥的衣裳和褲子，就連肚兜也被她解開。

「爹，我已經準備好了。」顧清婉拿著銀針，只等爹開口。

「臍中下三寸關元，臍中下四寸中極，曲骨……」隨著顧父的聲音，顧清婉沒有絲毫停歇，扎針手法行雲流水，好似已經演練過幾千遍，直到最後一根針落下，她渾身是汗，鬢角的髮絲緊貼在臉頰上，這還是她第一次在別人身上扎針，前世的實驗品是她自己。

「可都扎準確了？」顧父的聲音響起。

「爹放心，女兒不會出錯。」顧清婉自信地回道，她對穴道的認知早已深入骨髓，就算閉著眼睛，也不會扎錯。

「那就等上小半個時辰。」顧父說著，對外面的人道：「容嬸你們還是準備點熱水吧，貴叔和我一道過去抓藥。」

「姊姊，情況怎麼樣？」顧清言聽不到裡面的聲音，擔憂地問道。

「血已經止住了。」顧清婉正在給曹心娥號脈，隨後觀察她的下體，也沒看到血水流出。

「小婉，我能進來嗎？」曹心蕙聽說沒事，走到裡間門口，隔著門簾問道。

「進來吧。」顧清婉轉頭看向門口，隨著她話音落下，曹心蕙挑簾進來，朝她露出善意的笑容。

「小婉，謝謝妳不計前嫌救我姊姊。」屋子裡安靜得氣氛尷尬，曹心蕙主動開口。

「雖然我們兩家吵吵鬧鬧過來，但也不是什麼深仇大恨，非得看著妳姊姊死。」顧清婉淡淡道，自己說出這番話，她都想吐自己一臉，要不是她爹娘的關係，她還真願意看著曹心娥死，現在的她，對外面的人早已不知道善良為何物。

「你們家的人都這麼善良，能和你們做鄰居是我們家的福氣。」曹心蕙感動道。

顧清婉只笑不語，對這句話保持沈默。

「其實我姊姊本來不會變成現在的樣子，都是我娘的關係。」曹心蕙看著床上臉色慘白的曹心娥，眼裡滿是心疼之色。

原來，曹心娥從集市上一路回來的時候，肚子就開始不舒服，算算日期，她的月事推遲了三、四天，小腹總是有一根筋抽疼，起初曹心娥以為是月事要來了，沒在意。

等到了家，曹心娥也沒給家人說，喝了一碗糖水就躺到床上，以為晚一點就好，沒料想，小腹越來越痛，到了酉時血越流越多，看起來根本不像月事那麼簡單。

曹心娥嚇得不行，這才喊家人。羅雪容是過來人，看到曹心娥的情況後，便知道是什麼原因。

知道了曹心娥和村口王忠已經生米煮成熟飯，羅雪容給了女兒兩耳光，嫌曹心娥丟人，氣得不管她死活。

羅雪容是抱著眼不見為淨，以為痛一痛，等孩子流下來就沒事了，也用不著出去找人來看，哪知孩子是流掉了，血水卻怎麼也止不住。眼看人不行了，羅雪容才厚著臉皮，大半夜的去求顧家人過來救命。

顧清婉沒想到曹心蕙會主動告訴她這些，和她猜的沒有什麼出入。

「小婉，我姊姊會不會落下病根？」

顧清婉已經號出曹心娥以後想要孩子，會比別人困難，這次血氣虧空得太厲害，但是她不能說，只能打馬虎眼。「我不知道，我的醫術有限，這個妳得問我爹。」還是讓她爹說比較好。

曹心蕙點點頭，覺得顧清婉說得有理，顧清婉只比她大兩歲，懂得自然不多。

「言哥兒你也在？」這時，外間王青蓮的聲音突然響起。

只聽顧清言茫然的聲音輕輕「嗯」一聲，他現在除了顧家人，只認識蘭嬸，村子裡誰也不知道，想要回話也不知道稱呼別人什麼。

在這村子裡，都是按輩分喊人，不能鬧笑話。

曹心蕙已經挑開簾子迎王青蓮進來。「蓮嫂子怎麼來了？」

「聽容嬸說心娥病了，見你們緊張兮兮的，我有些擔心，就過來了。」王青蓮說著走到床前，看到屋子裡的情景，忍不住皺眉頭，看起來很嚇人啊。她被羅雪容氣得回去睡不著，後來又聽見敲門聲，她從窗縫裡藉著月色看見是曹華貴，又聽見他們的話。

想著是不是要過去曹家看看，但一想到自己和羅雪容關係那麼好，她還騙自己，忍著沒有過來。

孰料剛躺下沒一會兒，又聽見顧家的門開了，估摸著怕是出了大事，這才拋下心裡的惱意，過來看情況。這一看，還真不得了，這地上的血水和床上染得血紅，看得她都頭暈。

「讓蓮嫂子擔心了，這麼晚了還特意過來，謝謝。」曹心蕙客氣地道。

「看起來挺嚴重的，到底怎麼回事？」王青蓮只看見曹心娥身上插著銀針，其餘並無傷口。

「我不懂，大家也沒和我說，不清楚呢。」曹心蕙想要遮掩，找了個蹩腳的藉口，但只要是生過孩子的女人，看到這種情況，也能猜到個大概，王青蓮又不是傻子。

「青蓮妳怎麼來了？」羅雪容和顧母兩人進來屋子，羅雪容手中端著一大碗生薑糖水，不友善地看著王青蓮。

「我不就是擔心心娥嘛，這才過來看看。」王青蓮自然看到羅雪容防備的眼神，有些受傷，真想轉身離開。

針。

羅雪容淡淡地點頭，端著碗走到床前，對曹心蕙道：「妳在心娥背後扶住她。」她是吃長齋的人，不能碰曹心娥，哪怕站在這屋子裡，她也覺得一身罪孽。

顧母連忙過去幫曹心蕙一起將曹心娥扶坐起，兩人都很小心，怕碰到曹心娥身上的銀針。

扶起曹心娥，顧母接過羅雪容手裡的糖水。「容嬸，交給我來吧。」

「唉……」羅雪容此刻對顧母的態度溫和得很。

顧清婉冷眼看著這一切，如果她所料不錯，以羅雪容的性子，等這事一過，又要翻臉了，真不明白她娘是怎麼想的。

「我去洗個手進來。」王青蓮見沒自己的事，羅雪容也沒給她好臉色看，想著就這麼一次，以後不來往就不來往，說著已經挑簾走出去。

糖水餵下，顧父和曹華貴抓藥回來，也到了拔針的時候。

拔完針便沒有顧清婉的事了，顧父心疼兩個孩子沒休息好，便讓顧清婉帶著顧清言回去睡覺，他和顧母守在曹家，等曹心娥病情好轉他們再回去。

折騰了一晚，顧清婉很累，本以為會心煩得睡不著覺，沒想到人剛沾到床就睡著了，直睡到辰時正二刻，穿好衣裳從西屋出來，才見到弟弟打開門閂。這麼說，她爹娘一宿未歸，難道曹心娥死了？

想法還沒落實，便見她爹娘開門進來，兩人眉宇間盡顯疲憊之色。

顧父道：「已經沒事了，妳和言哥兒快去洗漱，然後弄點東西吃，我和妳娘去補一會兒覺。」

「好。」顧清婉想到她爹娘累了一宿，不給他們添堵，乖巧地點頭應道。

「把蠶餵了。」顧母進屋前回頭看向姊弟倆，話音未落，身影已經消失在門口。

趁著顧清言洗臉時，顧清婉去燒火，把昨兒剩下的飯鬆了鬆，鍋裡加了水，再把甑子放進去，便去餵蠶。

「姊姊，今兒妳還去打獵嗎？」顧清言洗完臉，一進門便開口問道。

「去。蠶餵完，吃完飯我再去山上。」顧清婉手未停，頭未回地道，她看得出弟弟已經很饞了，說什麼也要去弄些野味回來。

「姊姊，多打一些兔子和野雞。少弄點大蛇回來，我看到那東西就背脊發涼。」

簸箕裡白色的蠶吃著桑葉，發出如細雨落地的沙沙聲，顧清婉一眨不眨地看著顧清言，直到顧清言臉上露出窘迫，她才「噗哧」一聲笑出來。「你是男子漢呢，竟然怕那東西。」

第十一章

「我現在是小男生，是妳的弟弟。」顧清言說出這話很順口，舌頭一點也沒有打結。

顧清婉眉眼含笑，湊近弟弟耳畔低語。「你不是說在你的記憶裡，你是個大男人嗎？」

「姊姊，我覺得妳變壞了，早知道就不講我記憶裡那些事給妳聽。」顧清言沒想到姊姊會打趣他。

顧清言一身青色衣褲，頭上紮兩個總角辮子，濃眉星眸，鼻直挺，嘴唇紅得宛如櫻桃，完全是個粉妝玉琢的俊俏少年，此時被顧清婉逗得一臉怒容，一張臉氣鼓鼓的，要多可愛有多可愛。

顧清婉忍不住伸手，想去捏顧清言的小臉。「言哥兒，你真是小帥哥。」這話自然是顧清言教的。

「姊姊，妳再這樣，別想我教妳現代知識。」這是顧清言的殺手鐧。

顧清婉自然被威脅到了，誰叫她對那些知識感興趣呢，她嚮往自由戀愛，喜歡那種生活方式和人人平等的觀念。

被顧清言這麼一威脅，顧清婉就不再打趣弟弟，而是聽著顧清言講解現代的東西，時間過得老快。

姊弟倆簡簡單單吃了飯，收拾妥當，交代弟弟注意陌生人求醫、千萬別給開藥的話，便揹著背簍，拿上斧頭和藥鋤出門。

這個時辰，村子裡該去地裡的人早都去了地裡，只有看家的老人坐在門口打瞌睡、曬太陽，孩童光著腳丫子，滿身泥土遍地跑，村子裡到處充斥著孩童的歡笑聲。

出了村口，顧清婉便見到一個男人昂首闊步走來，她沒多想，本想直接避開讓路，那人卻看了她一眼，隨後從旁邊走過。

顧清婉心裡有幾分熟悉感，以為是鄰村的人，回頭看了那男人的背影一眼，便抬腳離開。

直到離開村子，顧清婉心神愈加不寧，走了好一段路，突然她眼睛瞪得渾圓，額頭已見汗水，纖瘦的身軀微微顫抖，嘴唇哆嗦著，不是害怕而顫抖，是憤怒。

「是那個人！」前世，就是那個男人害得她家破人亡，她想起來了！當天官差上門捉拿她爹，院子裡就停著一具男屍，當時亂作一團，她忙著安慰娘，遠遠地瞥了那男屍一眼，正好瞧見男屍眼角那顆淚痣。

想到此，顧清婉一刻也不敢耽擱，她轉身拔腿就跑，她身體本就輕盈，跑跳起來如同飛奔。

她的速度太快，在門口曬太陽的老人都沒看清楚是誰，人已經消失在眼前，老人家還以為是眼花。

急急忙忙回到家裡，一進門她便看向東屋方向，果然見到門開著，還有說話聲。

顧清言坐在院子裡看書，瞧見顧清婉滿頭大汗地跑回來，神情可怕地瞪著東屋，他放下書迎上去。「姊姊，怎麼回來了？」

「是不是有人來看病？」顧清婉急忙問道。

顧清言好似也想到什麼，瞪著眼低低問道：「難道是……？」

她點點頭，深呼吸後壓下心裡的激動和憤怒，放下背簍，三步併作兩步進了東屋，顧清言也趕忙跟上。

「怎麼回來了？聽言哥兒說妳上山採藥去了。」顧父此刻正在給那名男子號脈。

「我忘記拿雄黃了，山上蛇多。」顧清婉努力擠出一抹笑容。「家裡來人看病呢？」說著，她故作輕鬆地將因為激動而顫動的雙手背在身後，走到她爹和那名男子面前。

「拿了雄黃就去，過來湊什麼熱鬧。」顧父看了女兒一眼，雖說村子裡不會講究那麼多禮俗，但女兒湊到一個陌生男子面前，確實不太好。

「爹，這位叔叔一看就沒病。」顧清婉假裝沒聽見爹的話，臉上帶著淺笑，盯著那男子。「您看他，天庭飽滿光亮，眼睛炯炯有神，氣色正常，嘴唇紅潤，哪裡像有病的樣子？」

那男子聞言，臉色瞬間陰沈下來。「顧大夫，這就是你家對病人的態度？」說完繼續呻吟，做出痛苦的樣子。

「孩子頑皮，田兄弟莫要見怪。」顧父放開男子的手腕，笑著賠禮。

田二眼裡閃過一抹陰狠，虛弱無力地點點頭，表示他沒怪顧清婉。

顧父站起身，給顧清婉打了一個眼色，示意她少說兩句，隨後走到案桌旁，俯身書寫藥方。

顧清婉急了，以她爹的醫術，不可能號不出這男人沒病，怎麼還要開藥方？爹啊，求您別開藥方，要不我們全家就要被這張藥方毀掉了！

偏偏這番話不能說出來，就在她內心無比著急的時候，靈機一動，轉身笑看著男子，用調皮的語氣道：「哦——叔叔你在裝病對不對？」

顧父聽到女兒的話，心裡寵溺地一笑，書寫的手微微一抖，將墨汁滴在紙上，他只得將藥方撕掉重寫。這只是一張補藥的方子，他又何嘗看不出男子沒病，不過表面功夫要做，嘴裡道：「小婉，不准胡說八道，拿上雄黃去採藥。」

田二拳頭緊緊攥著，青筋暴凸，一張臉因為憤怒而憋得通紅，好似竭力隱忍著什麼。

跟進來的顧清言也不是笨的，立即配合顧清婉唱雙簧。「姊姊，妳別胡說八道，哪有人沒病裝病。」

「這你就不懂了，現在正是春耕最忙的季節，裝病可以不用下地幹活啊。」顧清婉一臉天真無邪，說著氣死人不償命的話，她就是要故意把這男人氣走。

「姊姊這樣說也有道理，竟然有這種無恥的人，真丟我們男人的臉。」顧清言甩給那男人一個鄙夷的眼神。

顧父心裡卻開始疑惑，往常小婉絕對是聽話的孩子，今兒卻很反常，正要開口阻止，便聽見一聲中氣十足的怒吼。「黃口小兒，休要胡言亂語，信不信老子一巴掌拍死你們！」

這一聲怒喝，中氣十足，哪裡像有病的樣子？

顧清婉和顧清言驚恐地看向男子，隨後跑到顧父背後求庇護。「爹，他要打我們。」

顧父最疼的就是兩個孩子，兩個孩子從小到大，他一句重話都不捨得說，眼前的人竟然要一巴掌拍死他的孩子，心情立刻不愉快了，沈下聲道：「你的病鄙人無能為力，請另請高明。」

這男子沒病裝病，他就覺得不正常了，他兩個孩子挑釁了這麼長時間才發作，心裡定是有鬼。

田二沒想到一個沒忍住，壞了大事，陰狠地對顧父道：「像你這種庸醫，我還不看了呢。」說罷，甩袖而去。

走著瞧，這事沒完！

顧清婉見那男人甩袖離去，暗自鬆了一口氣，但心裡仍舊沒底。

顧父目送那人出門後回轉屋裡，一臉嚴肅地看著姊弟二人，走到木凳上坐下，沈聲道：「說吧，到底怎麼回事？」

姊弟二人相視一眼，不知道要怎樣開口，似做錯事的孩子一般，低垂腦袋看著腳尖。

「怎麼回事？」這時顧母進來，眼皮有些浮腫，眼睛微紅，看樣子是沒有休息好。她在睡覺，聽到那聲怒喝，嚇了一跳，趕緊起床看看發生何事。

顧父擔心妻子知道真相後罵女兒，所以挑了一些簡單卻能說明整件事的關鍵。「剛才那人沒病裝病，我感覺事有蹊蹺，不給他看病，他才罵我庸醫。」

姊弟倆聽到爹那麼維護他們，心裡感動。

顧母聽著顧父的話，也陷入沈思。

顧父繼續道：「而且那人雖然刻意穿得樸素，那件衣裳卻是我們這些窮苦百姓一個月的開銷，一看就是非富即貴，我們附近十里八村的人，可沒這樣殷實的人家，除了鎮上來的，別無他處。」

顧清婉覺得她爹簡直觀察入微，就連人家穿著打扮都分析過，這麼一說，問題就大了，鎮上可不止一家醫館，可那人卻偏偏趕這麼遠的路，裝病看病，這不明顯有鬼嗎？

顧清婉能想到，顧父、顧母亦能想到這一層，二人心裡都各自有想法，有的事不宜當著孩子的面說，只能住口。

「我去熱一下飯菜。」顧母見沒什麼事，便出了東屋。

等到隔壁灶房傳來聲響，顧父才道：「說吧，爹想聽你們這樣做的原因。」

早在顧父、顧母交談的時候，顧清婉已經想出說詞，顧父話音一落，她立即跪在地上，道：「爹，昨晚我夢到一頭豬進了我們家門，後來爹餵牠吃了東西，豬吃飽後出了我們家的門就倒地死了，然後我就看到我們家有好多死魚。剛才女兒在村口遇到那人，感覺到心神不寧，才火燒火燎地衝回來。」

顧清言聽到姊姊這麼機智的回答，給姊姊按了三十二個讚，古人相信夢中寓意。瞧，此刻他爹聽完後就變得沈默，似是陷入沈思。

顧父此刻內心很不平靜，可以用翻江倒海來形容，他擔心師父好友曾經給他批命說過的話會變成現實。顧清婉的話，就如同敲響了警鐘。

回過神來，他趕忙將顧清婉扶起。「爹沒有要責備妳，妳用機智來保護這個家，爹很欣慰，我的女兒真的長大懂事了。」

「爹。」顧清婉撲進父親的懷裡，眼淚忍不住流下，原來，爹並不像表面那麼憨厚老實，心裡比任何人都要清楚明白。

「好了，不哭了，再三個月妳就及笄，是大姑娘了。」顧父抱著女兒拍背安撫，心疼地說。「妳看，言哥兒都沒哭鼻子，妳可是姊姊喔。」

顧清言眼睛也紅紅的，只有他懂姊姊此刻的心情，明白她為何會哭得如此傷心。哭吧，哭完了擦乾眼淚，我們姊弟一起去改變那悲慘的命運，為這個家奔一個錦繡前程。

前世一幕幕在腦裡如走馬燈一般，顧清婉的哭聲哀怨悲涼，眼睛紅腫。

顧父聽到女兒的哭泣，他的心莫名如同刀絞般疼痛。

感覺到顧父的情緒不對，顧清婉才回過神來，她退開一步，用袖子抹了一把淚，連忙道歉。「爹，對不起，我讓您跟著傷心了。」

「我倒覺得是爹不對，竟然讓我的女兒心裡有這麼多委屈卻不知道。」顧父自責地說。

「女兒沒有委屈，女兒是開心，開心在闖禍後還有爹爹護住。」顧清婉的理由雖然牽強，卻是實話，她臉上露出如瓊枝海棠般的笑容。

「爹，既然有人對我們家有了歹心，就不得不防了。」

「嗯，爹知道，這件事妳和言哥兒都不用擔心，爹知道怎麼做。」顧父道。

「當家的，吃飯了。」人未至聲先到，話音落下，顧母笑著進來。「你們姊弟倆該看書的看書，該採藥的採藥去。」

「好。」顧父笑著應一聲，朝門口走去，邊走邊對顧清婉道：「下午早些回來，別往大溝壑裡去，裡面毒蛇猛獸多。」做父母的只會擔心兒女安全，完全忘了女兒的一身力量。

「知道了，爹。」顧清婉乖乖地答應，朝藥櫃走去，拿出雄黃。

顧母笑著看了兒子、女兒一眼，轉身跟著顧父出了屋子，轉身一剎那，眼圈微紅，旋即又隱藏起來。

「姊姊，問題解決了，要不我和妳一起去採藥？」顧清言不想待在家裡，他也想幫忙。

「那你得聽我的。」顧清婉看出弟弟已經下定決心要跟著她，若是拒絕，會不會和以前一樣，從後面悄悄跟著，或者去找村子裡和他一樣大的孩童一起上山？

「好。」顧清言高興得笑起來，他哪裡看不出姊姊的心不甘情不願。

拿上油紙包了一點雄黃，顧清婉放到顧清言的懷裡。「別弄丟了，否則你被蛇咬了別怪我。」

顧清言前世經常上山，但是自從穿越後，這還是第一次，見到什麼都很稀奇。

顧清婉如同百科全書，為他一一講解，姊弟倆用了小半個時辰才爬到半山腰。

「姊姊，還要多久才到？」顧清言累得直喘氣，他快爬不動了，這山又高又陡。

「不用爬坡了，我們從這條小道過去那邊大溝裡。」顧清婉笑道。

在顧清言眼裡，姊姊的笑容有點幸災樂禍。

看吧，不讓你來非得跟來，認栽吧——

顧清婉走在前頭，用一根木棍撥弄路邊濃密的草叢，以防毒蛇躲在裡面，若是人不小心踩到，就要遭殃了。

「姊姊，妳聽，前面有山雞的叫聲。」顧清言突然間興奮地叫起來，想不到一上山就遇到山雞這樣美好的食材。

「運氣好。」顧清婉放下背簍。「你在這兒別動，我去抓。」說完，人已經跑出去老遠，朝山雞的方向奔去。

顧清言將背簍揹在身上，拿起木棍學姊姊的樣子撥弄草叢，朝前方走去。

顧清婉本以為打獵很容易，沒想到卻很費力，山雞飛跳得不高，一次也飛不遠，她都費了好長時間，直接把山雞追累了才逮到，心裡疑惑，別人是怎麼打獵的？一天還打不少野味。

「姊姊，妳好厲害。」顧清言站在山坡的小路上，朝下看著顧清婉手裡的山雞，想到做出來的味道，口水都快流出來了。

「言哥兒，為什麼李大蠻子打獵那麼輕鬆，我追這隻山雞就費了這麼多力氣？」打獵不是有一把力氣就可以了嗎？

「人家有傢伙，比如說彈弓、弓箭，妳就一身怪力加上身子輕，肯定沒有人家那麼容易。」顧清言想著是不是該給姊姊特訓一下，果然小說裡都是騙人的，什麼都寫得那麼容易，還是親身實踐才知道，什麼事情都不是一蹴可幾。

「那我不是要學射箭才行？這麼說今日是不是白來了？」顧清婉凝眉道，或許學了射箭後才能打到很多獵物。

「不會啊，至少姊姊妳都抓到一隻山雞了。」顧清言說道。「姊姊不是說還要去那條大溝裡嗎？我們去看看，沒有獵物就安心採藥，回去後我給妳做個特訓。」

「特訓？」顧清婉挑眉。

「妳先上來，我講給妳聽。」顧清言已經想好讓姊姊學什麼了。

顧清婉腳尖一用力，輕輕鬆鬆就跳上來，將山雞放進背簍，接過背簍揹上，走在前面，聽著弟弟講要用什麼辦法，等她學習有成，就能輕而易舉打很多獵物。嗯，她聽得很動心，已經迫不及待想要開始訓練。

這邊的山路很少人來，雜草叢生，最後顧清婉不得不拿出斧頭邊走邊劈開一條小道。

還不到深溝就遇見不少藥草，姊弟倆見到就挖，顧清言想著怎麼沒有出現野雞、野兔，就看見前方草叢搖曳起來，隨之而來的是「嘶嘶」聲，嚇得他丟下藥鋤就往顧清婉那兒跑。

「姊姊！」

第十二章

顧清婉正想著弟弟說的訓練方法，聽見這聲似丟了魂的叫喊，轉身看去——媽呀，好大一條崖斑蛇！碗口粗大扁擔長，來不及多想，立即放下手中採了一半的藥草，抓起一旁斧頭飛跳過去，擋在弟弟前面，手起刀落，砍向蛇身——

「噗！」血水四濺，濺灑在她臉上。

顧清婉一身怪力，力大無窮，這一斧頭下去，崖斑蛇立即斷成兩截，沒了蛇頭的蛇尾不停在草叢中扭動。

蛇頭和上身飛躍而起，朝顧清婉飛去，顧清言見此，立即驚呼。「姊姊，小心！」

顧清婉本來就不怕蛇，看準蛇七寸，放下斧頭，手變成爪，抓向崖斑蛇，穩穩掐住蛇的七寸處，手一用力，蛇頭和蛇身被生生掐斷。手一揮，將蛇甩出去，掉在一旁樹枝上掛著。

這一切只在電光石火間發生，顧清言嚇得臉色都白了。

顧清婉隨後抓起地上的蛇尾，一併丟得遠遠的，這才看向顧清言。「你身上有雄黃，牠為什麼要攻擊你？」

「不知道。」顧清言也弄不明白怎麼回事。

顧清婉隨後走到弟弟挖藥草的地方去看，這才看到在一棵茂密的小樹根部，有一個偌大的洞，看來這洞是那蛇的棲身之所，定是以為弟弟在毀牠的住所，才攻擊人。

「姊姊，這是蛇洞？」顧清言也看到那洞口，腦子裡想到什麼，立即去找來乾草放在洞口。

「你要幹什麼？」顧清婉不明白弟弟要做什麼，蛇都死了。

「我聽說蛇一般不會攻擊人，洞裡會不會有小蛇呢？」顧清言說著已經點了火摺子，燒了乾草，往洞裡搧煙。

「胡鬧，走了，我去水溝裡洗洗臉。」她現在臉上身上都是蛇血，黏黏的真難受，腥味又很重。

「好。」顧清言觀察了一會兒，沒見到動靜，連忙跟上去。

山溝裡的水清清涼涼，顧清言有些口渴，走到姊姊的上方，趴在水溝裡就喝起水，喝完以後，暢快地「哦」了一聲。

顧清婉弄濕絹子，擦拭臉上的血水，看到弟弟的笑容，她也露出淺淺的笑。

「姊姊，妳看這是什麼蟲子？和頭髮絲一樣細，動來動去的。」顧清言拿著一根小木棍撥弄著水，好奇地問道。

「鐵線子，你可別小瞧牠，牠能纏斷牛尾巴，離牠遠些。」顧清婉探頭一看，繼續擦著身上血水。

「這麼恐怖！」顧清言趕忙丟下小木棍，退到一旁。「這水溝裡髒東西是不是很多？」

「髒東西沒有，都是一些枯葉，再說，這溝裡長時間沒人來，裡面肯定會有東西。」顧清婉說著，拿過剛才砍蛇的斧頭，將上面的血水洗淨。

好吧，他躲遠些還不行嗎？顧清言退到一旁大石上坐下，轉頭打量周圍環境。竹子多，矮樹多，山石多，野草多，在這裡坐著，感覺特別涼快，若是夏天沒有空調，是不是可以來這裡乘涼？

顧清婉洗好斧頭，不甘地看了眼對面那條小道，朝弟弟招手。「走吧，回家，今兒先這樣，等訓練出技術再來。」

以她現在的能力，追一隻山雞都這麼費勁，還怎麼去打大的獵物？加上弟弟在，更不安全。

孰料兩姊弟準備轉身離開時，對面林子裡傳來野獸的聲音。

「是豹子？不對，不是豹子。」顧清婉聽到野獸聲，剛開始以為是豹子，她曾經聽過豹子的叫聲，細聽之後又不像，立即將弟弟護在身後，戒備地看著對面小道。恐怕是她殺死那條大蛇，血腥味太重，引來這野獸。

顧清言躲在顧清婉身後，探頭看向對面，矮樹野草太多，看不見是何物，於是碰了碰姊姊，指著她背上的背簍，意思是他來揹，讓她專心對付野獸。

姊弟倆不是沒想過要跑，顧清婉身輕如燕，可以跑掉，問題是有顧清言在，她不可能拋下弟弟逃跑。雖然可以選擇抱著弟弟逃跑，問題是她對自己的能力根本不熟悉，在這山林中，雜草叢生，到處是坑，或是陡坡，她不能冒這個險。

既然他們根本跑不過在這森林裡生存的野獸，只能硬拚了。

顧清婉剛把背簍交給弟弟，只聽見一聲虎吼，一隻龐然大物縱身飛躍跳過矮樹，落在弟弟剛剛坐過的大石上。
天哪，竟然是傳說中的老虎！
看到這龐然大物，姊弟倆後背全是汗水。
「言哥兒，快跑！別管我！」顧清婉沒有把握能對付老虎，只能自己拖住，讓弟弟逃跑。
顧清言為了不拖累姊姊，轉身就跑，卻沒有跑遠，而是跑到他們來時小道旁的山壁上。人在生死攸關的時候最能發揮潛力，顧清言從沒有想過他會這麼利索，幾下就攀爬到山壁上。
「姊，用拳頭砸牠腦袋，或是砸牠下顎，這兩處應該是最致命的地方。」顧清言在上面指揮著。
顧清婉此刻已經冷靜下來，面色如常，攥緊看起來毫無力量的拳頭，腳尖輕踏，朝老虎的頭砸去——
偏偏這老虎好似成精一般，等顧清婉的身影將至，牠一個縱身躍到一旁避開拳頭。
顧清婉本來就沒有練過，做不到收放自如，拳頭硬生生砸在大石上，頓時石屑飛濺，大石裂開一條縫，可見若是這拳落在老虎身上，老虎還不立即斃命？
遠處的顧清言也看到這一幕，心裡想著，一旦這次死裡逃生，他一定要好好把姊姊訓練成頂級獵手。
顧清婉拳頭已經被血水染紅，那是她的血，肌膚撞到堅硬的石頭，又怎麼不受傷？雖然很痛，但她好似毫無知覺，此刻，一心想著怎麼打死這頭老虎。

一擊不中，她彈跳而起，揮起帶血的拳頭朝老虎砸去。

聞到血腥味的老虎虎目通紅，獠牙盡顯，嘴裡不停咆哮，見顧清婉攻擊而來，牠一個飛躍，從顧清婉身旁飛過，用那條如同鋼鐵一般堅硬的尾巴攻向顧清婉。

「姊姊，當心！」

顧清婉聽到弟弟的驚呼，她人在半空，只能眼睜睜看著虎尾向她襲來。

「啊——」

好痛，顧清婉感覺皮膚都要裂開了，火辣辣的刺痛傳遍全身。

「姊……」顧清言快哭了。

「我沒事。」顧清婉不想讓弟弟擔心，強扯出一抹安心的笑容，再次奮起攻向老虎。

顧清言看著姊姊生澀的攻擊，急得在上面團團轉，這才想起背簍裡的斧頭，於是趕緊放下背簍，拿出斧頭扔到下方。「姊姊，接著！」

這一次，拳頭落在虎背上，老虎吃痛，五臟六腑好似都被震碎一般的痛，頓時張開虎嘴，要將眼前的人類撕碎。

顧清婉眼見老虎撲來，一個彈跳避開，快速拾起弟弟扔在一旁的斧頭，緊緊握在手心。

她知道，若是這樣攻擊下去，她不累死也會被老虎咬死。

看來得改變攻擊方式！

冷靜下來的她，分析著情勢。

老虎一擊不成，又飛身撲來。

顧清婉大喝一聲，腳尖一用力，整個人彈跳而起，雙手握緊斧頭，等老虎撲到身前，用盡全力揮動斧頭，朝老虎的腦門砍去——

「吼！」不甘的虎吼漸漸變得無力，周圍除了水溝裡的水流聲，便再無其他聲音。

顧清婉雙腿打顫，無力地坐在地面，瞪著已經死去的老虎。

顧清言不敢相信姊姊竟然殺死一頭老虎，他從山壁上滑下小道，緩緩走到顧清婉旁邊，顫抖的手搭在她的肩膀上。「姊姊，妳成功了。」

顧清婉轉頭看向顧清言，一把將他抱在懷裡，哭了起來，這是劫後餘生的哭泣。

「姊姊，妳好棒！」

冷靜下來後，顧清婉推開顧清言，有些不好意思，今日她當著弟弟的面哭了兩次了。

「姊姊，我們有銀子用了。」顧清言看著死透的老虎，眼裡冒著錢的符號。一頭老虎應該能賣不少錢，且這頭老虎渾身毛皮都是完好的，只有眉心被斧頭砸開一條長長的口子，應該不影響價錢吧？心裡計算著，賣錢以後是不是要先買點炒菜的調味料？

顧清婉點點頭，她也想不到今日運氣會這麼好。

顧清言完全拋開恐懼的心情，現在滿腦子都是錢，他轉身跑到小道上把背簍揹下來，把野山雞和裡面的藥草倒在一旁。「姊姊，把老虎放進下面。」

顧清婉明白弟弟的意思，他們殺死這頭老虎，肯定讓有些人眼紅。

揹起背簍的時候，顧清婉一個矮身，險些摔倒——背上被老虎尾巴打傷的傷口，碰到背簍時很疼啊。

「姊姊，很痛嗎？」顧清言不免擔憂，雖然錢很重要，但姊姊的身體更重要，不行就先把老虎放在這裡，回去叫爹來。

「無礙，我可以。」顧清婉忍著疼痛，揹起背簍，每走一步，都是鑽心刺骨的痛，但她不敢表現出來，怕弟弟擔心，臉上還帶著一抹讓人心疼的淺笑。

姊弟倆有了這麼大的收穫，自然不會在山上逗留，顧清婉揹著背簍，顧清言提著野山雞，姊弟倆杵著木棍走下山。

一路上遇到幹農活的村人，都沒人看出端倪。

為了防止老虎的血水滴落，顧清言用他的衣裳墊在背簍底部，光著身子一路走下山，也沒人笑話。天氣漸熱，光著膀子的男人多得是，何況他還只是個少年。

一路上，姊弟倆都小心翼翼，好在什麼事都沒發生。

只是剛到家門口時，有不少人在王青蓮家門口，交頭接耳地說話，眼睛卻往屋裡瞧。有幾個婆娘看到姊弟倆回來，笑著打完招呼，又扭頭看向王青蓮家裡，並沒注意他們的背簍。

姊弟倆一進家門便喊兩聲，卻無人應話。家裡空無一人，他們的爹娘恐怕是在王青蓮家裡。

顧清婉直接將背簍揹進西屋，她睡覺的房間，再讓弟弟去把爹娘叫來。

顧清言會意，出了大門走到對面王青蓮家門口，擠開幾名婦人，果然瞧見爹娘在屋裡和人說話。他沒有大喊大叫，而是走進屋子，立馬聞到一股肉香味，令他肚裡的饞蟲拱動了幾下。

「爹，娘。」他走到顧父、顧母旁邊，輕輕扯了扯二人的手。

顧父見到兒子光著身子，褲子上裹滿了泥巴，微微蹙起眉頭。「你姊姊回來了嗎？」

「回來了。」顧清言乖巧地點頭，隨後拉低顧父身子，附耳低語。

聽完兒子的話，顧父臉色大變，滿心震驚，不管是女兒打死老虎，還是被老虎尾巴打傷，他的內心都無法平靜，但也明白此事不能聲張，勉強穩定情緒，暗自扯了扯顧母。「月娘，兩孩子採藥回來，肚子餓，妳回去弄點飯吃。」

顧母聽到丈夫的話，心頭微愣，不明白當家的為什麼要說這話，小婉不是自己能做飯吃嗎？旋即見到當家的眨眼，她才反應過來。「好。」

應了一聲，她對還在哭泣的王青蓮道：「我去給孩子做點吃的，妳也別傷心了，這種人不值得妳傷心。」

「妳去吧。」王青蓮帶著濃濃的哭音，點點頭。

顧母給屋裡幾個婦人打完招呼，才歸家，一進大門，便見顧父抱著女兒朝東屋走，心急如焚道：「這是怎麼了？」

「進來再說。」顧父此刻滿心都是女兒的安危，顧清言沒有跟著進屋，而是坐到院子裡看門。

顧母看出女兒臉色蒼白，便明白出了事，抹了一把淚，趕忙跟著進了東屋。

「月娘，把剪刀拿來。」一進門，顧父就對身後的顧母說，隨後將顧清婉放在凳子上坐下。

顧母急急忙忙走到櫃子前，將醫用剪刀找出來，趕緊遞給顧父。

「爹、娘，女兒沒事，你們不用擔心。」顧清婉強自扯出一抹笑容，想要安慰他們。

「告訴爹，打到哪兒了？」顧父接過剪刀，問顧清婉傷口所在。

顧清婉有些不好意思，支支吾吾地反手指著背上。「這兒。」

顧父一點也沒有猶豫，用剪刀照著顧清婉指的地方，剪開一個口子，當看到傷口時，身旁的顧母已經哭出聲。「我的天哪！」

顧父更是雙眼通紅，連呼吸都變得沈重。

不能怪他們如此難過，實在是傷口太恐怖，被打到的地方烏青一片腫得老高，血水從毛孔裡溢出，有的地方還磨破了皮，看得二老心都碎了。

「這到底是怎麼弄的？」顧母哭著問道，用手指輕輕撫摸顧清婉的傷口，心好痛。

「虎尾巴打的。」顧清婉雲淡風輕地道，她並不知道自己的傷有多恐怖，她已經痛得麻木，沒有太多感覺。

「什麼?!」顧母險些要暈過去。

「月娘，現在不是說這些的時候，妳用烈酒給孩子消毒。」顧父的心痛並不比妻子少，吩咐完顧母，便走到藥櫃去搗藥粉。

顧母應一聲，急急忙忙去倒了烈酒在碗裡，用棉花沾酒搽著顧清婉的傷。

「爹娘不用這麼緊張，女兒不是好好的嘛。」顧清婉看出二老心情沈痛，故作輕鬆地道，沒想她一動身子，磨破皮的傷口又溢出了血。

顧母已經淚眼矇矓，哭道：「我的兒，娘求妳，別說話好嗎？」

顧清婉哪裡聽不出娘滿滿的心疼，只好閉嘴不再說話，由著娘搽酒消毒，就算是這麼烈的酒搽在身上，都沒有疼痛感，只有如同小螞蟻咬了一口的感覺，實在是她對傷痛已經麻木。

顧父搗好了藥粉，連忙給顧清婉撒在傷口上，隨後又讓顧母幫顧清婉綁好紗布，等忙完了，也已經將近酉時。

處理好傷口，給顧清婉換了衣裳，顧母才叫上顧清言，一家人坐在灶房裡，顧母打算一邊做飯一邊審問一雙兒女。

顧父從王青蓮家回來，就看見兒子、女兒打的野山雞和老虎，此刻，見顧母要做飯，他主動去西屋拿來野山雞，開始燒水燙雞毛，準備犒勞一雙兒女。

顧母見到當家的拿著野山雞進來，微怔後便明白怎麼回事，是兒子和女兒捉的野山雞。她開口問道：「言哥兒，你說怎麼回事？」

顧清言沒有隱瞞，從上山捉山雞開始到打死老虎的過程，仔仔細細地說了一遍。

顧母已經哭得死去活來，哪裡還顧得上做飯，她滿心都是心疼她的一雙兒女，如果不是女兒有一身力氣，是不是她就見不到兩個孩子了？

顧父心情也很沈重，野山雞在滾燙的熱水裡翻轉了好幾遍，他的手就是提不起力氣拔毛。

兩個大人並沒有因為女兒的一身力量感到高興，而是滿心的擔憂和心疼，這就是父母的心，不管兒女多有本事，他們總是會有操不完的心。

顧母只要一想到兩個孩子險些落入虎口，眼淚就停不下來。好似想到什麼，她從板凳上站起身，抹了抹淚，扯了扯衣角，舀水洗了一把臉和手，隨後走了出去。

第十三章

顧清婉和顧清言擔心他們的娘會不會刺激過度，做出什麼傻事，還好，聽到堂屋的門被推開。

「以後，不要再去冒那個險，爹娘如果沒有你們倆，也活不下去。」顧父聲音有些沈悶，說出的話卻很堅定。

「爹，我答應您，以後沒有把握的事我不會去做。」顧清婉鄭重點頭。

「我也答應爹。」顧清言也表態，穿越重生一回，他在這個家感受到深如大海的親情，他要保護好這一切。

「好，我兩個孩子是最聽話的。」顧父欣慰地點頭。

「小婉、言哥兒，快來給菩薩磕個頭。」顧母的聲音在院子裡響起。

等姊弟倆跪好，顧母持香禱謝。「謝謝菩薩保佑我一雙兒女平安歸來，謝謝菩薩大慈大悲。」說著，她已經跪伏在地，連續幾次，才站起身將香插進香爐。

顧清婉和顧清言依言磕頭拜謝，磕完頭，顧母把顧清婉扶起，溫柔地問道：「要不要去休息？吃飯的時候娘叫妳。」

「娘，我沒事，不用休息。」顧清婉還想著要和爹商量怎麼處理老虎呢。

「要是很疼就跟娘說。」顧母心疼地看了一眼女兒的背。

母女倆牽著手，顧清言跟在身後，三人進了灶房。

夜幕緩緩降臨，灶房已經點上蠟燭，顧父對著熱氣氤氳的木桶拔著野山雞毛，抬頭看到母子三人，臉上露出一抹笑容。「今兒晚上，給孩子做頓好的，可惜小婉沒把那崖斑蛇拿回來，要不也是一頓美味。」

顧母嗔怪道：「你就想著吃，一點也不心疼孩子。」

顧父憨厚地笑起來，將拔光毛的野山雞放在菜板上，走出灶房。

「你們的爹就是這麼沒心沒肺的。」顧母看著搖晃的門簾，轉頭對一雙兒女說著，便去提木桶，準備將裡面的水倒掉。

「娘，我來。」顧清婉哪捨得娘提這麼重的水，一時著急，忘記背上的傷，頓時痛得「嘶嘶」叫。

「姊——」顧清言擔心地看著顧清婉。

「小婉……」顧母眼睛又紅了。

「娘，您別哭，我沒事。」顧清婉道。

「都快及笄的人了，還這麼冒失，以後嫁到婆家怎麼得了。」顧母又是心疼，又是生氣女兒的行為，這樣她怎麼放心將女兒嫁出去。

「這又是怎麼了？」顧父手裡抓著一把藥材進來，看到三人圍著木桶站著，奇怪地問道。

「還不是你這個老東西，拔了毛也不將水倒掉。」顧母氣呼呼地說著，瞋了顧父一眼，扶著顧清婉坐在板凳上。

顧清婉和顧清言都忍不住笑起來，爹才三十五歲，就被娘叫老東西了，以後若是七老八十，還不成了老妖怪？

見兒女都笑了，顧母有些不好意思，氣呼呼地提起木桶走出灶房。

顧父將藥材用開水泡著，待會兒準備燉雞湯用的，隨後又將野山雞用涼水洗了兩遍，才拿起菜刀剁成塊。

「爹。」顧清婉看著爹做菜的模樣，心裡無比佩服。爹真是個了不起的人物，醫術了得，更能做得一手好菜。

「欸。」顧父將剁成塊的山雞肉洗一遍，聽到女兒叫他，應道。

「那頭老虎您可看見了，是不是能賣個好價錢？」顧清婉現在比較操心這個問題。

「明兒我去鎮上探探情況。」顧父也希望兒女用命換來的東西能值個好價錢。

「我要和爹一起去。」有人要對付她家，讓爹一個人去鎮上她不放心。

「妳身上有傷，在家歇著。」顧父搖頭拒絕。

「那我和爹一起去。」顧清言開口，他也想看看野味的行情。

「你們姊弟倆哪兒也不許去，都給我在家裡好好待著。」顧母拎著木桶進來，瞪了一雙兒女一眼，隨後走到灶前看了一下火，抓起玉米芯，丟了一把進去灶膛裡。

「爹，對面今日怎麼這麼多人？」有顧母在，什麼事都別想談妥，顧清婉只好轉移話題。

「打聽人家事情做什麼？女孩子家要學點品德，別學那些嘴碎的長舌婦。」顧母心疼的勁兒過了，便又教導起顧清婉來。

「這又不是什麼秘密，村人都知道，孩子想知道就告訴他們嘛。」顧父見女兒小嘴微微嘟起，心疼病又犯了。

「你這樣慣孩子是在害她，以後她嫁人，婆家會笑話我們不會教孩子。」顧母頓時不樂意了。

「若是誰敢笑話她，就別想娶我的女兒。」顧父霸氣地說著，一邊將雞肉塊放進大鍋裡，隨後將鹽和藥材倒進去，蓋上鍋蓋。

顧母深深地嘆了口氣，不再說什麼。

這還是姊弟倆第一次見到父母鬥嘴，不過卻沒有感覺到絲毫的火藥味。

「你們的李春叔今兒回來了。」顧父不等兒女問，便開口道：「不過，卻帶著他的小婆子一道回來，這也沒什麼，但兩人卻把你蓮嬸房樑上剩下的幾塊肉給煮了，還把你蓮嬸綁在木樁上，看著他們兩人吃，你們說是不是很過分？」

顧清言感到不可思議，世界上竟然有這樣的人渣，和姊姊前世遇到的渣男一樣令人厭惡，只要他遇到，一定用手術刀給這兩人開刀，不用麻藥的那種。

他忍不住好奇地開口問道：「那李春叔和那個女人呢？」

「沒臉待下去，自然是走了。」顧父冷笑一聲，真不明白李春在想什麼，好好一個家不守著，跟人在外面鬼混。

鍋裡的雞湯已經煮沸，散發濃濃的香味。

顧母從後院拔來蘿蔔洗淨、切條，早從旁邊小灶上蒸好了飯，將冒著熱氣的甑子抬起，放上炒鍋，從大鍋裡舀了一瓢雞湯進去，把切好的蘿蔔條放進去煮。

看得顧清言口水直流，穿越過來三天，就第一天吃了幾塊肉，便再也沒有沾過葷腥，此刻肚子裡的饞蟲拱動著，都快被誘出來了。

「小饞貓。」顧父哪裡看不到兒子的饞樣，拿過碗筷，挾了一塊雞肉遞給兒子，讓他先解解饞。

顧清言也不客氣。「謝謝爹。」

一家人都被顧清言的饞樣逗樂了，因而顧清婉受傷的憂傷氣氛都減輕不少。

雖然有雞湯、雞肉，兩個大人卻不捨得吃一塊雞肉，都給了姊弟倆吃。他們吃的是那鍋雞湯裡的蘿蔔，對他們來說，味道也是極好的。

吃完飯，洗了腳，一家子坐在一起說說話，才各自回房睡覺。

顧清婉背上有傷，只能趴著睡。半夜顧母擔心她，過來看了兩回，見她睡得沈，又退出了屋子。

一夜好眠，顧清婉醒來時已經快到辰時，爹娘已經將蠶餵完，出了門，去小山採摘桑葉了。

弟弟坐在院子裡看醫書，頭髮已經梳理好，不用說也知道是娘出門前梳的。

「起來了，好些了嗎?疼嗎?」顧清言聽見開門聲，便開口一連串問候。

顧清婉笑著搖頭。「不疼了。就像你說的，我的身體可能有自動修復的能力，才一晚上，今日只感覺到酥酥癢癢的，其他不適都沒有了。」

「真的？」顧清言眼睛一亮，這又是個新發現。

「姊姊怎麼可能會騙你。」顧清婉笑著走進灶房，舀水出來洗漱。

見水缸裡的水見底了，便挑起水桶出門。「看家喔，我去挑水。」

「姊姊，妳的傷真的沒事了？」顧清言雖然相信姊姊的身體有修復能力，但還是有些擔心地追到門口。

顧清婉笑著回頭，再三保證沒事，才挑著水桶離開。

家裡水缸不是很大，挑上四挑水就滿了，待會兒顧清婉還得洗藥草，遂找出能盛水的器皿都裝滿水，多挑了兩挑。

昨兒姊弟倆挖回來的藥草都要清洗乾淨，再曬到院子裡的木架上，木架上有專門曬製藥材的簸箕。

以前的藥草都是湊一背簍揹到河裡去沖洗，回來再加工，但顧清婉想到前日河邊才埋了死孩子，因此不想去。

「姊姊，我能拜託妳一件事嗎？」顧清言放下醫書，幫忙清洗藥草上的泥巴，一根一根，洗得特別仔細。

「嗯？」顧清婉沒有抬頭。

「若是老虎賣了錢，到時找鐵匠給我打造一套手術刀。」顧清言還是想重拾前世的職業，他知道這個世界還沒有開刀手術一說，因此想以後開一家大夏王朝最大的醫館。

「就是你說能把人身體劃開的東西？」顧清婉聽過弟弟講解手術的事，聽著都瘆人，把人割開再縫上？太恐怖了！有些不能理解。

「好不好？」顧清言知道姊姊很疼他，他的要求都不會拒絕。

果然。只要顧清言想要的，顧清婉都會答應。

「姊姊真好。」顧清言笑得很開心，有人寵著的感覺真好。

顧清婉臉上帶著淺淺的笑容，認真清洗手上的藥草，腦子裡想著老虎賣錢後要置辦些什麼東西。

「姊姊，待會兒洗完藥草，我要給妳特訓。」顧清言已經想好，不能埋沒姊姊的能力。

「好。」

「姊姊，妳好好練習，等練習到極致，飛針也能殺人。」顧清言在院子牆角幫顧清婉撿石頭，堆放在她旁邊，說著鼓勵的話語。

「那麼細的針能行嗎？」顧清婉有些懷疑，一把刀有時都砍不死人，一根繡花針如何殺人？

「姊姊不是知道人體穴道嗎？只要練習好準頭，到時，只需打到對方的死穴就成，若不想對方死又想讓對方受罪，也可以偷襲別的穴道，比如笑穴、麻筋……」

練習將近一個時辰，顧清婉越練習，越是興奮，只要一直練習下去，她打獵都不用費勁了。

「姊姊，我們有時間再練習，妳現在該做飯了，我肚子餓。」顧清言摸著餓癟下去的肚子道。

看著弟弟那可愛的樣子，顧清婉笑得沒心沒肺，重生以來，這是她前世今生最幸福的日子。

顧清婉今兒又蒸了兩杯米，一般兩杯米是逢年過節才會吃的，但想到老虎賣了就能進銀子，便狠下心地做了。

昨晚剩下的雞湯還有，加上一點涼水煮上還能吃一頓，又從後院拔來蘿蔔洗淨切條，用一瓢雞湯煮熟，味道好得不得了，又炒了一碗馬鈴薯。

做好飯，給弟弟舀上點雞湯先墊墊肚子，顧清婉便揹著背簍朝小山走去，接她爹娘回家。

顧清言在院子裡，抬頭看著山坡上，姊姊飛奔著練習爬坡，臉上笑得開了花。姊姊一點都不笨，只是沒有見識過，只要他教的東西，姊姊很快就能領會，而且能融會貫通地使用。

顧清婉才爬到半坡，就看見爹娘杵著木棍下山，兩人背上各自揹了冒尖的桑葉，最上面還壓著兩個麻布袋，她爹更是壓了四個按得緊實的麻布袋，看到這樣的畫面，顧清婉更加迫切想要練習，好多打一些獵物去賣，爹娘就不必這麼辛苦了。

「妳怎麼來了？」顧母看到女兒爬坡爬得滿頭是汗，小臉紅撲撲的，令她心酸不已，責備起來。

顧清婉扯出一抹燦爛的笑容。「我來接爹娘。」

「妳身上還有傷，妳說妳是不是來添亂的？快走。」顧母想到女兒背上的傷，心疼得要死，哪裡還會讓她幫忙。

「娘，女兒已是大人，知道分寸，你們不用擔心。」顧清婉說著去解她爹的背簍。

「爹揹得動，妳幫妳娘減一個袋子就成，太沈妳揹不動。」顧父話雖少，心疼女兒的心卻一點也不少。

「爹忘記了，我可是有一身神力，你們兩個的袋子都給我綁上。」顧清婉力氣大，扯著顧父的背帶，顧父就動彈不得，最終只能妥協地放下背簍。

「妳過來這邊，讓娘看看。」顧母不放心，放下背簍，拉著女兒走到轉彎的拐角地裡，左顧右盼見沒人，才撩開顧清婉的衣服，一看之下，驚訝得說不出話來。

昨兒還烏青腫脹溢血的傷口，此刻只有微微的粉紅，這是怎麼回事？

顧清婉拉下衣裳，笑著看向她娘。「娘，我說沒事了是不是？」

顧母木訥地點點頭，旋即拉著顧清婉回到路上。她心情複雜，對正在搬麻袋的顧父道：「當家的，小婉背上的傷好了。」

顧父的動作一頓，驚訝地看向顧清婉，顧清婉憨笑兩聲。「女兒也不知道怎麼回事，自從上次摔了醒來後，就變得很有力氣，然後身輕如燕，恢復能力強，我都快認為自己是妖怪了。」

「不准胡說。」顧母嗔道。

顧清婉偷偷地瞧了娘一眼，顧父見到女兒嬌憨的模樣，旋即笑起來。「不管妳變成什麼樣，都是我和妳娘的寶貝女兒。」

顧母道：「既然如此，就把這幾個麻布袋給小婉綁上，反正她力氣大。」

顧父微微皺眉，在顧清婉的示意下，無奈地綁上六個大麻布袋。

剛開始二老還擔心女兒是否揹得動這麼重的桑葉，沒料想女兒揹著好似輕無一物，直把他們下巴都驚掉了，但兩人很快便鎮定下來。

有了顧清婉分擔，顧父、顧母只有冒尖一背簍的桑葉，下山的速度便快了。

回到家，吃完飯，顧父換上一套七、八成新的衣褲，戴著斗笠便出了門，要去鎮上問問老虎的價錢。

顧清婉洗碗，顧清言坐在院子裡看書，姊弟倆打著眼色。

顧母早上起得早，中午瞌睡來襲，便交代姊弟倆一聲，進屋休息。

顧清言見此，拿起牆上的冪籬，輕手輕腳地走出院子，動作似做賊一般。

趁著這空檔，顧清婉利索地幾下涮乾淨碗筷，豎起耳朵聽了一下娘屋裡的動靜，隨後幾個跳躍出了院子，把大門輕輕拉上，一溜煙跑了。

拐過房角，顧清婉矮身揹上顧清言，便朝村口飛奔而去，那速度能幻化成無數殘影。

午時家家戶戶都掩門午休，只有看門的狼狗慵懶地趴在門口，一陣風吹過，狼狗疑惑地四處張望，什麼也看不見。

到了村口，便能看到下河的路，姊弟倆站在村口，見到他們的爹一步步地朝著坡下走去。

姊弟倆剛剛從家裡出來，如同做賊一般，那是怕顧母說教的關係。等回去的時候就算她要說，便讓她說好了。

顧清婉早上揹著弟弟訓練了幾趟，已經能融會貫通地使用力量，跑起來完全沒有問題。

第十四章

顧清婉揹著弟弟，一個縱身跳到下方的地裡，穩穩落地，沒有絲毫不適。

不等顧清言開口，她再次縱身，一連幾次，顧清婉已經掌握縱身飛躍落地的技巧。

顧父走在前面，感覺到身後有異動，現在大中午的，路上行人稀少，他疑惑地轉頭朝身後看去，便看到女兒揹著兒子，從高高的坎子上跳下，再縱身飛起，再跳下，朝著他跑來。

看到這樣的情景，他袖中的雙手緊緊攥成拳，有多少年沒見到這樣飛簷走壁的畫面了？

「你們來做什麼？」等到姊弟倆走到近前，顧父已經調整好複雜的心情，不悅地擰著眉頭。

「爹，我們要和您一起去鎮上。」顧清言從顧清婉背上下來，撓頭道。

「可告訴你娘了？」顧父問完，已經後悔了，看一雙兒女的表情，就知道他們是偷偷跑出來的，他嘆了口氣。「好吧，反正都出來了。」

「爹最好了。」姊弟倆異口同聲開口，引得顧父露出一臉無奈的笑。

顧清婉將冪羅戴上，三人一起朝坡下的河流走去。

「以後不可在人多的地方展露妳的能力。」顧父走在前面，這話自然是對顧清婉說的。

「知道了，爹。」顧清婉和弟弟相視一眼，輕聲應道。

顧父此刻內心是高興的，女兒有這些能力，以後再也沒有人能欺負她，那麼那人為他批的命是不是就不準了？

三人各懷心思，顧清言心裡有一種想法，從他穿越過來這些天，發現不管遇到什麼事，他爹娘都很快就鎮定下來，這完全不像普通老百姓。

他在懷疑，爹娘不是普通人，就算身分普通，也一定經歷過大風大浪，如若不然，為什麼兩人要在這小山村裡定居下來？

有時候，娘在說姊姊的時候，只有家教嚴謹的人家才會如此，姊姊雖然是重生的，卻沒有見過什麼世面，自然看不出來。

就像剛才，若是普通百姓，看到姊姊飛簷走壁，早已震驚得說不出話來，或是要問長問短的，可爹卻那麼淡定從容，可見不一般了。

過了河，顧清婉將裙襬的水擰乾，三人才踏上河堤，順著河堤而行。

「爹，我們先去什麼地方問價比較好？」顧清婉畢竟沒有賣過野味。

「到了鎮上再看。」顧父也沒有把握，心裡雖然計量好，但怕事情又沒想像中順利。

今兒不是趕集日，鎮上的人不是很多，顧父領著姊弟倆走到一家專門售賣野味的店鋪。

老闆是個兩百斤的胖子，他手裡拎著一把厚重的砍刀，在砍著骨架，看到他們三人站在店鋪門口，不耐煩地問道：「買什麼野味？斤兩？」狗眼看人低的語氣令姊弟倆微微蹙起眉頭。像這樣種人，就算收下那頭老虎，估計也不會給什麼高價，要不要讓爹換一家？

顧父已經開口。「老闆，我們不是來買肉的，是有野味要處理，請問你是不是什麼野味都收？」

肥老闆睨了他們三人一眼，將厚重的菜刀砍在坑坑洞洞的圓木上，淡淡問道：「賣什麼肉啊？一般東西我這兒可不收，我家店鋪裡就有專門的三個獵手，像野豬、野兔那種東西就別拿出來丟人現眼了。」

顧清婉對胖子的態度忍無可忍，暗自扯了扯爹的袖子。「爹，我們走。」

「對不起啊。」顧父訕訕地道歉，意思是打擾了。

就算女兒不拉他，他也不打算再賣給這家，這人太狗眼看人低了。

「爹，沒事，我們的好歹是一頭老虎，而且皮毛都是好的，應該容易賣得掉，您別擔心。」顧清言追上顧父和顧清婉，聲音不高不低，正好讓那肥老闆聽見——他就是故意的。

肥老闆一聽，竟然是一頭老虎，他真是看走了眼，急忙伸手喊道：「大兄弟，過來、過來！你賣的是老虎怎麼不說呢？快來，我們談談。」語氣熱情了許多。

三人停下腳步，顧父看向一雙兒女，見姊弟倆都點頭，他才折回身。「老闆，我那頭老虎身上皮毛是白色花紋，且沒有一點損傷，只有頭部被斧頭砍了一個口子，你就直說，這樣的老虎，你家店鋪給什麼價錢？」

竟然是吊睛白虎！肥老闆怎麼也沒想到會是這種稀罕貨，如果眼前的人描述的是事實，光是那身皮毛就能賣五十兩銀子，再來身上各個部位，最少還不得七、八十兩？想起白花花的銀子即將到手，頓時心裡樂開了花，滿是肥肉的臉上扯出一個大大的笑容。「兄弟，你也知道生意不好做，我也不虧你，我給你這個數。」說著，肥老闆伸出肥厚的手掌比了一個數。

三十兩？一個是從來沒有見過這麼多銀子的顧清婉，一個是對銀子沒有概念的顧清言，姊弟倆都覺得三十兩對他們來說已經是天文數字，不過他們的爹好像並不買帳。

顧父笑了笑。「我再去其他家轉轉。」

姊弟倆互相眨動雙眼？難道說一頭白虎遠不止這個價錢？

「欸，兄弟，我們可以慢慢商量，別急著走啊！」肥老闆見顧父轉身要走，便知道對方是個懂行情的，頓時頭上急得冒出熱汗，趕忙比劃一個手勢。「兄弟，我出這個數，這還是我相信你的情況下出的價錢，若是皮毛有損什麼的，我也認了。這個價錢你可以考慮考慮，也可以去別家問問，貨比三家再決定。」

「好。」顧父點點頭，五十兩確實不少了，但想到是兒子、女兒用命換來的，總想多賣幾個錢。

隨後，顧父帶著姊弟倆又跑了兩家肉店，價錢最高是五十五兩，人家店鋪老闆明說了，開店鋪就是為了掙幾個小錢，賺是會賺他們一些，卻不多。

在鎮上轉了一個多時辰，姊弟倆都餓了，走到包子鋪門口，聞到香味，都停下腳步看著熱氣騰騰的包子。

顧父走在前面，心裡已經決定賣給哪一家，沒有注意身後一雙兒女已經停下腳步。聽不到腳步聲，回頭看去，看到他們一雙眼睛發亮地盯著人家包子看，心裡一疼，摸了摸懷裡的銀錢袋。

折回身，走到姊弟二人跟前。「走，爹帶你們去吃好吃的。」

正好包子鋪老闆用鄙夷的目光看過來，顧父訕訕地拉著姊弟倆離開。

姊弟倆一聽有好吃的，眼睛更加明亮。

顧父帶著兒女走進一家名叫常滿樓的酒樓，要了兩碗炸醬麵。

小二見三人要兩碗麵，眼神都不對了，最後又聽中年男子再要一碗麵湯，語氣更加鄙夷。「等著吧。」

「爹，怎麼不要三碗麵？」顧清婉姊弟怎麼會看不懂店小二的態度呢？

「爹不餓，你們吃就成。」顧父笑著安慰，世態炎涼他早已經歷過，這樣的眼神他又在乎什麼呢，他只要孩子健健康康、快快樂樂就好。

上麵的速度很快，不多時便端上來。

「小二哥，能不能麻煩你再拿個空碗給我？」顧清婉走到櫃檯前，對櫃檯前忙活的小二說道，清脆的聲音從冪羅中傳出。

「好吧。」店小二不想在女子面前太過沒禮，淡淡地應一聲，走進後廚，不多時拿出一個空碗，順手端出一碗麵湯。

「謝謝。」顧清婉禮貌地道謝，接過店小二手中的麵湯和空碗。

被顧清婉這麼一謝，店小二的臉都有些紅了，想到剛才那樣對人家長輩，訕訕地道：「不客氣。」

顧清婉端著麵湯走回桌子，放下空碗，從自己碗裡挑了一些麵進去，顧清言也同樣這麼做，將兩碗麵分成三份，遞給眼睛早已通紅的顧父。

「爹，您也吃。」

顧父不是不想拒絕，但看到兒女殷切的眼神，他再也說不出不吃的話。

付完帳，一家三口高高興興地走出常滿樓。

他們的感情全落在鄰桌一個五十多歲的老人眼裡，老人目光一直緊隨一家三口，直到三人背影消失，才收回目光。他這一生無兒無女，卻無比羨慕有兒有女的人。

特別是這種親情，更是他嚮往的，只是他如今已經五十有五，不會再有孩子，更享受不了這種親情，只能把這份感情轉移到公子身上……

出了酒樓的顧家三人並沒急著回去，他們很少來集市，都想多轉轉。

反正現在老虎銷路已經問到，不愁賣不出去。

「噓……」

突然，前方小巷子裡有爭吵聲傳來，顧清婉耳力極好，拉過弟弟和爹躲在轉角，因為她聽到吵架的聲音很熟悉。

是昨日那個沒病裝病的男人。

三人趴在牆角處看向巷子裡，看到昨日那名男子和一個老頭在爭吵。

「你真是成事不足敗事有餘。」若隱若現的聲音傳過來，顧清婉探頭，剛看清楚那老頭是誰，就被她爹拉著朝反方向跑。

巷子裡的兩人仍舊爭執著，並沒發現自己被人看到。

他們因為跑得急，沒注意迎面走來一位老人，撞了上去。

「哎喲，我的老骨頭，你們怎麼走路的？耶，是你們？」老人摔倒在地，捂住屁股直哼哼，當看到是剛才在常滿樓吃飯的三人，注意力轉移，疼痛也不管了。

顧父連忙走上去扶起老人。「老人家，對不起，有沒有撞傷？」

「沒事，就是屁股摔得有點麻。」老人本想揉搓兩下屁股，但有小姑娘在，只能作罷。

「真是對不起，剛才跑得太急。」顧父連忙道歉。

「是有誰追你們嗎？真是的，大街上走路不看路，若是撞到別人，今兒肯定吃不了兜著走。」老人說著朝一旁的店鋪門口走去，顧父扶著他同行。

顧父自然不會把方才的事告訴一個陌生人，只說是時辰不早，急著往家裡趕呢。

「你們家很遠嗎？」老人抬頭看了看天色，此刻也就申時而已，除非是出了船山鎮的村子，否則都能趕回去。

「差不多。」顧父一臉老實也會說謊。

老人閱人無數，又怎麼看不出來眼前的憨厚男子沒有說實話。「既然你們急著回去，就趕緊回吧。」

「老人家，要不我們送您回去。」顧父擔心老人摔出個長短來，若是他們回去，到時找誰負責。

「不用，我這把老骨頭還硬朗著呢。」老人拒絕道。

「那我們走了。」顧父領著姊弟倆一步三回頭地道。

老人揮揮手，站起身準備回去，便見胡大夫和一名中年男子從巷子裡出來，兩人臉色都不是很好，怒意未消。

「哎呀，這不是夏大管家嗎？怎麼在這兒？」胡大夫滿臉笑容地走向老人。

「剛吃完飯，出來消消食。」夏大管家笑著回應，眼角餘光睨向旁邊的男人，這不是田二嗎？鎮上無惡不作的痞子，專門偷矇拐騙，怎麼和這老匹夫一起？

「藥店裡還有事，我就先回去了，得空咱倆喝上一盅。」胡大夫笑著說完，腳步已經走開。

夏大管家點點頭，目送著離開的兩人，眉一挑。「這兩人湊一起準沒好事。」心裡有個想法，感覺像是要對付那爺兒三人，不過也不關他的事，隨即嘴裡哼著小曲，朝夏家米鋪走去。

顧家三人急急忙忙離開鎮上，在半路上，顧清婉忍不住開口。「爹，那老頭我認出是誰了，濟仁堂的胡大夫。」

聽到這消息的顧父反而鬆了一口氣，看來不是那些人派來的，同時也疑惑，為什麼胡大夫要對付他呢？

「要是那胡大夫不死心，還讓那男的來作怪怎麼辦？」顧清婉很擔心。

「爹暫時不替人看病，除了村裡相熟的人。」不是顧父怕死，他不想讓孩子跟著受累。暫時也只有這個法子了，顧清婉很無奈，若是他們家有權有勢，只要稍微有點影子，都能用錢解決一切，也不用這麼提心弔膽度日。思及此，心裡掙錢的慾望更強了。

特別是想到一頭老虎就能賣五十兩銀子，她的心就無比激動，心都飛進大山裡去了。

他們三人各懷心事地回到家裡，迎來一頓劈頭蓋臉的痛罵。

「你們兩個，去給我跪著！」顧母坐在院子裡搓麻線，等一雙兒女進門，直接開口道。

「月娘這是幹麼，孩子沒有做錯什麼。」顧父心疼孩子，哪捨得他們受罪。

「你別管，都是因為你慣的，讓他們姊弟倆無法無天，趁我午睡偷偷摸摸地跑了。」顧母一臉怒容。「還不去跪著。」

顧清婉和顧清言兩人相視一眼，乖乖跪下，地上是黃土夯成，這麼多年下來，黃土早已變得堅硬，跪在上面，膝蓋定會受一些罪。

「月娘，妳就別懲罰孩子了。明兒還要小婉和我一起去送那老虎呢，膝蓋可別傷著了。」顧父聽到兩聲跪地的「撲通」聲，心都碎了，他是個被遺棄的孤兒，從來沒有享受過父母的溫暖，所以，他一直特別溺愛兩個孩子。

「價錢談好了？」顧母睨向顧父。

「嗯，能賣這個數。」顧父笑著比劃了手勢。

「看你那得意樣，還不是孩子拿命換來的。」顧母手上麻利地搓著麻線，語氣緩和一些。「起來去做點甜酒湯喝，七嬸送來了一些甜酒，還有一點麵粉，就團成圓子吃了算。」

「你們的娘讓你們起來，怎麼還不起來？」顧父見一雙兒女慢吞吞的，怕妻子反悔，連忙催促。

姊弟倆起身，趕忙走進灶房。

顧父看著兒女進入灶房，抬了條板凳坐在顧母旁邊，幫忙理線。「妳別總是凶孩子，妳看他們倆都怕妳，以後不和妳親。」

「棍棒底下出孝子，這是祖先留下的話。」顧母當然不希望孩子不和她親，那她得多難過，但是從小的教育方式讓她看不慣的總是要說。

鍋裡的水燒開，顧清婉將甜酒放進去煮，並用勺子搗散開，屋子裡瞬間瀰漫著甜酒的香味。

等甜酒湯煮沸，再將剛才團好的圓子倒進去煮熟，便能出鍋了。

顧清婉舀到幾個碗裡，才一碗一碗端出去。

「真香。」顧父看著女兒端著甜酒湯出來，放下手中麻線去洗手。

一家人圍桌而坐，吃著甜酒湯說著話。

「過兩天就該去砍竹枝回來，再過半個月，蠶差不多就該到吐絲的時候了。」顧母對顧父道。

「等忙完蠶，我們一家就沒事可做了，到時，天天去採藥。」顧父說這話的時候，雖然在笑，但眼裡卻沒有絲毫笑意，仔細聽，這話語裡飽含著一種悲涼，一個男人最大的悲傷，恐怕就是無法給家人穩定的生活。

第十五章

「爹，以後我經常去打獵，多打一些老虎、豹子回來，那樣我們就能買點田地。」顧清婉哪裡不知道爹的心情。

「不行，實在太危險了，娘不允許妳再去冒險，昨兒是菩薩保佑才撿回一條命。」顧母說著，眼睛又紅了。

父子三人互相看了看，顧父朝孩子倆搖頭，讓他們暫時別說這個。

「爹，等老虎賣了錢，給我五兩銀子，其他的您安排。」顧清婉轉移話題，想著弟弟要的手術刀，做出一套恐怕要好些錢。

「好。」顧父慈愛地點頭，女兒才要五兩，就算是全要了他也沒話說，那都是女兒拿命換來的。

顧清言知道姊姊要這些銀子做什麼，心裡一陣暖流淌過。

洗完碗出來，顧清婉在衣裳上抹了幾把，將手上的水擦到半乾，走到弟弟旁邊，低頭看他寫什麼，只能看到一個兩根交叉的一字，她橫看豎看都不明白，好奇地問道：「言哥兒，你畫的是什麼？」

「畫完就知道了。」顧清言神秘一笑，手上如行雲流水般揮動著，毫無違和生澀感，前世他可是拿過書畫大獎的人。

還給她裝神秘，顧清婉瞋了弟弟一眼，沒再說什麼，轉身去了後院，準備去掐一點韭菜，晚上生拌後又是一道菜。

「月娘，我又來了。」顧清婉正蹲著掐韭菜，聽到前院傳來一道說話聲，是七嬸。

顧清婉掐好韭菜出去，向七嬸打招呼。「七奶奶，您來了。」說著，她將韭菜放在桌上，坐在弟弟旁邊，看著他畫畫。

「小婉越長越好看。」七嬸一臉皺紋，眉開眼笑。「小婉再兩個多月就及笄了吧？」

「是啊。」顧母接過話。

「到時給我們小婉找個家境殷實、人品好的人家。」七嬸年輕的時候可是有名的媒婆，如今年紀大了，懶得東跑西跑，便沒再幫人作媒。

「找七嬸幫忙，那是一定的。」顧母一聽這話，自然歡喜。

顧清婉不好接這種話，只能裝作嬌羞地低垂著頭不說話，實則心底無奈。如果可以，她真的不想嫁人，前世的傷痛此刻在她心裡並未磨滅。

顧清言感覺到顧清婉的心情不太好，伸手輕輕碰了碰她的手。「姊姊。」輕喊著，朝她搖頭。「別想這麼多，順其自然。」

「我來是有事讓妳幫忙。」這時，七嬸將滿是皺紋的手搭在顧母膝蓋上，笑道。

「七嬸儘管說，別說幫不幫忙的，您跟我還見什麼外。」顧母道。

「明兒一早我要去老四家一趟，妳田叔正好要去那邊鎮上買點花生種，我順便搭他的牛車，去看看老四，還有幾個小外孫，我一走家裡就沒人招呼，我就想，明兒妳幫忙煮豬食餵一天的豬。」七嬸說是問，已經將她家的鑰匙拿出來，遞給顧母。

「行，家裡也沒什麼事。」顧母笑著接過鑰匙。「四妹都有好幾個月沒回來過了？」

「可不是，過年的時候就該來了，結果他們兩口子倒好，就給我捎一些吃的，人卻見不著。」七嬸說起這個，臉上已經有怨氣了。

「她家孩子多，怕是忙得走不開。」顧母說著，又問道：「六妹可有說要回來？」

「舊年來信說過年的時候就會回來，可是結果呢，過年的時候影兒都沒見到。」七嬸說起這兩個小女兒，深深嘆了口氣。「也不知道怎麼回事，自從過年，我這顆心就七上八下的，總是不安穩，也不知道是不是我快去了，還是要發生什麼不好的事……」

「您老身體還硬朗，別說這種話，七嬸您心地善良，菩薩自會保佑的，怎會讓不好的事發生？您別多想了，寬心一些。」顧母連忙握住七嬸的手安慰。

「唉，人老了，就愛胡思亂想。」七嬸苦笑道。

顧清婉拿著韭菜進灶房，放進木盆裡洗淨，晾著滴乾水分。

「姊姊，我給妳也畫一個，妳來看看。」顧清婉從灶房出來，便見顧清言興致盎然地朝她招手。她看著他的畫，這應該是把小一點的刀子吧，她要這幹什麼？

看著顧清婉不明所以的眼神，顧清言解釋。「這是一種飛刀，打獵的時候只要準頭好，小形獵物一飛刀解決一個。」

「這麼厲害？」顧清婉拿著弟弟畫的圖紙，迫不及待地想要將飛刀握在手裡。

「這急不來。」顧清言將畫紙拿回去，和他的放在一起。「等明兒一早我們去把老虎賣了，才能做這些東西。」

「你恐怕是去不成了。」顧清婉想到娘要去幫七嬸餵豬，弟弟得看家。

「我得去，有的細節我還得交代鐵匠要怎麼做。」顧清言只能心裡對娘說抱歉了，這可是他以後吃飯的傢伙，馬虎不得。

顧清婉明白這個道理，只得點頭。若是她去，也不懂這些手術刀，不知道要怎麼跟鐵匠解釋。

第二天怕村人看見，父子三人不到卯時便出門。

清晨溫度比較低，腳泡在冰涼的河水裡，一股透心涼。

河畔的風吹打在臉上，像鈍刀子割肉，有些疼。

顧清婉比較好一些，戴著冪籬，能遮擋部分的風。

「你不是說你是男子漢？這點風都受不了。」顧清婉看著顧清言臉上圍著手絹，像蒙面人一般，她就想笑。

「爹，您看您女兒說我。」顧清言已經完全融入現在的身分和年齡，每個人都有一顆童心，他也有。

顧父走在前面，聽到姊弟倆的話，也是滿臉笑容，他回頭看向顧清婉。「小婉，不准欺負言哥兒。」

此話一出，顧清言朝顧清婉做了個鬼臉，顧清婉瞋了弟弟一眼，假裝生氣地將臉別過一邊。

昨兒問價的時候明明有出到五十五兩的肉店，但顧父卻帶著姊弟倆去了一家名叫平順的肉店，老闆是個三十來歲的漢子，看起來很凶狠，一臉絡腮鬍，臉上還有一塊燒傷的疤痕，極為猙獰。

當老闆看到顧家人帶來的老虎後，嘖嘖稱奇，到底是何人所為，竟然能一斧頭劈進老虎的頭顱中，這得要多大的力量？他是個用刀能手，一眼就能看出砍死老虎的斧子並不鋒利，這讓他更是好奇。

但是作為一個有職業道德的生意人，有的事情他不會問。

本來講好的五十兩銀子，老闆卻給了六十兩。

「這……？」顧父一臉茫然地看著六十兩銀子，不明白老闆怎會多給十兩？

「兄弟，你這個朋友我交了，以後不管你們打到什麼獵物，只要願意賣，都拿到我這兒來，我給你的絕對是高價。」老闆說話時面無表情，但話語卻令人心暖。

顧家姊弟心裡樂開了花，雙手握在一起，很激動，沒想到竟然多了十兩銀子。真是人不可貌相，海水不可斗量，這老闆看起來死板不好說話，沒想到人竟然這麼好！

老闆見顧父仍然拿著銀子不肯收起來，便明白眼前是個實在人，他就喜歡這樣的朋友，當即開口道：「兄弟，我也不騙你，你這頭老虎渾身皮毛算是上等貨。如同你說，身上除了頭部，其他都是完好的，這張老虎皮拿到京城恐怕要賣二百兩銀子，但是我們小鎮上的行情和這不會差多少。我明白跟你說，我還賺你一些，你就安心把銀子收起來吧。」

「那就謝謝兄弟了。」這漢子為了要他收下這些銀子，竟然解釋這麼多。顧父將銀子分了五兩出來交給顧清婉，其他都放進背簍裡。

「我姓周，叫平順，店鋪名字就是按照我名字取的，以後兄弟有什麼獵物都可以拿來，就我剛才說的話，銀兩絕對比別家多。」周平順自顧自地介紹起自己，臉上仍舊面無表情，也不知道是不是害怕他笑時，那塊燙傷的疤痕會更加猙獰，嚇到客人。

「一定，一定。」像這麼好的老闆，顧父自然是樂意的。

顧清婉和顧清言也很開心，運氣竟這麼好，能遇到如此有良心的老闆。

出了平順肉鋪，顧父便說有事要辦，讓姊弟倆去轉轉，一個時辰後在鎮口會合。

姊弟兩人便去找鐵匠鋪。

鎮上有兩家打鐵鋪，姊弟倆隨便找了一家。

才到打鐵鋪門口，就能感覺到一股熱浪襲來，打鐵匠光著膀子揮舞鐵錘，風箱被拉得「咕嘎」作響。

「要什麼？」打鐵匠頭也不抬地問道，聲如洪鐘。

「老闆，我想要打一套工具。」顧清言從懷裡拿出圖紙，走過去，顧清婉連忙跟上。

「讓我看看。」小屁孩能打什麼工具，打鐵匠睨了顧清言一眼，接過圖紙看起來，都是一些小巧的玩意兒，果然是小孩子胡鬧。

「老闆，能打出來嗎？」顧清言見打鐵匠不說話，心裡有些緊張，古代技術不如現代，不知道這打鐵匠有沒有這個本領？

「可以。」老闆將目光從圖紙上移開，看向顧清言。「問題是你有銀子嗎？」

子。

「要多少？」顧清言看出對方的眼神不是很友善。

「大概要三到四兩，這要看費多少材料。」鐵匠作為生意人，閱人無數，當然能看出眼前姊弟倆衣著樸素，衣裳上還有補丁，家裡條件應該不寬裕，都不知道他們能不能拿出銀子。

「沒問題。」顧清言淡淡道：「既然老闆接下這活兒，打造這些工具時有些小細節我要與你說說，到時別出了錯。」

此時此刻，顧清婉才從顧清言身上看到成熟的影子，她不懂這些，站在一旁看著弟弟講解其中細節，講出來的東西令打鐵匠都愣了半晌，用震驚的目光重新打量顧清言。

這時，她竟感到與有榮焉，弟弟真了不起。

那鐵匠此刻早已收起輕視心，認真聽少年講解，從中領會到很多重要的東西。

半晌後，顧清言終於講完幾張圖紙，最後問道：「什麼時候能拿到？」

「後日的趕集日便能拿了。」鐵匠臉上有了淺淺的笑容。

「那我們要不要先付訂金？」顧清言知道，這是規矩。

「先付一兩銀子，等你們來取的時候再付剩下的，因為我也不知道要費多少材料。」鐵匠態度來了一個大轉變，讓姊弟倆有些不適應。

出了打鐵鋪，姊弟倆便去了賣調味料的店鋪，買了辣椒、花椒，還有一些調味料。

本來打算用七、八百文錢買這些調味料，結果硬是花了一兩銀子。

姊弟倆才心滿意足地朝鎮口走去。到了鎮口，顧父還沒來，姊弟倆只好在鎮口的大槐樹下等著。

「姊姊，以後有時間妳就多練習飛刀，等飛刀都能一擊命中再練習飛針。」顧清言聞到調味料的香味，吸了吸鼻子，口水都快流出來了。

「就是你說的一根繡花針也能殺人的那種針？」顧清婉漫不經心地應道，她此刻還在想以後打獵回來，今日買的這些東西就能派上用場，一定要美美地做一頓飯給一家人吃。

前世，她爹娘還有弟弟三人到死那天，她的廚藝還拿不出手，都沒好好吃過她做的大餐，今世一定都要補償回來。

「嗯，等練習到爐火純青的地步時，再也沒有人能欺負到妳。」顧清言想到姊姊前世的命運，心裡就是滿滿的心疼。

「好。」顧清婉應道。

「等久了吧？」顧父這時正好回來，看到一雙兒女，笑著走過去。

「爹，您去買藥了嗎？」顧父還未到身前，顧清婉已經聞到濃濃的藥材味。

顧父點點頭，聞到空氣中濃郁的調味料香氣，旋即問道：「你們買了調味料？聞著真香。」

「這樣炒菜時味道好些。」顧清婉將調味料放進爹的背簍裡。

「沒有給你們自己買點吃的？」顧父見只有調味料，卻沒有一點零嘴，皺眉問道。

「等趕集的時候再買。」顧清婉不想說銀子已經花完，雖然還有三兩，但是要放著取手術刀用。

「行，等後日趕集，你們母子三人來買，順便一人訂做一身衣裳。」顧父笑著，招呼姊弟倆往回走。

三人從鎮口走到前方河畔，才見河邊圍著很多人。

他們好奇張望，顧父見到熟人，上前打招呼，順便問問什麼情況。

「田痞子死了。」那人神秘兮兮地說著。「死得真奇怪，也不知道什麼時候死的。」

顧父和那人說著話，姊弟倆都擠開人群看去，當看到一名赤裸的男子趴在那裡，顧清婉已經轉過身去，連忙跑開。

顧清言不同，前世作為一名大夫，見過很多死人，他一點都不害怕。為了看清死人是誰，竟然彎下身查看，只是隔得遠一些，當看到死人的面孔時，震驚地退了一步，趕忙擠出人群去追顧清婉。

「姊姊，等等！」他一邊跑得飛快，一邊喊。

「嚇到了？」顧清婉停下腳步，轉身看著弟弟，嘴角忍不住勾起淺淺的弧度，眼裡帶著寵溺，剛才雖然只瞟了一眼，仍能看到那人臉上有些血糊著。

「姊姊，妳一定想不到，死的人是誰。」顧清言心底此刻是激動的。

「是誰？」顧清婉疑惑地問道。

「就是沒病裝病的那人。」

「你確定？」顧清婉有些不敢置信，見弟弟肯定地點頭，她感到無比開心和輕鬆。

那人一死，是不是就代表他們全家的命運被扭轉，前世的厄運不會再發生了呢？

顧清婉此刻很激動，眼淚在眼眶裡打轉，不知道要用什麼言詞來表達內心的喜悅。

顧清言握住她因為激動而顫抖的雙手。「姊姊，妳夢裡的兩件事都沒有發生，我們一家一定不會重蹈覆轍，妳可以放心了。」

「嗯。」顧清婉點點頭，此刻，她心裡只有清明，她明白自己以後需要的是什麼。

姊弟二人相視一笑，笑容裡有他們共同的目標——守護他們這個溫暖的家。

「不過，我們還是得小心一些，畢竟這人死得不明不白，別人能派他，也能派其他人對付我們家。」冷靜下來後，顧清婉想到更嚴重的問題。

姊弟倆都想到了另一層，他們一家就是小老百姓，為什麼要費盡心思對付？這是他們目前想不明白的事。

顧父顯然也知道死者是何人，他找到姊弟倆時，臉色有些陰沈。

好不容易到了家，卻感覺到一層陰雲籠罩在上空。

一進大門，便看到顧母眼睛紅腫地坐在門檻上直掉淚。

歸家的三人急壞了，趕忙開口。

第十六章

「月娘，妳這是怎麼了？」

「娘？誰氣您了？」

「娘……」

顧母也不說話，一個勁兒地哭，哭聲哀怨，似有說不盡的委屈。

顧父將背簍放下，三人圍著顧母，等著她哭完就會說出來。

「愷之，我問你，要是有人倒貼給你做小，你願意要嗎？」哭了好長一會兒，顧母接過女兒遞來的臉巾，抹了一把眼淚，擤了一把鼻涕，帶著濃濃的鼻音問道。

「妳這話從何說起，我們夫妻多年，難道還看不清楚我的心嗎？」顧父臉色一沈，不明白妻子無端端的怎麼說這種事，且還當著孩子的面。

「我知道，可是我心裡委屈啊。」說著，顧母又嚶嚶哭泣。

「妳倒是給我說啊，到底發生了什麼事？是有人說什麼了嗎？」顧父心急如焚。

「愷之。」顧母第一次不顧形象，當著姊弟倆的面抱著顧父，靠在他懷裡，邊哭邊道：「羅雪容說要把曹心娥許給你做平妻，說他們家願意割幾畝田地做嫁妝，以後兩家相近，還能有個照應，以後家裡沒銀子，隨時可以伸手跟她家要，我該怎麼辦？」

「妳不會答應了吧？」顧父臉色陰沈得如鐵鍋鍋底，怒意噌噌地往頭上冒，好脾氣的他此刻好想拿刀去把羅雪容砍死。

「我沒有，我說等你回來，問你意思，你要是願意，我也不會阻攔你。」顧母說著，抹了把眼淚，從顧父懷裡退開。

顧清婉和顧清言沒想到羅雪容會做出這種事，姊弟相視一眼，都從彼此眼裡看到冷意。

「王忠家不嫁了嗎？為什麼羅雪容會這樣做？」顧清婉抓住問題關鍵，想要知道前因後果。

顧母一說她才知道。

原來王忠的娘王李氏剛開始的時候會接受曹心娥，是因為曹心娥家境不錯，又有秀才大哥、童生三哥，曹心娥剛開始也是個守禮節的少女。

但在聽到曹心娥竟然和王忠連八字都還沒合過，就已經珠胎暗結，王李氏怎可能還願意。

王李氏十六歲嫁給王忠的爹王麻子，在王忠三歲的時候，王麻子去挖煤，被壓死在煤洞裡，自此王李氏便守寡帶著王忠。她雖然不是大家閨秀，但也知道烈女不更二夫的道理，不管家裡境況如何艱辛，從沒想過要改嫁。

曹心娥和王忠八字都沒一撇就耐不住寂寞，若將來王忠有什麼三長兩短，那曹心娥是不是就是個不守婦道的女人？所以，死活不願意王忠娶曹心娥。

恐怕現在，村人都知道曹心娥的事了，所以羅雪容怕丟人，想趕忙把女兒嫁出去，這不就相中瞭解多年的顧父。

「我覺得那王李氏是對的。」顧清言聞言，非常認同王李氏的做法。不過現在問題來了，羅雪容竟然想把她女兒塞給他爹，這是想要破壞他美好溫暖的家庭，他怎可能同意。

「爹，娘，或許這只是羅雪容一廂情願，沒準兒曹心娥還不願意呢。」顧清婉安慰二老，面上看起來平靜，但此刻內心已經不能用憤怒來表達了。

前世，家人相繼出事，不知從何處蹦出一個人面獸心的陸仁，在她娘死後幫著忙進忙出，埋了她娘，後來不知道怎麼回事，村人就說她和陸仁有染，要不就嫁給陸仁，要不就滾出村子，別丟人現眼。

為了守著爹娘遺留下來的家園，只能選擇嫁給陸仁……

她爹娘相繼出事，本該守孝三年，但當時羅雪容這些人跳出來，說守孝三年那是大富大貴人家的事，他們小老百姓不需要守這些禮節，心裡孝順老人就成。最終她沒有辦法，只得嫁給陸仁，落得那般淒慘下場。

現在，羅雪容竟然又要破壞她爹娘的幸福，叫她如何不怒、不恨？這一世，看在娘的分上，她本想放過羅雪容，如今竟然自己送死，就別怪她心狠手辣。

顧父、顧母聽到女兒安慰的話，都知道這只是騙騙自己人就好，那曹心娥失去貞潔，誰家會要這樣的女子，羅雪容既然能出那麼豐厚的嫁妝，一定是考慮再三才決定的。

「姊姊，餓了，做飯。」顧清言一聽姊姊那麼說，便明白她已經有了想法，當著爹娘的面不能說什麼，只能姊弟倆私下商議。

顧母抹了把淚，心疼地看向兒子，都怪她這個做娘的，大中午的還沒給孩子做飯。「小婉，去給弟弟做飯。」

今兒賣老虎得了銀子，顧父買了豬肉準備熬油，但此刻大家都沒心情，只得作罷，等會兒吃了飯再說。

「好。」顧清婉點點頭，轉身進了灶房，顧清言連忙跟進去。

「姊姊，妳是不是已經想到怎麼對付羅雪容？」顧清言自動燒火，聲音壓得只有姊弟倆能聽見。

顧清婉舀水倒進鐵鍋，又舀了一勺草木灰倒進去，拿著絲瓜瓤，弓身擦洗著。「嗯。」她現在沒有心情說什麼，只想著怎麼整治羅雪容母女。

「告訴我，我們倆合計合計。」顧清言也不是個善茬。

「曹心娥不是很想嫁人嗎？我覺得李大蠻子不錯。」顧清婉嘴角勾起一抹殘忍的笑容。

一聽這話，顧清言便想像一個五十多歲的老頭壓在曹心娥這個十五、六歲少女身上的情景，頓時覺得噁心無比，但心裡卻很痛快，笑道：「姊姊想怎麼做？」

「自然要成全這一對上天都覺得美滿的姻緣。」顧清婉將甑子裡的剩飯鬆了鬆，放進鍋裡。

顧清言將火燒旺，起身走到顧清婉旁邊，幫她洗馬鈴薯，低聲道：「姊姊，雖然我不知道妳怎麼想的，但弟弟有個萬全之策，保准此事萬無一失。」

「說來聽聽。」顧清婉洗耳恭聽。

「我們這樣……」顧清言附在顧清婉耳畔低語。

聞言，顧清婉很震驚，聽到最後覺得有些殘忍，但是她卻很認同。只不過，她從顧清言臉上看到那種不符合年齡的陰狠表情，心中仍是一疼。她只想讓弟弟過著無憂無慮的生活，沒想到還是受到影響了。

「姊姊，怎麼了？」被顧清婉看得心裡毛毛的，顧清言忍不住問道。

「言哥兒，我希望你一直保持向善的心，所有惡事由我來做、由我來想，擋在我們家前面的荊棘由我來劈。」顧清婉嘆了口氣道。

「姊姊，妳要記住，我才是這個家以後的頂梁柱，所以荊棘該由我來劈斬，而妳只要做最幸福的姊姊就好。」顧清言經過今日的事，好像身上那層童真徹底消失，剩下的只有沈穩和冷靜。

「你對姊姊這麼好，姊姊都不想嫁人了，想一輩子賴著你。」半晌後，顧清婉「噗哧」一聲笑出來。

本來很嚴肅的氛圍在她這一笑之下變了味，顧清言卻很認真地答道：「可以，將來若是對爹娘和姊姊不好的女人，我是絕對不會要的。」

「你這孩子，這世道哪有那種溫厚善良的女子。」顧母挑簾進來，眼睛紅紅的，情緒已經穩定下來。

「不會有我就不娶。」顧清言重新坐回灶膛前，抓了一把玉米芯丟進去，用棍子通了兩下火心，這些天，他已經很會燒火了。

顧母臉上帶著淺笑，因為兒子的一句話，令她滿是陰霾的心情瞬間好了很多。

顧父這時提著半扇豬肉進來放在菜板上。「月娘，妳來切一切，我去餵蠶。」說著，人已經走出去。

看著顧父的背影，三人都知道他心情不是很好。

「昨兒晚上那韭菜味道還不錯，再掐一點切一盤。」這話是對顧清婉說的，說完，她將豬肉放在木盆裡，舀了兩瓢水進去，隨後開始清洗。

顧清婉應一聲，出了灶房，正好看見蘭嬸急急忙忙走進來，她禮貌地喊了一聲。「蘭嬸。」

「小婉，妳娘呢？」蘭嬸眉頭緊蹙，看起來極著急。

「我娘在灶房呢。」顧清婉說完，顧母的聲音也從灶房裡傳出來。「小蘭，我在灶房。」

顧清婉看著蘭嬸進了灶房，才轉身去後院掐韭菜。

「姊姊。」顧清言也跑出來，走向顧清婉。

「你怎麼不幫娘燒火呢？出來做什麼？」顧清婉回頭看一眼，又繼續掐韭菜。

「蘭嬸和娘在說話。」顧清言表示很無奈，娘現在和蘭嬸邊哭邊說呢，也不知道蘭嬸從哪裡得到消息，說羅雪容準備把曹心娥嫁給他爹。

恐怕這也是羅雪容自己傳出去的吧，讓全村的人都知道，是想堵死他家的後路。這樣也好，等曹心娥和李大蠻子的好事一傳開，事情才好玩呢……

作為這件事主角的曹心娥，內心是憤怒的，她沒想到王忠會背信棄義，丟掉那些山盟海誓。她帶著一肚子怨氣，在夜色降臨的時候，偷偷去找王忠理論。

王忠也是無可奈何，畢竟百善孝為先，他娘辛辛苦苦把他養大，他自然要聽娘的話，只能一個勁兒地道歉。

從兩人見面後，王忠就只對曹心娥說對不起。

曹心娥本來就心煩，把王忠趕走後，獨自一人坐在原地痛哭。其實她娘現在要把她許給老實的顧愷之，她也不是那麼反感，或許這是最後一次見王忠了。

當她哭夠準備回去的時候，卻被人從後面打暈，什麼事情都不知曉了……

清醒過來的時候，她身上正騎著一個老男人，正和她做那種事。

這不是李大蠻子嗎？她心裡無比憤怒，但是身體卻極為暢快，她竟然不要臉地弓著身子迎合李大蠻子，這到底是怎麼回事?!

「你快、快、快點，好、好舒……舒服……」她想說的是你走開，為什麼開口後說的卻是這句不要臉的話?!

一整晚，她都感覺好像在雲端一樣，當她累得睡過去那瞬間，她以為這是在作夢，醒來以後就好了……

第二天清晨，當人們正準備出門做農活的時候，一聲震天的慘叫從李大蠻子家傳出。

聽來似女子的聲音，不是李大蠻子那粗嗄的大嗓門，村民們以為是李大蠻子將窯子裡的姑娘帶回來，但也有人好奇人家姑娘怎麼叫得這麼慘。

和李大蠻子相近的鄰居們都跑到他家門口探頭觀望，只是屋門緊閉，什麼也看不到。

隨後，摔東西的聲音傳出，村民們不明所以，這鬧的是哪一齣？

「你滾！給我滾遠遠的！」隨後是一名女子的聲音，聲音的主人聽起來年紀不是很大。

圍攏過來的村民越來越多，聽到這聲音，都在心裡想，窯子裡的姑娘難道還有賣藝不賣身的？這麼不情願，那跟著李大蠻子回家做什麼？

村民們各種猜測議論，屋裡仍然傳來砸東西的聲音，還有哭聲，聽起來一團亂。

看熱鬧的不嫌事大，有幾個漢子走過去敲門。「李大蠻子，你把人家小娘子怎麼了？」都是男人，哪個不知道怎麼回事，這是明知故問。

這時，門「嘎吱」一聲打開，李大蠻子從屋裡出來，他身上有很多抓痕，頭髮被抓得亂糟糟，褲子也被撕了兩個長口子，看起來如同街邊乞丐一般。

李大蠻子家裡窮，沒有院子，一開門就是灶房，隨後是睡房。

門一打開，好事的都探頭探腦朝屋裡瞧，卻什麼也瞧不見。

「李叔，到底怎麼回事？你要帶窯子裡的姑娘回來，也要帶個不折騰的，你看看你現在像什麼樣子。」李青皺眉問道，李大蠻子和李青是一個祖先，看到他丟人現眼的樣子，都覺得臉燒得慌。

「她不是窯子裡的姑娘。」李大蠻子嘟囔一句，低垂下腦袋。

「那她是誰？」李青好奇地問道。

圍觀的村民都不是瞎子，這麼多雙眼睛竟然看到李大蠻子一個五十多歲的老男人臉紅。到底是什麼樣的女人，竟然連李大蠻子都要，今日就算不去地裡幹活，也要看到這個女人，村民們已經抱著看好戲的心態，等著李大蠻子回話。

李大蠻子現在也是心思百轉，若是此事一傳出去，眾目睽睽之下，曹心娥是不是就只能嫁給他了？這麼一想，便支支吾吾地道：「是華貴家的心娥。」

「嘩！」眾人嘴巴張成一個大大的圓形，這太不可思議了！更多的是不信。

「李大蠻子，飯能亂吃，話不能亂說，你給我再說一遍。」正好，羅雪容也在其中湊熱鬧，她剛才可是鼓動眾人看戲的頭頭，此刻一聽這話，氣得臉都綠了。

「我沒有說謊。」李大蠻子看見羅雪容，竟然後怕地退了一步，畢竟他這麼一把老骨頭，把人家閨女給弄了，此刻見到羅雪容，自然會心虛。

「我看你是不見棺材不掉淚，我讓你亂說！撕爛你的臭嘴！」羅雪容說著跑到李大蠻子面前，手變成爪，朝他臉上抓。

李大蠻子一身力氣，卻不敢還手，畢竟他說不定明日就是羅雪容的女婿了，只能忍著。幾個婆娘上前去拉開激動不已的羅雪容，有人站出來扮黑臉，指責李大蠻子。「李大蠻子，不是我們說你，你不要見人家姑娘漂亮，起了歹心，就想破壞人家姑娘名譽，然後你再抱得美人歸，我看你，想都別想。」

李大蠻子見羅雪容被幾個婆娘拉著，才敢開口。「我說的是真的，昨晚我在喝酒，聽見敲門聲，以為是村裡幾個老哥來找我喝酒呢，開了門才看到是心娥。我本來打算送她回去，只是她自己纏上來，我、我禁不住誘惑……我……」

後面的話不用說，大人們都明白，見李大蠻子說得有條有理，根本不像撒謊，所有人都相信了。

羅雪容氣得撕心裂肺地哭起來，甩脫幾個婆娘，跑到路上拾起幾塊石頭，便朝李大蠻子扔去。「我讓你亂說！看老娘今日不把你個老雜毛打死！」

「別打，別打，妳打死我，心娥以後怎麼辦？我會負責的。」李大蠻子被羅雪容追著跑，有幾塊石頭丟在他身上，出現了幾塊瘀青。

「我就算讓她做一輩子老姑娘，也不會讓她嫁給你這種老雜毛！」羅雪容氣得咬牙切齒，她也五十來歲了，身體不如李大蠻子壯實，跑了幾圈下來，人不停地喘著粗氣。

「我聽說心娥不是要許給顧愷之做平妻的嗎？怎麼她會找李大蠻子？」一個婆娘悄悄對旁邊的人說道。

「她想嫁的人是王忠，不過王李氏不答應，本來她心裡就不好受，羅雪容又那麼快要把她嫁給顧愷之，她定是氣不過，才故意找李大蠻子，來發洩她的不滿。」另一人睨了李大蠻子家的窗子一眼，輕笑道。

「聽你這麼一說，還真有這種可能。」

顧清婉和顧清言就站在人群最後面，聽著各種議論聲，兩人相視一眼，從彼此眼裡看到笑意，這就是破壞他們家庭的下場，這事一鬧開，恐怕就沒有這麼好收場了。

只見羅雪容衝進李大鸞子家裡，不多時，撕心裂肺的哭聲傳出。「天哪，我是造什麼孽哪……」

這聲蘊含的意思已經不言而喻，所有人都嚇傻了。

這時，王李氏和王忠也在場，她看向一旁臉色難看的兒子。「忠兒，你看吧，我就說這種女人要不得，和你才斷，就找上別人。走吧，這種人有什麼好看的，回家。」說著王李氏朝前走著，嘴裡還嘀咕一句。「看了這種人，噁心，吃不下飯。」

王忠看了一眼李大鸞子的屋子，轉身那一刻，所有感情化成深深的一聲長嘆。

第十七章

曹心娥的事如今人盡皆知，羅雪容不可能再把她嫁給顧愷之，姊弟倆安心地回家，接下來已經不關自家的事，由著他們去鬧。

顧父、顧母還有蘭嬸，都在院子裡聊著，不知道在說什麼。

「這麼早去哪裡了？」顧母瞪著姊弟倆，責問道。

「去看熱鬧。」顧清婉笑道，走到娘的旁邊坐下。

「你們是沒聽見，羅雪容最後那聲叫喚，要多淒慘有多淒慘。」蘭嬸一臉幸災樂禍，掩嘴笑著，只要一想到羅雪容和李大蠻子鬧的畫面，心情就大好。

「蘭嬸也去了？」顧清婉沒想到蘭嬸在那裡。

「看到了，熱鬧能少得了我？」蘭嬸笑道：「這下好了，你們一家子都不用擔心了，羅雪容再怎麼不要臉，也不會把曹心娥嫁過來。」

顧父、顧母臉色也緩和很多。

蘭嬸又繼續道：「我就是有一點想不明白，曹心娥怎會去找李大蠻子？好好一個姑娘就這樣毀了。」

顧清言看著醫書，聽到這話，抬眼正好對上姊姊的眼神，兩人又若無其事地移開。

「我聽馬嬸說是心娥大姑受不了刺激，找李大蠻子發洩。」顧清婉把聽來的說出來，這話一出，又被她娘甩了一個白眼，讓她少說話。

「誰知道呢。」蘭嬸說著，隨後豎起耳朵。「你們聽，這麼吵，是不是回來了？」

順著蘭嬸的話，幾人都豎起耳朵，果然聽見房後一陣吵鬧。

「走，去看看熱鬧，恐怕是回來了。」蘭嬸噌一下站起來，拉著顧母往外走。

「爹，您不去？」顧清婉走到院中，看爹還坐著不動，問了一聲。

「不去，你們去。」他一個大男人去湊什麼熱鬧，再說，他現在去也不合適。

「姊姊，妳去，正好我有些不懂的地方要請教爹。」顧清言拿著醫書走向顧父，對顧清婉說道。

顧清婉只能點頭。

轉過房角，便看到羅雪容揪著曹心娥的耳朵一邊走一邊罵過來，身後跟著一群婆娘勸架，路邊還有專門看戲的人，個個交頭接耳說話。

「妳個爛母狗，騷得去找這麼一個老雜毛，妳是差那根棒子？」

自己的親女兒還罵得這麼難聽，顧清婉突然覺得她娘真好，就是管得嚴厲一點，卻從來沒有這麼罵過她。

曹心娥披頭散髮，衣裳上裹著一層土，一張臉被頭髮遮擋住，但她的哭聲遠遠的都能聽見。

看到這樣的曹心娥，顧清婉沒有絲毫同情，不說曹心娥以前是怎麼一起欺負她娘的，光說集市上的事，顧清婉就恨不得她去死。

一個女兒家最重要的就是清白，但曹心娥卻想毀掉她的清白，好在她有怪力，才能將事情化解。

羅雪容邊罵邊掐著曹心娥的耳朵走回家，後面圍著不少人，有人眼尖的，擠眉弄眼地指著曹心娥的屁股。

顧清婉也睨了一眼，這一看，愣了一下，那塊濕掉的地方從色澤上看來不是水，而是血水。

不過，也能想像得到，曹心娥剛掉了孩子，而且還是差點從鬼門關前走一趟的人，這身體還沒養好呢，昨晚又被李大蠻子弄了一晚上，不流血才怪。

她都沒想到，弟弟看起來文質彬彬的，竟然能想到這法子。起初她只是想要把曹心娥和李大蠻子都用迷藥迷暈，再放在一起，什麼事都不會發生，但同樣能讓曹心娥難堪。

最後，她還是聽從弟弟的辦法，將曹心娥打暈，隨後給她吃迷藥——藥是她自己配的。迷藥中夾雜春藥的成分，等到藥效發作，才把她帶到李大蠻子家門口弄醒，再敲門，一切都是那麼順利……

顧清婉被她娘拉著回到家裡，顧父正給顧清言講解醫書，聽見腳步聲，他抬頭看向母女二人。「待會兒煮菜多放點油渣，言哥兒流鼻血，身體氣血虛，補一下。」

此話一落，顧母滿是擔憂地跑到顧清言旁邊，看著兒子蒼白的小臉，心疼地道：「好好的怎會流鼻血？」

「目前還探不出來，給他號了脈，身體一切都好，就是氣血虛。」顧父緩緩道。

顧清婉心裡咯噔一響，難道弟弟的命運無法改變？好好的怎會流鼻血呢？這一刻，她心裡無比害怕前世的命運會降臨。

顧清言卻沒有在意，他認為自己只是上火，看到顧清婉一臉擔憂地看著他，便明白她在想什麼，於是笑道：「我沒事，恐怕是這幾天上火，火氣太旺才會流鼻血。」

顧母連忙點頭。「待會兒我多放一些油渣。」說罷，好似想到什麼，對顧父道：「要不你去鎮上買點豬血回來，給孩子熬粥喝。」

「要不我去買。」顧清婉的腳程快，普通人去鎮上需要小半個時辰，但她只需要一盞茶工夫便能趕到。

「娘，姊姊，妳們真的不需要這麼擔心，爹不是都說沒事了嗎？只是氣血虛而已，不礙事的，不要刻意去買豬血，明兒不是趕集嗎？到時再買也成。」顧清言看到娘和姊姊那麼在意他，讓他心裡溫暖的同時，還有一種心疼。

「你別急，娘聽你的。」看兒子急得滿頭汗，顧母心疼得用袖子為他擦拭。

顧清婉笑道：「要不我去打點野味回來。」特訓了兩天，她已經能掌握很多竅門，想必野兔、野雞不在話下。

「不行，妳是不是總想給娘添亂？」顧母立馬冷下臉來，只要一想到女兒和兒子虎口逃生，她就一陣後怕。

比起豬血，顧清言比較想讓姊姊去打獵，顧清婉的訓練他都看在眼裡，但娘都這麼說了，他只能作罷。

「我去做飯，娘給你做好吃的。」顧母說著起身，心疼地摸了摸兒子的小臉。

顧清婉跟著去廚房幫顧母做飯，火光照在她臉上，披上一層金色的霞衣，讓本就清秀美麗的小臉，看起來更加標緻。

顧母看到這樣的顧清婉，心裡感嘆，吾家有女初長成，已經開始想著要選什麼樣的親家。

飯菜的香味瀰漫在屋子裡，一家人圍桌而坐，溫馨地吃完飯後，顧母習慣去午睡。顧父準備去採摘蘭嬸家大埂山溝邊地裡的桑葉，顧清婉要跟著去。

顧清言莫名想要睡覺，留在家裡休息，顧清婉離家時還不忘交代幾句，讓她多打些野味回來。

今兒太陽忽晴忽陰，顧清婉看了看天色，恐怕有場雨要來。

父女二人都怕下雨，趕得急，顧清婉直接把顧父的背簍疊進她的背簍裡，拉著她爹爬坡。

有她拉著，顧父輕鬆很多，平時需要小半個時辰，今兒足足快了一盞茶功夫。還未走到溝邊，就能聽見「嘩嘩」流水聲，顧清婉把背簍交給爹。「爹您先去砍下來，待會兒我們一起摘，我去看看有沒有野味。」

「去吧，小心些。」顧父笑著接過背簍，女兒出門時兒子千叮萬囑，要帶野味回去，他都笑了，哪有這麼貪吃的傢伙。

這一片山頭，大多都是荒地，沒有深山老林，所以顧父比較放心讓顧清婉去打野味。

三月中旬的季節，小麥快到了收穫的時候，一些野獸便會跑出來吃小麥。

顧清婉站在高處，搜尋下方的麥畦，當看到一塊地的小麥搖曳得特別厲害，幾個飛縱過去，用木棍撥開，竟然是一隻大老鼠，美好的心情瞬間消散不少。

正準備再重新搜尋，黑色的影子突然從另一頭冒出來，當顧清婉看清黑影為何物時，激動萬分。

竟然是一頭將近兩百斤的野豬！長獠牙、大長嘴，嘴裡哼哼著朝這邊跑來，不，準確地說是在逃命，好似身後有東西追牠一般。

顧清婉趕忙跳到上方的地裡一看，天哪！竟然是一條五步蛇，這五步蛇何其之毒，只要被咬上一口，走不出五步人便倒下！

這野豬看樣子還沒被咬住，否則早都死翹翹了。

顧清婉決定從毒蛇嘴裡搶食，在五步蛇還沒咬到野豬前，將牠趕走。

想到便做，她拿起木棍，等野豬從下面的地裡跑過，縱身跳下，長棍猛然砸向五步蛇七寸，只見五步蛇嘴裡噴灑出透明的毒液——

她趕忙避開身子躲過一劫。

都說打蛇隨棍上，可惜這條蛇沒有這麼好的運氣，在顧清婉強大的力量下，掙扎幾下，便一命嗚呼。

顧清婉顧不得死掉的五步蛇，追上前方的野豬，甩掉木棍——剛才這木棍打了蛇，顧清婉害怕沾上蛇毒。

眼看野豬就在跟前，顧清婉直接伸手抓住，一頭近兩百斤的野豬力量奇大無比，但卻怎麼也奔脫不了。

野豬好似急紅了眼，跳轉身子便要朝顧清婉拱來，顧清婉死死抓住野豬尾巴，正好旁邊有一塊岩石，她大喝一聲。「給我起！」瞬間將野豬拽起，撞向那塊岩石。

野豬發出一聲慘嚎，瞬間暈過去，顧清婉還不甘休，再次拽起野豬撞向岩石，這一下是徹底死了。

野豬的嘴和耳朵裡溢出濃稠的血液。

這裡離顧父所在的溝邊不遠，他聽到動靜，急忙跑來，當看到女兒輕易摔死一頭野豬，內心複雜莫名。

「爹。」顧清婉看向他，臉上露出大大的笑容。「這下夠我們家吃好些日子了，給言哥兒好好補補。」

「傷到了嗎？」顧父打量女兒，見她無礙，才放下心來。

不過他們腳下一片狼藉，這裡是蘭嬸家的小麥地，這一片幾乎都給毀掉了。

「等宰殺了這豬，給蘭嬸家半扇吧。」顧清婉看到爹的目光，也過意不去。老百姓，靠的就是糧食過日子，她既毀了一片，該補償一些。

「好。」顧父很開心，女兒這麼懂事。

「走吧，爹。」顧清婉彎身抓住野豬兩條腿，輕而易舉地提起來，毫不費力地越過顧父走在前面。

顧父還想著分擔一下，幫著女兒一起抬呢，竟然被無視了。看著女兒纖細卻充滿力量的身影，這一刻，在他眼裡，竟然無比高大。

父女二人手腳都利索，將幾棵樹的桑葉摘完，時辰尚早，顧清婉想看看還有沒有別的野味，就讓顧父看著野豬，她再去碰碰運氣。

這一去，還真有好運，打了兩隻野兔、一隻野雞，都是用小石頭打的。

這讓她更加高興，這特訓也不是白訓練了，以後要好好練習才成。

當看到女兒又拎回來野兔、野雞，顧父的嘴就沒合攏過。

父女倆將野豬、野兔都放在背簍下面，顧父又砍了不少桑枝插在背簍上，再加上大麻袋桑葉，徹底看不到裡面的東西，父女倆才慢慢走下山。

剛到家門口，便見顧清言笑著站在那裡，一雙黑亮的眼睛盯著姊姊的背簍——有大東西啊！

看到顧清言的饞樣，父女倆都笑起來。「今晚，我們大吃一頓。」

「好。」顧清言一聽這話，就知道姊姊打的獵物不少。

「回來了。」顧母笑著放下麻線，走過去準備接過顧清婉的背簍，卻惹得父子三人笑起來。

直把顧母笑得一臉茫然。「怎麼了？」

「月娘，妳抱不動的。」顧父笑道，已經進了西屋。

「怎麼？嫌我老了？幹不動？」顧母還沒反應過來，氣呼呼道。

顧清婉一進門把背簍放下，趕忙把上面的麻袋和桑枝拿開，牽著娘看進背簍裡。

「天哪！」顧母捂住嘴，一臉激動。「你們打的?!」

父女倆都笑著點頭。

顧清言看到野豬時也非常激動，想不到是這大傢伙！

「有沒有遇到危險？」顧母第一時間擔心的是二人安危。

「娘，您看我們好得很，所以呢，您就把您的心放進肚裡。」顧清婉笑著在顧母面前轉一個圈。

「心放肚裡我不就死了。」顧母笑著假裝生氣地道。

一家人都被顧母的話逗樂了，顧清言拎著兩隻野兔、一隻野雞對姊姊道：「姊姊，要不我們把這野豬賣了，我們吃這些就成。」

「不，野豬也剮了，給你好好補補，要賣等後日我再去打。」顧清婉笑道，她對自己的能力很有信心，只要一上山，隨便就能打到獵物回來。

「就是，你現在得好好補補。」顧母接過話去，她沒有再說女兒，像今日這種情況還差不多，不能像上次那麼冒險。

「對了，娘，我準備把這頭野豬剮了後，分一半給蘭嬸家，這野豬是在她家地裡打的，把人家小麥都糟蹋了。」顧清婉拉過娘的手，說道。

「這應該的，妳蘭嬸平時幫襯我們不少，我們也不能忘記人家恩情。」顧母笑道。

「那妳去看看小蘭和李明兄弟在不在，在的話就叫他們過來，我們兩家把這東西弄了。」顧父一邊說著，一邊挽袖朝外走，顧母連忙跟上。

顧清言很激動，一把抱著顧清婉。「姊姊，妳好棒！」

「好了，你這皮猴，若是被娘看見，又要罵你。」顧清婉推開弟弟，笑著朝外走去。

「就是因為娘不在，我才抱妳。」顧清言嘀咕一句，跟著出了屋子。

「姊姊，今日有沒有試試妳的能力？」他好奇地問道。

「姊姊的準頭你還不相信嗎？」顧清婉眉毛一挑，自信地笑道。

「臭美，還不是我教妳的。」顧清言笑道，隨後問：「餓不餓？我今兒烤了馬鈴薯，給妳留了幾個。」

「有點。」顧清婉點點頭。

顧清言拉著她便朝灶房走，徑直走到碗櫃旁，端出一個大碗，裡面是五、六個剝好皮的烤馬鈴薯，他放到桌上。「爹，您和姊姊都吃。」

「我不吃，你和你姊姊吃。」顧父道。

「爹，以後您和娘都不用這麼省了，我隨時可以上山打獵。」顧清婉拿起一個咬一口，從碗裡拿起另一個遞給顧父，他接過又放進碗裡。

第十八章

顧清言從碗櫃裡端出一碟調味料，裡面是辣椒、鹽、花椒調製而成，將馬鈴薯蘸著吃又麻又辣，味道好極了。

「山高坡陡，妳以為獵物好打？今日是妳撞大運了。」顧父笑道。「行了，你們姊弟倆快吃，我去借兩把刀回來，晚上刮豬毛。」

姊弟倆目送著父親出了灶房，坐在一起吃烤馬鈴薯。

「馬鈴薯皮是你剝的？」顧清婉吃得嘴巴鼓鼓的，說話有些含糊不清。

顧清言點點頭，正準備開口，外面傳來說話聲。「愷之啊，要出去？」

「是啊，牛二嬸，您是哪裡不舒服嗎？」

「不是，我今兒受人之託過來的。」牛二嬸道。

「牛二嬸您坐會兒，月娘待會兒就回來了。」顧愷之說著，準備朝外走去，卻被牛二嬸叫住。

「愷之啊，我是來找你的。」牛二嬸說這話的時候，底氣有些不足。

姊弟倆站在灶房門簾後看到這一幕，相視一眼，兩人眼裡都有疑惑。

顧父心裡同樣疑惑，準備朝外走的腳步停下來，折回身坐到另一條凳子上。「牛二嬸您說。」

「二嬸我啊，真不願意開這個口，可是人家找到了我，我也沒有法子。」牛二嬸一臉愁苦，嘆氣道：「雪容剛才來找我，讓我來你家一趟。」

「願聞其詳。」顧父有種不好的預感。

「你容嬸呢，是這個意思，是說心娥出了這種事，大家也不想，她還是那意思，願意多給你們家幾畝地，其他不變。不過她現在不好主動開口，所以，想讓你跟里正說一聲……說你不在意心娥的事，還願意娶她……」越說，牛二嬸都感覺嘴巴黏得說不出來了。

羅雪容和牛二嬸是相識多年的姊妹，這種丟臉的話，她根本不想來說，但姊妹一場，不得不跑這一趟。

沒有一個正常男人會娶這樣的女人進門，顧愷之樣子俊俏，人又憨厚善良，在村子裡從不得罪人，這樣一個男人，怎會要曹心娥那樣的女人？

而且，顧愷之夫妻鶼鰈情深，這是村子裡都知道的。

牛二嬸本沒打算說服顧愷之，她也就走走過場，當是給羅雪容一個交代。

躲在門簾後的顧清言冷冷道：「還沒受到教訓，我們是不是太善良了？」

「你想怎麼做？」顧清婉看著弟弟的眼神，知道他怒了。

簾子隨風搖曳，顧清言冷哼一聲，眼裡劃過一抹陰騖。「這種討厭的老貨，直接把她腿打折，嘴給縫上。」

「不可。」顧清婉搖搖頭。

「為何？」

「你想，曹心娥剛出了事情，羅雪容就立刻再出事，而且都是羅雪容開口讓爹娶曹心娥後才出的事，就算再笨的人都會猜到一些什麼。」顧清婉分析道：「收拾羅雪容對現在的我來說可是輕而易舉，卻解決不了事情的根本。」

「那該如何？」

「目前，我們最好的辦法便是按兵不動。」顧清婉拉著顧清言坐到凳子上，安慰地拍拍他的手臂，示意稍安勿躁。

「沈默就能解決？」顧清言其實不笨，只是心裡著急，腦筋轉不過彎。

顧清婉嘴角勾起輕輕淺淺的笑容。「不錯，我們來個按兵不動，她不是讓爹去找里正嗎？我們就不按照她說的做，等她著急再來催的時候，就有話說了。」

「怎麼說？」

「只要羅雪容再敢來，我們就可以說她強迫爹娶曹心娥，你可知道小老百姓什麼最厲害？」顧清婉說到此，神秘一笑。

顧清言搖頭。

「嘴。」顧清婉臉上帶著嘲諷的笑，前世她不就是被這些人的嘴給害慘了？

她接收到弟弟不解的目光，緩緩解釋道：「以訛傳訛就是村子裡最喜歡做的事，到時只要羅雪容再來，我不相信她能頂得住那些輿論攻擊。」

「一張嘴不可怕，十張、百張嘴說出的話就可以殺人，姊姊這個辦法好。」顧清言像第一次認識顧清婉一般，震驚中帶著驚喜。

「是啊，到時她再怎麼不要臉，都不會再有那樣的心了。」顧清婉微微一笑。

「可是姊姊，妳可不要低估了羅雪容的臉，那比城牆還要厚。」顧清言想到羅雪容的厚臉皮，心裡還是怕怕的。

「這次不一樣，放心吧。」顧清婉起身將桌上的辣椒收進碗櫃，悠悠道：「她再怎麼說，也是個打著吃齋唸佛幌子的人。」

「姊姊這麼一說，我又有了辦法。不過，先走這一步，若是姊姊的辦法還不能讓她知難而退，就用我剛剛想出的辦法。」顧清言說著先走出灶房。

顧清婉也緊跟著挑簾出去，此時牛二嬸已經離開，她爹坐在那裡悶著頭，一臉苦悶。

「爹可是在想羅雪容的事？」顧清婉走過去，坐在剛才牛二嬸坐的板凳上。

顧父一看孩子的神情，就知道姊弟倆都商量好了。「你們倆想做什麼？」

這個辦法又不是說不得，顧清婉便對顧父說一遍。

聞言，顧父臉色好看了一些，也沒說同意，也沒說不同意，站起身道：「我去借刀。」說著，踏著輕快的步伐離開。

顧父前腳剛走，顧母便回來，一進大門就喜笑顏開地問：「你們的爹呢？」

「爹去借刀了。」顧清婉回道，沒看到蘭嬸和李明叔，開口問道：「李明叔和蘭嬸沒來？」

「他們倆在挑糞呢，這會兒忙不過來，說是晚上過來，才不會被村人發現。」顧母笑道。

下午的風變得涼爽，一家三口坐在院裡各做各的事。不大的院子，幾間矮小的茅草屋，這一刻，時光靜好。

晚上，一家子隨隨便便做了點飯吃，蘭嬸和李明也過來這邊。

李明是個手有殘疾的人，聽說小時候摔傷後沒銀子醫治，落下了病根，一隻右手完全使不出力氣，老實人話也不多，見到顧家人都是淡淡地點頭。

蘭嬸娘家家境不好，又是後娘帶大，為了幾個銀子，才把她嫁給李明這樣的男人。

聽顧母說，蘭嬸年輕的時候很漂亮，只是歲月不饒人，加上家裡活兒多，累的、苦的，長年累月下來，三十歲看來像四十歲。

蘭嬸和李明生了一雙兒子，兄弟倆很懂事，每天幫著做家務、幹活，回來的時候還會幫顧父挖些草藥。

不過前些日子，聽說去了縣城大戶人家做工，一個月有一兩銀子呢，一兩銀子對村人來說，是筆不小的收入。

所以，蘭嬸比以前要開心很多，雖然李明不怎麼樣，但兒子懂事又能掙錢，她的依靠全在兒子身上。

蘭嬸今兒一進門，便拉著顧清婉的手。「放心吧，蘭嬸不會亂說的。」

把顧清婉弄得一臉茫然，最後她才知道，她娘把她一身怪力的事都告訴了蘭嬸，其他倒是沒有說。

既然兩家聚齊，便開始準備刮豬毛，今夜整個灶房燈火通明，蘭嬸來的時候，帶來一盞油燈、半壺油，這點油燈還要家境允許，否則那油一斤得七十多文錢。

顧母和蘭嬸把大鍋洗淨，燒了滿滿一鍋水，顧父把東屋門取下來放進灶房，下方用板凳墊著。

只有顧清婉的活兒最重，她負責將野豬血放掉，再從野豬腳上割了口子，用一根鐵棍穿進野豬身體裡，隨後敲打野豬身上，接著是吹脹，再用繩子綁著豬腳，別讓漏氣。

四個大人，連同顧清言都站在一旁看著，蘭嬸一臉羨慕道：「小婉現在真厲害。」

「哪是厲害，就是一身蠻力。」聽到別人誇獎自己的孩子，做父母的哪有不高興，顧母雖然說著這話，但臉上笑容掩都掩不住。

顧清婉輕輕鬆鬆將吹脹好的野豬拎著放進灶房裡擺放好的門板上，又用木棍將野豬固定好，幾個大人也跟著進來。

「小婉休息，剩下的我們幾個大人來做。」蘭嬸眉開眼笑地道，一想到多了這麼半扇野豬肉，心情大好。

「妳和言哥兒快去睡覺，剩下的讓爹和妳李明叔來就成。」顧父心疼女兒，從頭到尾，他們幾個大人都幫不上忙。

顧清婉笑著搖頭。「一會兒刮完毛還得把這豬掛起來呢。」

顧清言從外面走進來。「下毛毛雨了。」

「下點雨也好，這段時間正是玉米出苗的時候。」蘭嬸笑道。

「今年你們家種了幾畝玉米？」顧母接過話去。

蘭嬸笑著回道今年種得不多。顧清言走到野豬旁邊，藉著燈光看向發亮的野豬毛。

「爹，待會兒把這些位置的野豬毛給我留下。」他指著野豬脖頸後那片。

「好。」顧父以為兒子是小孩子心性又起。

顧清婉可不同，她悄悄碰了一下顧清言，低聲問：「用來做什麼？」

「牙刷。」顧清言也低聲回道。

「牙刷是什麼？」顧清婉很好奇地問道。

「做出來妳就知道了。」顧清言不想解釋這麼多，他現在滿腦子都是等著豬一殺，就做一頓美味佳餚出來，可惜他只會吃不會做，看這態勢，等到豬殺好，恐怕都三更半夜，爹娘都累了，誰還給他做？旋即目光轉向姊姊，看來只有麻煩她了。

「月娘，明兒趕集，我準備把野豬肉揹去賣，換點錢。」蘭嬸看著幾人歡天喜地地忙活著，臉上笑容也沒少過。

「妳和李明吃不了多少，拿去換點錢也可以。」顧母笑著接過話，若不是她兒子身體這兩天不太好，她都會像小蘭那樣做。

「那妳呢？」蘭嬸是想和顧母作個伴。

「言哥兒這兩天氣血虛，我想把肉留下來給他補補。」顧母心疼地看了兒子一眼。

「也行，孩子身體要緊。」

人手多，幹活快，一頭豬毛花了不到小半個時辰便給刮得乾乾淨淨，顧清婉將刮得白白淨淨的野豬拎起，用鐵鉤掛在一早準備好的吊鉤上，這些工具都是她爹找殺豬匠借的。
趁著這空隙，顧父和李明趕緊把門板清理乾淨。顧清婉已經將野豬頭割下來，身體剖開，用竹棍把兩扇肉撐開，將裡面的內臟一一弄出來，待內臟清理出來，隨後將野豬砍開兩半。
蘭嬸想著明兒就拿去賣，讓顧清婉順便幫她把豬肉切好，內臟她隨便割了一些，吃上一、兩頓就好，其餘的豬頭、內臟都是顧家的，本來她家拿半扇肉都有些不好意思，再多要就不好了。
蘭嬸他們來的時候揹著空背簍來的，走的時候揹著一背簍肉回去，臉上笑開了花。不能怪她高興得嘴都合不上，一斤豬肉要十五文錢，一斤野豬肉要比家豬貴一半，她揹著的可是一背簍銀子啊。
顧清言卻拉著顧清婉。「姊姊，我想吃肉。」
「你這隻饞猴。」顧清婉用食指輕輕戳一下顧清言的腦門。
「那妳給不給我做？」顧清言為了吃，一個成年男人的靈魂也開始賣萌嘟嘴。
「做，做，姊姊這就去給你做。」顧清婉寵溺地笑道。
顧母也聽到兒子的話，喜道：「不如我們趁著肉鮮，做一頓好的來吃。」
「這敢情好，忙了一晚，我也餓了。」顧父笑著接過話。
「娘，就讓我來吧。」顧清婉笑著挑簾進入灶房，一邊說道。
「成，娘也累了，就坐等著吃了。」顧母一邊收拾桌子，一邊道。

「娘，那兩隻兔子和野雞都忘了。」顧清婉往木盆裡舀水洗肉，一邊說道。

「這不是忙嗎？明兒早上我讓妳爹給你們倆燉上。」顧母起身朝灶膛前走去。

「娘，其實您是不是想把野兔送人一隻？我今兒看您一直看著兔子，想說什麼又沒說。」顧清婉將洗淨的豬肝放在菜板上，熟練地切成薄片。

「我不是想給妳七奶奶嘛。她對我們好，前些年還沒有養蠶，家裡經常沒銀子，有時候吃鹽都吃不起，娘去跟人借，借得人家都怕了，沒人願意借給我，妳七奶奶都會悄悄借我銀子，不讓我告訴別人。不過，有了銀子我都會馬上還她。還有吃的，妳應該也知道，她經常送些吃的來。」顧母語氣裡全是敬重。

「娘，您要做什麼不用顧慮我們，想給七奶奶送，儘管送便是，七奶奶是什麼樣的人，我還不知道嘛？她的情我也記在心裡的。」顧清婉知道娘這些年當七嬸像親娘一樣。

「那我明兒一早讓妳爹把兔子剮了，再給妳七奶奶送去。」顧母頓時笑開了花。

「姊姊，我要吃青椒肉絲、爆炒豬肝、燒肥腸、回鍋肉、青椒炒豬肺、煎里脊……」顧清言一進門就報了一堆菜名，若不是顧母打斷，不知道他還要說些什麼。

「你個饞猴，這個季節哪兒有青椒？只有紅辣椒，愛吃不吃。」顧清婉瞋了弟弟一眼，哼，挑三揀四的。

「姊姊，我錯了。有什麼妳做什麼，只要是姊姊做的，我都愛吃。」顧清言為了吃，變得油嘴滑舌。

一家人被顧清言的話給逗樂了。

顧清婉也沒虐待弟弟，做了爆炒豬肝、煎里脊、肉絲、豬肺，這些都是用紅辣椒炒的，回鍋肉裡加了馬鈴薯片，放了後院裡的大蒜苗，每道菜還沒開吃都讓人口水直流。

這是顧清婉第一次這麼正式為自己家人做菜，在調味料齊全的情況下。

「哇……好……好好……吃。」顧清言挾了一塊回鍋肉在嘴裡，好吃得話都說不清楚了。前世他吃過不少山珍海味，都不及姊姊做的味道好，好吃得他小舌頭都快吞下去了，鹹味適中，又香又麻又辣，吃一口，讓人回味無窮。

顧父和顧母也是一臉震驚，什麼時候女兒的廚藝這麼好了？女兒雖然會做飯，但味道他們都知道。不過，從女兒摔倒醒來後，做的飯菜要比以前好吃多了，雖然只有鹽味，感覺就是不一樣。

「你們不要這樣看著我，快趁熱吃。」看到爹娘和弟弟的表情，便知道這些菜他們都很滿意，心裡頓時像吃了蜜一般甜。

「姊姊，妳應該開家飯館，這味道太好了。」顧清言一連吃了幾道菜，頓時覺得姊姊待在家裡，真是埋沒手藝。

「不行。」顧母立馬開口否決。「女兒家不准去拋頭露面，做得一手好菜可以，但只能孝順公婆、伺候夫君，再說，做廚子會被人看不起。言哥兒，以後不准再提這件事。」

關係到女兒的聲譽，顧母對兒子也沒好臉色。

第十九章

對於這種想法，顧清言只能翻白眼，難怪古代女人總被人看不起，就是因為有能力也不能出去拋頭露面，真是件令人心酸的事。

顧父一直沈默不語，安靜地吃著女兒做的好菜，不知道在想什麼。

第二天一早，顧父早早揹著半塊野豬頭、一條後腿，再把殺豬用的刀具拿上，去還殺豬匠。野豬頭和後腿是謝禮，顧父對殺豬匠說昨兒他們顧家和李明兩家合夥殺死一頭野豬，所以並沒引來懷疑。

顧清婉和顧清言起來，幫著燒水洗野兔、野雞，洗淨的野兔顧母藏在夾背心裡，送去給七嬸。

姊弟倆又把野兔燉上，接著餵蠶，忙了一早，吃了午飯，他們便要準備去趕集，取手術刀。

今兒下雨，人雖比往常少，但仍然有很多人，街道上一樣擁擠。

姊弟倆直接擠開擁擠的人群，去打鐵鋪取手術刀，只不過人太多，意外隨時會發生。

「噠、噠、噠——」馬蹄疾速飛奔的聲音和著慌亂的叫喊聲傳來。「讓開，快點讓開！」

擁擠的街道上頓時亂成一團，人群爭先恐後地避讓。

一瞬間工夫，街面讓出一條道來，只是今兒路滑，有一名漢子在避讓的時候腳下打滑，雙手朝前撲去，在他的前方，是一輛輪椅，輪椅上坐著一個打傘的男子背影。

漢子一眼就能看出對方身分尊貴，當即大喊道：「快讓開……啊……」

這一切發生得太快，輪椅上的人聽到聲音，想要轉動輪椅已經來不及，大漢的雙手已經推向輪椅，輪椅中的男子頓時被推出去，擋在道路上。

街道兩邊的路人驚呼，有的甚至閉上雙眼，不忍心看見那人葬送在馬匹腳下。

馬匹將近，千鈞一髮之際，一道身影陡然出現，一手將男子抱在懷裡，另一隻手握成拳頭朝疾速飛奔來的馬就是一拳。「砰！」

「嘶——」馬兒長嘶一聲，陡然倒向地上，馬上的人也跟著摔下來。

這一切只在眨眼之間，當看到馬匹倒地後，所有人才反應過來。

所有人都看到這一幕——男的俊美，女的雖然不是絕色，卻也清秀娟麗，只是畫面不太對，因為此刻，女子抱著男子，用的還是公主抱的姿勢。

男的則如女子一般，雙手掛在女方纖細白皙的脖頸上，兩人四目相對，誰也沒有開口說話，周圍的人更是寂靜無聲。

對，救人的是顧清婉，她也沒想到會出手，只是看到是夏家米鋪的東家，忍不住便出手了。

這世間，若是有的人注定相遇，就會有一些巧合的事情發生。

夏祁軒此刻內心窘迫不已，他一個大男人被一名少女抱在懷裡，還在眾目睽睽之下……

他想說什麼，但當看到少女清澈純淨的眼睛，竟然說不出一個字，平時能說會道的他，在這一刻啞口無言。

阿二手裡拎著剛從常滿樓買來的烤鴨、烤乳豬，看到前方不少人圍著，不明白發生了何事，他撥開人群擠進去，正好看到他家公子被人抱著，而且還是用那種曖昧的姿勢。

他看了一下情況，便想著是不是把輪椅推過去，讓那少女把他家公子放下，不過他又停住了腳步，這好像是第一次看到他家公子和女子這麼近距離接觸。

阿二不推輪椅，但有別人推，顧清言把輪椅扶起來，緩緩推過去。「姊姊，把他放下來。」

「好。」顧清婉也沒和除了陸仁之外的陌生男子接觸過，不知道該如何是好，才一直抱著夏家米鋪的東家，好在有弟弟。

剛把夏家米鋪東家放下，顧清言把蓑帽遞給顧清婉，她才回過神來，帽子什麼時候掉的？剛才因為太緊張，沒注意這些，她趕忙將蓑帽戴上，才發現蓑帽的帶子斷了，好在能將就繫上。

一邊繫帶子，顧清婉臉色不禁有些紅，她剛才的表情是不是都看在夏東家的眼裡了，那她因為緊張而嘟嘴的樣子所有人都看到了？心裡真想地上有個地洞，好鑽下去藏著。

「謝謝姑娘搭救之恩。」夏祁軒坐定，整理了一下衣袍，隨後抱拳道謝，聲音溫和有禮。

「不客氣。」顧清婉已經無地自容，她拉著顧清言準備離開，卻被馬上摔下來的人阻止。

「妳好大的膽子，竟然打死我的馬！」那人一臉盛氣凌人，就算顧清婉一拳打死他的馬，他也不懼怕，這少女只是個小老百姓，想必沒有見過世面，不敢對他怎麼樣。

「我根本沒打死你的馬，你這馬只是暈過去，你在這人滿為患的街道上策馬飛奔，這說明你視人命為草芥，按理說該死的是你。」顧清婉冷冷的聲音從蓑帽裡傳出來，周圍的人才反應過來，這少女剛才只用一拳就打暈了馬！

夏祁軒本來想開口的話又吞下去，沒想到這少女竟有如此膽色，不畏強權，還有一副俠義心腸，這樣的女子令他心生佩服。

「豈有此理，妳竟敢口出狂言，看我今日不打死妳！」那人揮舞手中馬鞭，朝姊弟倆打來。

顧清婉嘲諷地睨了那人一眼，抱著顧清言快速退到一旁，旋即一個殘影落下，人已經到了那人跟前，搶過馬鞭，揮手就朝那人臉上搧去。

阿二收回出了一半的手，驚訝地看著那名少女，好強勢！好慓悍！以後不知什麼樣的男人敢娶這樣的女子？

夏祁軒臉上帶著溫溫的淺笑，在一旁看著，突然間想起上次趕集，夏家米鋪派發米糧時的那名少女，會不會是同一人呢？看身材好像是，待會兒再試探一下便能知曉。

圍觀的人只聽到清脆的「啪啪啪」聲，一連好幾下，又是解氣，又覺得臉上都跟著生疼。

「這些巴掌，是讓你記住不要狗眼看人低，不要隨意拿人命踐踏。」顧清婉一邊說著，一邊狠狠摑了幾下，這人臉上立馬腫得像豬頭。

等她收回手，所有目光都投向那人，當看到那人模樣時，眾人當即毫無形象地大笑起來。

這哪裡是人，明明就是一頭豬頭人身的怪物。

那人頭上金星直冒，癱坐在地，他真沒想到，這少女真能出手打他，他穩了穩心神，口齒不清地道：「怒訴垂，爆長門來。」他的臉太腫，說話直流口水，口齒不清，不仔細聽根本聽不清楚。

他要說的是：「妳是誰，報上名來。」

「她是誰你別管，你只須記住我是誰。」夏祁軒轉動輪椅，擋住那人看顧清婉的目光，他雖然坐在輪椅中，身影看起來卻很高大，臉上仍然帶著淺笑，聲音溫和。「今兒如果不是這位姑娘，恐怕我夏祁軒已經葬送在你的馬蹄下，這筆帳我們還沒算呢。」

那人聞言，眼裡出現一抹懼色。

夏祁軒，夏家米鋪的東家，表面上他只是個種地賣糧食的人，看起來為人謙厚隨和，實則處處透著不簡單，他一幫兄弟都不敢招惹這個人，沒想到今兒會栽在他手裡！

「夏公子饒命！我叫蔡全，是鎮上蔡家的人，求夏公子放過我……」蔡全口齒不清地求饒，人家都不知道他在說什麼，只能聽到咕嚕咕嚕的聲音。

「我又沒說要把你怎麼樣。」夏祁軒笑得溫文爾雅，一臉無害，對一旁的阿二道：「將蔡公子請到家裡去喝茶。」

此話一出，蔡全立即磕頭求饒。「夏公子饒命啊！」

他不要做第二個田二，聽說田二前一天晚上和夏祁軒見了面，第二天就死了！

阿二拍了拍蔡全的肩膀，朝他露出友好的笑容。「蔡公子，請。」

蔡全只能哭喪著臉，晃晃悠悠地站起身，在阿二友好的笑容下跟著走了，他已經顧不得找姊弟倆的麻煩，此刻滿腦子都是要怎麼逃過一劫？

顧清婉和顧清言都明白，夏祁軒絕對不是請蔡全喝茶這麼簡單，但這不是他們要管的，兩人見沒有他們的事，也不想引人注目，趁著所有人的目光不在他們身上，準備開溜。

「二位請稍等。」夏祁軒叫住二人。

「夏東家可還有什麼事？」顧清婉問道。

「姑娘可否幫忙看看這匹馬的傷勢？」夏祁軒笑道，如果這少女是上次那姑娘，她就會醫術。

「好。」顧清婉沒有多想，走到馬兒身旁蹲下檢查，她知道殺死牛、馬都是犯法的，所以在出手的時候，她就將力氣控制好，讓馬只是暫時暈過去，並沒傷害牠。

不過這馬此刻暈了過去，若是不醒來，想必別人只會認為她把馬打死了，因此也只能將馬救醒。旋即，她放下背簍，找出繡花針，在馬的眉心扎了一針，那馬立即醒過來，從地上爬起來，穩穩地站著。

眾人感到很不可思議，到底是誰家能養出這樣的姑娘？力大無窮不說，還懂醫術！

大家都抱著好奇的目光看著顧清婉，她卻不以為意，將針放進荷包，揹起背簍。

正在這時，去而復返的阿二回來了，他走到夏祁軒身旁，附耳低語幾句，只見夏祁軒點點頭。

「如果夏東家沒有什麼事，那我們姊弟二人就告辭了。」顧清婉禮貌地說完，牽著顧清言擠開人群離去。

目送著姊弟倆的背影，夏祁軒沒再說什麼，他轉動輪椅，讓阿二牽著那馬朝夏家米鋪走去，說謝謝太過蒼白無力，既然他已經知道她的身分，自然會有表示……

細雨綿綿，人們見沒戲看，各自散去。

姊弟倆穿過人流，趕到打鐵鋪，去取手術刀。

打鐵鋪老闆見到姊弟倆，一眼就認出他們，忙放下手裡的活兒，招呼二人進去。

「等你們一天了。」老闆笑道，從桌上拿起一個小盒子打開，裡面正是顧清言要的一套手術刀，還有兩把飛刀。

顧清言看了一眼，立即覺得很滿意，接過木盒，拿起小剪子放在眼前看了看。「不錯！我剛開始還擔心老闆的技術，沒想到竟然能做得這麼完美。」

「只要小哥喜歡就好。」鐵匠笑道。

「老闆要多少銀子？」顧清婉見弟弟滿意，便要付錢。

「二兩三百六十七文。」老闆也沒說什麼，他開門做生意，為的就是錢。

這和預算相比少了許多，姊弟倆都不敢相信。

老闆解釋道：「這些東西費不了多少材料，我也不多要你們的。」

顧清婉付完錢，將東西收好。

「小哥，以後需要什麼可再過來。」在姊弟倆離開時，老闆在他們身後大聲道。

顧清言笑著回頭道好。

姊弟倆頂著毛毛細雨在街上閒逛，給顧清言買了一些零嘴，便歸家。

自從趕集歸家後，一連好幾天，顧清言都特別喜歡睡覺，不過與其說是睡覺，反而更像昏睡，臉色也更加蒼白。

顧清婉和顧父都給他把了脈，什麼問題也沒有，就是失血嚴重，他們也弄不清楚到底是怎麼回事？

而這幾天，顧清婉每日都會上山打獵，回來後變著法子給顧清言做吃的，燉藥湯喝，仍舊沒有效用，這可是急壞了一家人。

這使得顧清婉心裡越來越害怕，害怕顧清言像前世一樣離開，然後前世的命運又重蹈覆轍……她害怕得每晚都作噩夢，每晚都看到陸仁朝她揮起寒光閃閃的剪刀，夢到她的孩子被砸死在牆上……

顧清言的情況越嚴重，顧清婉便越憔悴，那種上天無門、下地無路的無力感整日折磨著她，她又不敢告知顧父、顧母。

抬起沈重的腳步踏進西北屋門，目光不自覺地朝窗前那株海棠花看去，今日的海棠萎靡地垂著，花瓣已經枯萎，有種蕭瑟淒清的悲涼感。

顧清婉走進內室，顧清言仍舊昏睡中，她低頭看向弟弟。

「啊——」

「砰——」

驚叫和碗落地的聲音同時響起，吵醒了昏睡中的顧清言，他睜開迷濛的雙眼，揉了揉，看向姊姊。「怎麼了，姊姊？」

顧父、顧母也跑進來。「這是怎麼了？」

顧清婉一直盯著弟弟看，從他醒來那一刻，那東西一下就縮回他的鼻孔裡去，她看向雙親。「爹、娘，我看到言哥兒的鼻子裡有個東西！」

「看清楚是什麼了嗎？」顧父抬起兒子下顎，朝鼻孔裡瞧，卻什麼也瞧不見。

顧母已經急得哭起來，緊緊地抱著顧清言。「言哥兒，給娘說說，有沒有感覺鼻子裡有東西？」

「沒有，就是前幾天總感覺鼻孔裡有些癢，這兩天沒感覺了。」顧清言揉揉鼻子。

「爹，我感覺像是螞蟥。」顧清婉曾經看過李老爺捉大螞蟥給牛吸蛇毒，剛才雖然那東西很快縮進鼻孔，她還是能看出些許。

「螞蟥……」顧父沈思了一會兒，才緩緩道：「恐怕是有這可能，螞蟥又稱作吸血鬼，這幾天言哥兒身上什麼問題都沒有，唯獨失血越來越嚴重，想必就是這螞蟥作怪。」

「言哥兒可是喝了不乾淨的水？」顧母心疼地看著兒子。

「沒有啊，喝的不都是挑回來的水嘛？」顧清言自己也想不起來。

「不對，我記得打死老虎那日，言哥兒好像趴在水溝裡喝水……」顧清婉想起她在擦臉的時候，弟弟趴著喝水的畫面。

「溝裡的水都要看清楚才能喝，妳為什麼不讓言哥兒注意點？」顧母此刻心疼兒子受罪，女兒是老大，不照顧好小的，她自然要訓。

顧清婉沒話反駁，她忘記那茬，是她疏忽了。

顧父心疼女兒，開口道：「小婉也是個半大孩子，有的東西她怎麼想得到？妳別訓她。」

「爹、娘，你們不要吵架，是我沒看好言哥兒，娘說我是對的。」顧清婉開口道。

顧母睨了顧清婉一眼，沒有說什麼，看向顧父。「那我們要怎麼做才能把這螞蟥弄出來？」

「愷之，在不在？」一道急切的聲音從院子裡響起，顧母看向顧父。「去看看。」

顧父點點頭，當先走出屋子。

顧母放開顧清言，讓他再睡一會兒，再想辦法把螞蟥弄出來。

「姊姊，我連累妳了。」顧清言看著姊姊，心疼地道。

「沒有，其實我現在心裡很開心。」顧清婉搖頭，根本沒在意娘說她。

第二十章

顧清言不明所以地看著顧清婉，她淡淡一笑。「你應該知道，我擔心的是什麼，現在知道不是那種情況，我心裡有說不出的激動，只要把螞蟥弄出來，你的身體就好了。」

「我都說讓妳不要胡思亂想，妳就是不聽我的話。」顧清言蒼白的臉上綻開一抹笑容。

「好了，我先去洗碗，你先睡會兒，等起來或許爹就有辦法了。」顧清婉說著走出去，須臾又拿著掃把和畚箕進來，把破碎的碗掃掉，才退出屋子。

「哎喲！輕點！疼——」此時東屋裡響起一個老婆婆的聲音。

顧清婉洗碗聽著這聲音，很好奇是誰，這嗓子挺熟悉的，當下急急忙忙洗完，她便好奇地走進東屋。

來看病的是牛二嬸，顧清婉關心地問道：「牛奶奶是怎麼了？」

顧父已經把牛二嬸的傷口包紮好，看不到情況。

「被蛇咬了。」牛二嬸哭喪著臉。

「我也沒想到那蛇會躲藏在路邊，等我不注意時就咬我。」牛二嬸說著把那條受傷的腿抬到舒服的位置。

原來，今兒牛二嬸上山割牛草，當她正割著草，聽到不遠處有野雞的叫聲，她剛開始沒在意，這把年紀想要追到一隻野雞是不可能的，所以她沒興起捉那隻野雞的心。

哪知那野雞的叫聲不對勁，她最後沒法，只能拿著鐮刀小心翼翼地循聲走去，沒想到在一棵矮樹下，有一個雞窩，雞窩裡有幾隻小野雞，而那隻大野雞不停撲騰著翅膀叫喚，原來牠是在阻擋一條崖斑蛇，阻止大蛇靠近牠的孩子。

牛二嬸是個吃齋唸佛的人，看不得弱小被欺負，便撿起石頭把那蛇趕走。

她剛折回身一會兒，還沒割到一把草，又聽到野雞的叫聲，她又跑過去，果然那條蛇又折回來，這一次，她撿起石頭亂砸，砸到蛇身上好幾處，終於把蛇趕走了。

只是她沒想到的是，她割著草，那蛇竟然找她報仇，躲在草叢裡趁她割草的時候，咬了她的小腿，隨後掉頭逃去。

這蛇的毒雖然不是很猛，一樣能毒死人，牛二嬸也是個心狠的，拿起鐮刀毫不猶豫，便把被蛇咬到的那塊肉給割掉。

聽到牛二嬸的果決，顧清婉不得不佩服，人都說，人越老心腸越硬，若是換成她，她是不敢的。

只是她沒想到，蛇還這麼有靈性，知道報仇。

「對了，月娘，我來的時候看到妳臉色不對，可是有什麼事想不通？」牛二嬸以為是曹心娥的事情堵了顧母的心，想要開解。

被人問及，顧母紅著眼含著淚，把顧清言的事情告訴牛二嬸。

「我還以為是什麼大事呢，這簡單，妳一會兒和我一起回去，我讓妳叔叔從他煙斗裡摳點煙油，妳拿回來，晚上吃完飯，抹在言哥兒鼻孔處，把那東西熏一熏，等牠受不了就會跑出來了。」牛二嬸一拍胸脯道。

「這法子好。」顧父連忙道，他本想用藥熏，但效用遠遠沒有煙油的味道重。

「那我就先謝謝二嬸了。」顧母高興得抹了一把眼淚。

顧清婉一聽有法子弄出螞蟥，連忙去找顧清言分享。

聽到她的話，顧清言也很開心，這兩天一直睡，他也煩躁得很，但是又克制不住身體的疲憊。

當晚，吃過晚飯，顧父便將顧母拿回來的煙油抹在顧清言的鼻孔前，接下來便是等待。

屋子裡點著蠟燭，顧母抱著顧清言，顧清婉在旁邊做針線，顧父在一旁不時觀察顧清言的情況。

顧清言都被煙油熏得昏昏沈沈的，那隻螞蟥卻很頑強，不肯出來。

「爹，是不是不管用？」顧清婉擔憂地問道，這都等了將近一個時辰，而且弟弟看起來昏昏沈沈的，人都受不了了。

「再等等看。」顧父也一臉憂心。

就在一根蠟燭也燃過一半時，屋子裡燭光忽暗忽明，顧清言的呼吸聲在安靜的屋子裡顯得突兀。

這時，顧母突然間扯了扯顧父的袖子，用下巴指著顧清言的臉。

顧父趕忙看去，果然看見一條小手指粗細的螞蟥從兒子的鼻孔裡緩緩地爬出來，他不再有絲毫猶豫，伸出手快速朝螞蟥掐去，隨後往外一拉，螞蟥被拉出來甩在地上。

顧清婉也反應過來，放下針線看向顧清言，此時的顧清言還有些茫然，他轉頭看向注視著自己的三雙眼睛。「怎麼了？」

「言哥兒，你看！」顧清婉指著地上軟趴趴的螞蟥。

感覺到危機，螞蟥此刻縮得只有嬰兒小手指那般粗細。

看到螞蟥，顧清言心裡一陣反胃。「姊姊，快燒死牠，好噁心！」他已經不敢再回想這些天的日子，只要一想到有隻螞蟥在他鼻孔裡鑽來鑽去，都背脊發涼！

自此以後，顧清言從來不喝涼水，就算再渴，也要把水燒開後才喝。

顧母擔心顧清言鼻孔裡不止一隻螞蟥，一家人硬是足足守了一夜，最終確定，只有那隻被燒死的螞蟥，一家人才放下心。

雖然一整夜大家都沒有休息好，卻不能去補眠，梳洗穿戴好，便是餵蠶。顧父在後院搭架子，準備燻肉，前幾天的野豬肉，加上顧清婉這幾天打的獵物，他們一家吃不了那麼多，只能燻成臘肉，慢慢吃。

這幾天，顧父去大塘口買了不少粗鹽回來醃肉，醃上幾天才能燻，今兒正是能燻的時候。

而顧清婉的活兒，就是做吃的，她正在洗排骨，中午準備燉排骨蘿蔔湯，弟弟這些天失血過多，得多補補。

顧清言坐在灶膛前，看著姊姊忙碌的身影，臉上始終帶著笑容，他感覺自己無比幸福。

「在想什麼呢？注意灶膛裡的馬鈴薯。」顧清婉見弟弟坐在灶膛前笑容就沒消失過，聞到灶膛裡的焦味，提醒道。

聞言，顧清言拿起火鉗把灶膛裡的馬鈴薯翻了翻，嘴裡喊道：「姊姊。」

「嗯。」顧清婉輕輕應一聲，舉起菜刀將排骨剁成小塊。

「我現在身體沒問題了，妳以後打的獵物都拿去賣吧，我們攢了錢，到時去開飯館。」顧清言已經決定先走這一步，他不想埋沒姊姊的手藝。

「娘不會同意。」顧清婉悠悠的聲音和菜刀砍碎骨頭的聲音並響。

「放心，我們說不動娘，爹可以，我感覺爹並不反對我們做什麼。」顧清言一直覺得爹很豁達開明。

「可我還是想開醫館多一點。」顧清婉想著的是學習醫術，對自己、對別人都好。

「我也有這種想法，可是不是現在，我們要把這個家先撐起來，再做想做的事。」顧清言說著，將灶膛裡的烤馬鈴薯挾出來，放在爐盤上。

烤馬鈴薯的香味瀰漫在屋子裡，顧清婉沈吟半晌，才道：「可是開飯館不一定能掙錢。」她雖然對自己的廚藝有信心，但生意不是那麼好做的。

「有我呢，怕什麼?只要能開起來，我就能讓生意興隆，不過到時累的可是妳這個大廚。」顧清言自信地笑起來，站起身走到顧清婉旁邊，把剝好皮的馬鈴薯遞到她嘴邊。

她笑著咬一口，點頭道：「很香。」

顧清言也咬了一口馬鈴薯，道：「我們目前最缺的就是銀子，有了銀子一切都好辦。」

「那我明日去上次打到老虎的那座山裡看看。」顧清婉看出弟弟掙錢的決心，不想讓他失望。

「我陪妳。」他是絕對不會放心姊姊一個人去的。

「不用。」顧清婉搖頭，二人剛說完，便有人來了。來的人是七嬸，她找顧母看家。

顧清婉不明白，七奶奶不是才去過馬河鎮沒幾天嗎？怎麼又要去？

原因很荒謬，原來是七嬸自從去了她四女兒家回來後，便每天作夢，夢到一頭豬在拱豬圈，而且她去的那天，她兩歲多的外孫女總是指著豬圈咿咿呀呀的，搞得她摸不著頭腦。

後來，她還夢見六女兒渾身血淋淋地站在她面前，隨後又看到一個深不見底的洞，她是個吃齋唸佛的老人，相信鬼神一說，總有種不好的預感，便想去看看到底怎麼回事？

所以她是來讓顧母幫她照看家裡的。

顧母也是個相信鬼神之人，擔心七嬸一旦遇到事情，這麼大年紀會受不住刺激，有個三長兩短，便要跟著一起去，七嬸拗不過她，只能同意，顧母便換了一身半成新的衣裳。

照看七嬸家的責任就落在顧清婉身上，不過，顧清婉沒這麼老實——七奶奶離開之前說快到馬河鎮的馬口山竟有老虎出入，那裡的村民都被咬死了幾個。

顧清婉擔心娘和七奶奶，而且想到一頭老虎的價錢那麼高，她正缺銀子呢，於是娘和七嬸前腳剛走，她就後腳跟上，離開的時候不忘拿上她的兩把飛刀。

顧父和顧清言都清楚，如果馬口山真有老虎，只有顧清婉才能保她們平安。

因此照看家的事便落到父子二人身上。

顧清婉擔心娘不讓她跟著，一直暗中跟隨，直到要翻過馬口山那座山頭，顧母和七嬸的腳步才慢下來，想看看還有沒有人要一起過這馬口山，只可惜，一路走來，竟然沒有見到一人。

直走到馬口山路口，兩人只能壯著膽子走，腳步不自覺加快。

七嬸上了年紀，腳步再快也快不到哪裡去，尤其走了這麼長的路，也累了，直氣喘吁吁。

「七嬸，要不我們歇歇？」顧母抬頭看向左右叢林，還有上方山崖，有種陰森森的感覺，雖然害怕，卻不能表現出來。

「不能歇，萬一老虎跑出來怎麼辦？」七嬸喘著氣，雙腿發軟地走著，上次來是有牛車，這一次來全程靠著她雙腳走，累得不行。

顧清婉知道不能再躲下去，已經到了這裡，娘不可能再趕她回去，便從樹林後走出，故意把腳步聲弄大，讓她們聽見。

兩人果然聽見她的腳步聲，回頭望向這邊。

「是小婉嗎？」顧清婉雖然帶著冪籬，自己的女兒，做娘的怎會認不出，她有些驚訝。

「我不放心娘和七奶奶。」顧清婉摘下冪籬走過去。

看到顧清婉那一刻，顧母無比安心，突然間整個人都輕鬆不少，破天荒第一次沒有訓斥她沒規矩地跑來。

「小婉，妳說妳一個孩子，怎麼就跟來了呢？萬一要有個什麼，妳會讓七奶奶自責死。」七嬸瞋了顧清婉一眼，眼裡的擔憂不似作假，她雖然知道顧清婉會打些野雞、野兔，卻不知道她有一身力量。

顧清婉將冪籬戴上，走到七嬸身前。「七奶奶，天快黑了，讓我來揹您。」

「妳這孩子，七奶奶走得動，不用妳揹。」七嬸趕忙避開身子。

「七嬸，您就讓小婉揹您吧，她行的。」顧母知道女兒的本事。

「吼——」突然，左邊山林裡傳來一聲獸吼，這聲音顧清婉記憶猶新，果然有老虎！

聽到獸吼，七嬸一臉驚恐。「這是老虎的聲音對不對?!」

顧母也是害怕不已，她看向那樹林，只見樹枝搖曳，當下忙看向顧清婉。

顧清婉不容多說，直接將七嬸揹在背上，單手抱緊她娘，提著氣狂奔，此刻不是動手的時候，娘和七嬸不比弟弟，兩人腿腳跑不動，若是老虎亂咬人可怎麼辦？

只能先把娘和七嬸帶走，她一個人的時候才好動手。

只聞身後山林中老虎吼聲震天，聲音越來越遠，七嬸和顧母才放下心來。

七嬸回過神來才想到顧清婉此刻竟揹著她、抱著月娘呢，她震驚得說不出話來。

直至跑出馬口山，顧清婉才將兩人放下，顧母被單手抱著跑了這麼遠，其實也不好受，但不想被女兒看出來，一直強忍著。

「月娘，小婉她……？」七嬸感覺像在作夢，顧清婉的力氣和飛奔的速度只有戲文裡才看得到，她現在竟然親眼看到了！

顧母知道瞞不下去，只能簡單解釋一番，七嬸聽後，驚嘆不已，說是老天保佑，顧家人是好的，這力量都是神靈賜予，讓顧清婉要好好珍惜。

顧母只道是。

出了馬口山便安全了，這裡到處都是村落，趕到馬河鎮，到了馬小坡家裡，也就是七嬸的四女兒家，天色已經徹底暗下來。

馬小坡兩口子看到三人，都震驚不已，但還是招呼她們洗漱，給她們做了飯菜。吃完飯，七嬸直說肚子疼，要拉肚子，便去後院的茅房。

顧家母女和七嬸的四女兒李明巧閒聊，說的都是地裡收成好不好之類，女婿馬小坡一個大男人，和女人沒什麼好聊的，吃完飯便出去串門子了。

聊得興致正高時，只見門突然被推開，七嬸滿臉是淚地走進來，她手裡抓著一根骨頭，狀若瘋魔，雙目通紅。「告訴我，小丫是不是被你們夫妻給害了?!」

當李明巧看到那根骨頭時人已經呆住，聽到七嬸的話，更是泣不成聲，突然「撲通」一聲跪在地上，哭喊道：「娘，女兒對不起您啊！」

顧家母女面面相覷，她們聽到不該聽的東西，想走也不是，想留也不是。

七嬸看出顧家母女的心思，對她們道：「妳們坐吧。」說著，七嬸自己也坐下來，此刻，她已經冷靜下來了。

李明巧這些日子來，內心飽受折磨，此刻見紙已經包不住火，便將事情始末道出。

七嬸的六女兒李明丫前幾年便去了全縣的大戶人家做丫鬟，去年及笄，本打算回來過年，過了年找個好人家嫁掉。

她從全縣回船山鎮必須經過馬河鎮，想著幾年沒見李明巧，便帶著幾年攢下來的銀子，到了姊姊家裡。姊妹倆有什麼不能說的，李明丫哪知道人心難測，銀子能蒙瞎一個人的心眼。

李明巧從沒見過這麼多銀子，足有七、八十兩，便對馬小坡提了提，滿心羨慕。孰料馬小坡竟有了歹心，在丈夫再三勸說下，李明巧便同意把李明丫殺死，奪走銀子，還殘忍地將李明丫支解，把肉煮熟餵了豬，骨頭就埋在豬圈，頭顱丟到後山那口深洞裡。

埋李明丫骨頭的時候，兩歲的馬妞看見了。上次七嬸來，馬妞一直指著豬圈，夫婦倆真怕被七嬸發現，好在什麼都沒發生，本以為這件事就這樣過去，哪知七嬸竟會又來……

聽完李明巧的講述，七嬸早已哭得死去活來，人昏迷了兩次，顧清婉只好給她施針穩定情緒。

「我可憐的女兒，死了都沒有一個全屍，妳好歹毒的心，她是妳親妹妹啊！妳如何下得了手啊，嗚嗚……嗚嗚……」七嬸邊哭邊說，痛心疾首。

顧母也跟著直掉眼淚。

顧清婉此刻看著李明巧如同看垃圾一樣，自己的親妹妹都下得了手，這種人不配為人。

第二十一章

「娘，我求求您，饒了我！我知道我錯了，求您別去報官，我們一旦有事，您幾個外孫可咋辦？娘，求求您！」李明巧早就後悔了。

「饒了妳？你們夫妻殺死小丫的時候可有想過饒過她？哪怕你們夫妻有那麼一丁點心，我的小丫都不會死！」七嬸拍著胸脯，哭得肝腸寸斷。

屋子裡燭火搖曳，李明巧跪在地上哭著，七嬸坐著哭著，顧家母女陪著掉淚。

大門打開，馬小坡帶著幾個孩子回來，看到這畫面，猜到幾分，但還是裝傻地問道：「這是怎麼了？」

七嬸此刻看見馬小坡這狼心狗肺的東西，如同看到一隻惡狗，她紅著眼睛，怒指著他。「你個喪盡天良的畜生，天怎麼不收了你這挨千刀的！」

馬小坡不驚不慌，趕幾個孩子去小樓上睡覺，把門一關，臉上露出猙獰的笑。「人為財死，鳥為食亡，這是天經地義的事。」馬小坡能說出這話，代表他承認殺死了李明丫，就算他承認又如何？因為今晚，老太婆和那母女倆他都沒準備放過。

馬小坡是村裡的獵戶，經常上山打獵，身手練得不錯。

「你個天收死絕的畜生，老天爺不會放過你！」七嬸怎會看不出來馬小坡陰毒的目光，她滿心後悔，不該帶著顧家母女二人來，看來今夜她們三個都要栽在這裡了。

她現在心頭一團亂，完全忘記顧清婉的身手和力量。

「我不知道老天爺會不會放過我，但是我今晚不會放過妳們。」馬小坡從牆壁上抽出一把菜刀，陰狠地看向三人。

李明巧本已滿心自責愧疚，此刻見馬小坡準備對她娘和無辜的人動手，連忙出手拉著丈夫，哀求道：「當家的，我求你，不要再殺人了。我娘已經這把歲數，她們母女也是無辜的，求你不要再造殺孽了，好不好？就當是為我們的孩子積德。」

顧清婉本來已經準備動手，見此，又將手放下，看著夫妻倆鬧。

馬小坡一把將李明巧甩開，怒吼道：「死婆娘犯什麼渾？不殺她們，難道等著她們去報官？妳難道想看我們全家家破人亡才好過？」

「嗚嗚嗚……」被馬小坡這麼一說，李明巧癱坐在地上大哭起來。

七嬸看到馬小坡握著菜刀朝她們走來，再看向癱坐地上的四女兒，心裡一片悲涼，她看向顧家母女二人。「對不起，連累妳們……」

顧母倒是不怕，她知道有顧清婉在，這人不能把她們怎麼樣，她握住七嬸的手，安慰道：「七嬸放心，這賊子奈何不了我們，有小婉呢。」

七嬸聽到顧母的話，這才想起什麼，還沒開口，已經聽見兩聲慘叫響起。

「啊——」是馬小坡的聲音。

只見馬小坡兩手無力地垂著，被顧清婉掐住脖子卡在牆壁上，臉憋得通紅，眼裡是濃濃的不可置信和驚恐。

馬小坡自認身手不錯，但剛才那一剎那，他還沒搞清楚怎麼回事，雙手就被折斷，整個人卡在牆壁上，眼前少女的身手為何如此敏捷?!

三個女人看到這一幕，顧母和七嬸安下心來，李明巧卻知道，他們一家要完了……

「七奶奶，這件事怎麼處理？」顧清婉一手卡住馬小坡的脖子，回頭問道。一個想要殺死她們母女的人，顧清婉很想當場弄死他，但這件事關乎七奶奶的女兒，只能讓她自己作決定。

「娘，求您放過我們！」李明巧不想這個家就這樣完了，她爬到母親面前跪著哭道：「娘，六丫是您的女兒，我也是您的女兒呀，您已經失去一個女兒，難道您忍心再失去我？忍心看您幾個外孫流落街頭嗎？」

七嬸撥開李明巧的手。「別拿妳充滿罪惡的手碰我。」隨後，她深深地嘆了口氣。「我現在給你們一條路，就是讓馬小坡承擔所有責任，一個人把事情攬在身上，你們仍然過你們的日子，從此以後，我們老死不相往來。」李明巧再不是個東西，到底還是她的女兒，看著她死，她做不到。

事到如今，這也是最好的辦法，馬小坡雖然對外人沒有人性，但對自己的幾個孩子卻很寵愛，遂點頭道：「我答應。」

顧清婉便如拎小雞一般，拎著馬小坡去找里正，顧母攙扶七嬸一起去告狀，李明巧自然要跟上。

這件事本來就是事實，加上大晚上的，里正被吵醒就心情不好，聽完幾人的講述，當即把馬小坡關在柴房，只等明兒確定真相後再送去縣衙。

第二天清晨，里正便找來村子裡的幾名壯漢，挖出埋在豬圈裡的骨頭，又找來繩索，去後山山洞裡找李明丫的人頭。

當從山洞裡真找出李明丫的人頭時，那一頭長長的頭髮仍然完好無損，只是皮膚早已腐爛。

顧清婉把哭暈過去的七嬸救醒。

鎮上的百姓知道馬小坡的所作所為後，都朝他扔石頭，罵他是畜生、禽獸。

這種沒良心的人竟和他們住在一個鎮，真是太可怕了！不少人當即大喊，讓里正直接把馬小坡殺死推下山洞，來個一了百了。

里正是個懂法的人，自然不會聽從百姓的話，真把馬小坡推下山洞。

他從村子裡找來三輛牛車，一輛用來載馬小坡，一輛載顧家母女、七嬸和李明巧，他自己也一輛。

七嬸一路上抱著李明丫的屍骨，一直哭到縣衙，看得人心酸不已。

里正看到七嬸，也忍不住直嘆氣，天下父母，最不想見到的就是白髮人送黑髮人。

人證、物證俱在，到了縣衙，馬小坡便被關押進大牢，等上報朝廷，秋後就能處決。

回程的路上，七嬸仍然抱著李明丫的屍骨，她現在不哭也不鬧，變得安靜下來，這讓顧母特別擔憂，好在，她該吃還是吃，該睡還是睡。

到了馬河鎮，李明巧去扶七嬸下馬車，被七嬸一把甩開，只對里正道：「馬里正，能不能幫個忙，讓這小哥直接送我們回船山鎮？」

馬里正自然看到七嬸對李明巧的態度，其實這件事他也有些猜測，但既然七嬸自己都不說破，他一個外人也沒必要戳破。他抬頭看了看天色，道：「如今已是申時，馬口山那帶有老虎出沒，要不還是明兒再走？」

「不用了，放心吧，不會有事的。」七嬸待在馬河鎮一天，就會想起小丫死得慘，她身心受折磨，哪裡肯留下。

「馬伯伯，您儘管放心，有我呢，不會有事的。」顧清婉知道七嬸的心思，也理解馬里正的為難。

馬里正這兩天下來，也清楚顧清婉有些功夫，但還是不放心，又叫了村子裡一個叫馬開元的獵戶跟著。

從頭到尾，李明巧都被忽視，沒有人看她一眼。

整件事情，雖然李明巧沒有受到懲罰，但她後來的日子並不好過。

百姓們不是傻子，稍微一推敲，便知道是李明巧和馬小坡合謀殺死了李明丫，這種為了謀奪銀子，連親妹妹都能殺死的人，自然沒有人願意和她來往。

自此，李明巧被村人孤立，沒有打獵的收入，只有幾畝薄地，還有一些百姓故意糟蹋她地裡的莊稼，她也是敢怒不敢言，生活過得無比艱辛，當然這是後話。

一行人走到馬口山時，天色已經暗沈，他們只能就著夜色趕路，今晚一點月色也沒有，周圍漆黑一片。

遠遠地便聽見森林裡不平靜，只是牛到了馬口山口便不再前進，任由趕牛的馬堯怎麼鞭打在身，就是不肯朝前一步。

牛一定是感覺到前方有危險，死活不肯走。

眾人焦急不已，馬開元和趕牛車的馬堯坐在前面，他回頭看向三人道：「要不我們折回去？」

顧母沒有意見，雖然女兒曾經打死過老虎，但她還是害怕，夜色太濃，看不到東西，她也不想女兒犯險。

七嬸緊緊抱著李明丫的屍骨，她也知道，不能強行過去，否則大家都會被她連累，所以贊成馬開元的話，折回去，但是她卻不想去李明巧家裡。

馬開元知道七嬸的心思。「我家就在鎮口，今晚我們一行人就在我家裡將就一晚。」

顧清婉的想法和幾人不一樣，她本來就是要來打老虎掙銀子的，白天她還得花時間去找老虎的蹤跡，此刻老虎自己送上門，她怎會放過如此大好的機會？

牛車上有火把，顧清婉用火摺子點亮火把，拿起馬開元的馬刀，跳下牛車。「馬叔，麻煩您保護好我娘和七奶奶。」說罷，她縱身跳去幾丈遠，她不想經過娘的同意，若是和娘說，又要費口舌。

馬開元伸手想拉顧清婉，卻拉了個空，他沒想到還有人有這種身手，他知道對方只是一名還未及笄的少女，此刻卻見她如此淡定從容，毫無懼色地離開，心生佩服，同時也替她擔憂，畢竟這麼黑的夜裡，想要殺死一頭猛獸會比白天要難上許多……

顧母和七嬸也很著急，兩人開口喊時，顧清婉的身影已經消失在前方。

「月娘，小婉會不會有事？」七嬸此刻心裡自責不已，早知道她就不賭氣硬要趕路，若是顧清婉有個三長兩短，她怎麼跟月娘和愷之交代？

「我們現在只能選擇相信她。」顧母同樣擔心不已。

馬堯和馬開元兩人對望一下，只能看到對方模糊的輪廓，馬堯開口道：「既然她能說出這話，便表示她有自信，我們就在此等她吧。」說著，從木板中間抽出一根大煙桿，又從懷裡布袋中倒了一些碎煙葉，捲好放進煙斗，用火摺子點著大口大口抽著。

看著馬堯吞雲吐霧地享受著，馬開元只好點點頭。

時間越來越久，幾人越來越擔心，就在這時，只聽見一聲震破蒼穹的獸吼響起，隨後是鳥兒驚嚇，撲騰翅膀的聲音從林中傳出。

「月娘……」七嬸緊緊握住顧母的手。

「吼！吼！」一連兩聲吼叫聲過後，山林安靜下來。

所有人的心都提到嗓子眼，馬堯停止抽菸，馬開元的手不時落在腰間的匕首上，七嬸已經開始哭泣。

顧母的心也一點一點涼下來。

因為他們聽出，這兩聲獸吼，不是一隻獸發出的，而是兩隻！

時間一分一秒過去，樹林裡安靜得出奇。

七嬸再也忍受不了內心的自責和痛苦，哇一聲便哭出來。「月娘，都是七嬸對不起妳啊！」

馬堯和馬開元也內心沈重，別說顧清婉那樣的小丫頭，就算是馬開元這樣有經驗的獵戶，想要從兩頭成年野獸口下逃生，也是不可能的。

顧母的心是最痛、最沈的，她眼淚無聲地落下，顫抖著聲音道：「我們折回鎮上。」她現在要做的就是讓幾人都平平安安，因為她相信，這是小婉希望的。

「月娘。」七嬸抱著顧母，哭得肝腸寸斷，她最瞭解月娘此刻的心有多痛。

「大妹子，要不我去找找？」馬開元嘆了口氣，看向一片安靜的山林。

「不，不用了，我的小婉一定不希望我們再冒險。」顧母將眼淚往肚裡吞，她反抱著七嬸，拍著她後背安慰。

馬堯沒有辦法，只能準備調轉牛車，折回馬河鎮。

就在這時，牛不安地扭動著，牛車也晃悠得厲害，幾人都險些甩下牛車。

「這死瘟牛在做什麼？要不是這死瘟牛，小婉丫頭也不會有事！」馬堯氣得拿起鞭子就朝牛背上抽，牛痛得「哞哞」直叫，在這夜深人靜的山谷口特別突兀。

「娘。」一聲清脆的聲音在前方路上響起。

幾人都不敢相信，害怕是幻覺，此刻漆黑一片，馬開元不相信鬼神一說，有點不敢確認地輕喚道：「是小婉丫頭嗎？」

「馬叔，是我。」顧清婉的聲音又近了一些，牛兒越來越不安，扭得更凶。

「是小婉丫頭！」七嬸也反應過來，馬開元已經把火把點亮，頓時周圍亮起來。

幾人就著火光看向前方，只見顧清婉拿著一根木棍，擔著兩頭龐然大物走來。

他們以為眼睛花了，揉了揉眼睛，只見顧清婉已經走到近前，牛兒嚇得往旁邊躲，實在是她肩頭的兩頭老虎氣味太恐怖。

顧母卻在這時跳下牛車，走到顧清婉面前，揮手就朝她臉上搧。

「啪——」清脆響亮的耳光在夜色中響起。

馬開元和馬堯相視一眼，七嬸心痛地開口。「月娘，妳這是做什麼？為什麼要打孩子？」

只見顧母並未回答，而是蹲下身，哭了起來。

他們明白，顧母才是最心疼顧清婉的那人。

顧清婉明白她讓娘擔心了，她放下肩膀上的兩頭老虎，蹲下身抱著娘。「娘，對不起，女兒讓您擔心了。」

「嗚嗚嗚——」顧母趴在女兒的肩膀痛哭，把那滿心的擔憂都給哭出來。

「娘，以後我再也不會讓您擔心了，別哭，好不好？」顧清婉安慰道。

「大妹子，孩子沒事，妳就別傷心了。趕緊上車，我們繼續趕路。」馬開元開口勸說。

顧母是個明白事理的人，抹了把眼淚，站起身，朝牛車走去。

顧清婉向馬開元投去一個感激的眼神，隨後將老虎擔起，走向牛車。

如果不是有馬堯拉著，牛早就要跑了。

顧清婉將兩頭老虎放在牛車一邊，讓七嬸和娘坐另一邊，她坐在兩頭老虎中央——這兩頭老虎還沒有死。

兩頭老虎被她用雞屎藤綁著，又用巧勁把牠們打暈。

因為活著的老虎要比死掉的值錢，所以她才只是把兩頭老虎打暈。

牛感覺到老虎的氣息，害怕得四蹄發軟，好在沒有停止不前，慢悠悠地走著，興許牛知道，危險的氣息一直在牠身後。

有兩頭老虎鎮壓，牛車走過馬口山，便再也沒有遇到什麼野獸，就算有，也不敢靠近。

牛車上除了顧母，其餘三人都想知道顧清婉是怎樣做到的，但都不好開口。

顧清婉自然不會主動去說，她一直注意兩頭老虎的氣息，怕牠們突然醒過來，好在這一路還算平靜。

將近深夜子時，牛車才趕到船山鎮，走到鎮上，顧清婉便讓停車，她要處理兩頭老虎，這也是她一路上想的法子。

「娘，你們先趕車回去，我去把老虎處理一下，我會追上你們的，回去再跟您解釋。」

顧清婉擔起兩頭老虎，輕飄飄縱下牛車，便沒入夜色。

顧母這次表現得很平靜，只是淡淡地應一聲。

顧清婉擔著兩頭老虎，朝夏家米鋪方向趕去。在鎮上，她也就認識一個夏祁軒，雖然才見過他兩次，但她直覺夏東家不是壞人。

且上次救了夏祁軒，就算是為了這一點，他應該也會幫她保管這兩頭老虎。

第二十二章

心裡盤算著見到夏家的人該怎麼說，夏家大門已經在眼前，看著夏府高門大戶，她想了想還是繞到後門，擔著老虎敲門。

敲了半天，才聽到一名小廝不耐煩的聲音在院子裡響起。「誰啊？大半夜的擾人清夢。」

顧清婉也覺得不好意思，但為了不讓村人當她是怪物一樣地圍觀，只能厚著臉皮應道：「小哥，麻煩您開門，我姓顧，是來找你們東家的。」

聲音如黃鶯出谷，清脆悅耳，小廝也沒想到敲門的會是個女子，隨後腦子裡一陣靈光閃過——姓顧的！公子可是交代過，一旦有姓顧的姑娘找上門，一定要以禮相待，不能怠慢，難道公子說的是此女？

心裡想著，小廝已經打開門閂，拉開門，正要邀請，陡然看到一頭老虎近在眼前，嚇得大叫一聲。「我的媽呀！」隨後，趕忙把門關上，雙腿發軟地靠在門後。

顧清婉也沒想到會嚇到人家，怪她粗心了。

「小哥，對不起，是我嚇到你了，老虎我綑綁好了，不傷人。」

小廝聽到她的聲音，才驚覺剛才失禮，好歹他也是大戶人家的下人，隨後強自鎮定一番，才打開門。「顧姑娘請進。」

「謝謝。」顧清婉禮貌地道謝，也沒客氣，擔著老虎便進了後門。

那小廝本以為只有一頭老虎，當看清楚是兩頭的時候，雙腿忍不住打顫，把門一關，趕忙撒腿就跑。「我去找夏大管家！」說完，不等顧清婉說話，已經跑得沒了影子。

顧清婉放下兩頭老虎，稍微整理一下衣裳，把凌亂的髮絲塞在耳後，她此刻沒有戴冪羅，冪羅放在牛車上。

直到覺得儀容不會太丟人，她才打量起周圍環境，雖然是夜深人靜，房簷上卻仍然點著燈籠，能看清楚院子裡的一切，有一座假山和不少青竹。院子裡開著花朵，散發陣陣幽香，清新宜人。

她無聊地打量院子裡的景物，卻不敢亂走，以為會等很久，豈知不到一盞茶工夫，便見一名老頭領著兩名小廝走來。

夏大管家五十多歲，什麼風浪都見過，當看到兩頭老虎被綑綁著，再聽到小廝的彙報，心裡已經對眼前的少女心生佩服，他笑著走過來。「您就是馬蹄前救下公子的顧姑娘？」

「不敢當。」顧清婉笑著回道，抬頭正好看到夏大管家，驚訝道：「是您！」

就是那日他們父子三人撞到的老人。

「顧姑娘見過我？」夏大管家微微有些疑惑，他可不記得什麼時候見過這樣的少女。

她點點頭，將那天的事情說出來。

「原來是您啊。」夏大管家對那父子三人的感情可是羨慕得緊，經顧清婉這麼一提，便想起來了。

「夏大管家，您也別您啊您的稱呼我，怪不自在的，您也知道，我姓顧，名清婉，若是夏大管家不嫌棄，叫我一聲小婉也成。」顧清婉笑道。

「好，那以後我就稱呼妳小婉，那妳就稱呼我一聲海伯。我的身分妳恐怕也猜到了，我是夏家的管家。」夏海笑道。

「海伯，夏東家可在？」夜色更深，顧清婉不想拐彎抹角，開口問道。

「公子去外地收購米糧了，還要些時日才會回來。」夏海說著，瞧見顧清婉小臉上的失落之色，趕忙開口道：「不過臨行前，公子交代過，只要是小婉妳來了，不管什麼要求，我們都要竭盡全力幫忙。」

「你們又沒見過我，怎麼知道夏東家說的是不是我？」顧清婉一臉好奇。

夏海和兩名小廝都笑了，隨後夏海解釋道：「整個船山鎮，姓顧，且力大無窮的恐怕只有妳一人，我可是聽過妳單手抱著公子，單手將馬打量的英勇事蹟。」

顧清婉被這麼一說，有些不好意思，又聽夏海繼續道：「剛才我聽小安說妳毫不費力地擔著兩頭老虎進來，便猜想到是妳了。」

「既然海伯知道我，那我也不客氣了，這兩頭老虎想請你們幫忙問問可有人要？若是有人要，你們幫忙賣掉，價錢你們可以從中提取兩成，若實在沒人要，我就把牠們賣到肉店裡。」顧清婉知道夏家人脈廣，但也沒有挾恩圖報的意思。

「放心吧，此事包在海伯身上。」夏海有顆七竅玲瓏心，從顧清婉的言語中，便明白她無挾恩圖報的心思，只是覺得他家公子可信任，才來找公子幫忙。

還有他調查過，對顧家在村子裡的情況都一清二楚，村民們根本不知道顧清婉的力量，她這麼晚來，恐怕是不想讓村人發現她的力量。

天下之大，無奇不有，大夏王朝數百年，出過不少能人異士，他倒是不好奇顧清婉的情況。

「海伯，您這兒可有鐵籠子？這兩頭老虎是活物。」顧清婉生怕自己一走，老虎醒過來傷了夏家的人，那她就罪大了。

「啊！」夏海和小安、小順聽到顧清婉的話，都驚了一把，原來這兩頭老虎還沒死！這樣一來，這老虎的價格可就大大提升好幾倍。小安和小順都是下人，想到一頭活老虎的價格，兩人眼裡都出現羨慕。

夏海最先反應過來，開口道：「妳也知道，我們這種人家的身分不適合造籠子之類的工具，不過倒是有裝載糧食的貨櫃，修改一下，關兩頭老虎應該不成問題。」

「那海伯可否帶我看看貨櫃，我把老虎安頓好才能安心離開。」顧清婉看向地上仍然昏迷的兩頭老虎。

「好，跟我來。」夏海也明白，兩頭老虎若是活物，如今府內沒人能制得住，只能讓顧清婉處理好。

顧清婉跟在夏海身後，七拐八拐的，有錢人家就是奢侈，一個院子裡建這麼多迴廊，他們也不嫌多了走得累。

當顧清婉感覺要被拐暈時，夏海帶著她走到一間庫房前停下，從懷中拿出一串鑰匙，把庫房的大門打開，門一打開，便有一股米糧的香味襲來，他走在前面，顧清婉連忙跟上。

「這些都是糧食？」顧清婉一進門，便看出庫房很寬敞，很多麻布袋裝得滿滿的堆積如山，令她驚訝不已。

「不錯。」夏海頭也不回地應道。

天哪……大夏王朝雖然很多地方富裕，但有的地方仍舊鬧饑荒，若是那些人知道夏家米鋪有這麼多糧食，一定會奮不顧身地前來搶奪。

「小婉，妳看看這個可行？」夏海的聲音打斷顧清婉的思緒。

顧清婉看清楚眼前的貨櫃，根本不是她想像的那種封閉式櫃子，而是木籠，且是上等木製造的，關兩頭老虎應該不成問題。「有這東西就省事了。」說著，顧清婉直接抓起木籠，朝外面走去。

夏海看到顧清婉輕而易舉地舉起四個大漢抬都費勁的木籠，心裡驚嘆不已，更多的是佩服。

把木籠抬到後院，顧清婉為防止老虎撞爛籠子，又叫夏海找來兩條鐵鍊，把老虎拴到兩棵李子樹，再加上籠子，就萬無一失了。

安排妥當後，顧清婉道了謝便告辭。

顧清婉離開夏家後，便提氣不停飛奔，用最快的速度追上牛車。

當看到她的身影，沒有人感覺到驚奇，一個能輕易制伏兩頭老虎的人，自然有一身本事。

不知道顧母和三人說了什麼，他們一路上都沒追問。

從鎮上到河對岸的路上，用了不到一盞茶工夫，在路旁有個六十多歲的老人，專門幫河岸兩邊村落的人保管牛車、馬車之類。

馬開元和馬堯本打算折回去，七嬸竭力挽留，說怎麼樣也要休息一晚再回，這麼晚趕路也不安全，兩人最終決定跟著三人回村子。

顧清婉揹著七嬸過河，再從河裡爬到村子，她背脊都一陣陣冷汗直冒，七嬸手裡一直拎著李明丫的屍骨，叫她怎麼不害怕？

好不容易熬到村子裡，放下七嬸那一刻，顧清婉感覺像放下一座山。

七嬸帶著李明丫的屍骨，不好去顧家留宿，只能回去。

顧母不放心七嬸，硬是要陪她回去過夜，讓顧清婉帶著馬開元和馬堯到他們家裡休息，讓顧父招待兩人。

顧母雖不放心顧清婉一人帶著兩個大男人單獨回去，但是相信依女兒的能力不會有什麼問題。

顧家的大門被敲響，半晌後，顧父的聲音從院子裡響起。「誰啊？」聲音裡帶著幾分警戒。

「爹，是我。」顧清婉應道。

「小婉。」顧父聲音裡的警戒消失，腳步聲變得急切。

大門打開，顧父手中的蠟燭差點被風吹滅，他趕忙用手捂住，沒看清外面情況，開口問道：「妳娘呢？」「一言難盡，先進屋再說。」顧清婉說著，對身後兩人道：「馬叔、馬爺爺快進屋。」

顧父這才看到有客人，連忙招呼進門，聽女兒說這話，想必妻子今夜不會回來，便將大門順手關上。

顧清言這時也從西北屋出來，著一身褻衣褻褲，披著外衫，揉著眼睛喊道：「姊姊。」

聽到身後的喊聲，顧清婉回頭看到弟弟。「怎麼起來了？」

「聽到妳的聲音了。」顧清言看向屋子裡。「他們是誰？」

「他們是送我們回來的人。這麼晚了，有什麼事明兒再說，你趕緊去睡覺，睡醒姊姊告訴你一件好事。」顧清婉說完，便挑簾進屋。

這話一出，引起顧清言的好奇心，但明白現在不是說話的時候，只能回屋繼續睡覺。

「爹，馬叔和馬爺爺交給您了，我累了，先去睡覺。」顧清婉對顧父說著，又對馬開元和馬堯說了一聲，讓他們也早些休息，便出了東北屋的門，回自己的房間。

睡了不到一個時辰，顧清婉便醒來了，看到外面漸明的天，她不得不坐起身，揉著澀得不行的眼睛，強迫自己起床。

灶房裡已經有了聲音，她挑簾進去，顧父正在燒水，準備淘米。

「怎麼不多睡會兒？」顧父看到她眼睛紅紅的，心疼地道。

「睡不著。」她從桌上拿起一個竹筒，從裡面抽出一把豬毛紮的牙刷——這是顧清言做的，全家人都有，比柳條好使，蘸上少許鹽，舀了水刷牙。

洗漱梳理好，她便幫著洗菜，馬開元和馬堯待會兒起來就得趕回去，得在兩人起床前把飯菜做好。

「怎麼去這麼幾天？妳娘為何不回來？」顧父把米倒進滾了的熱水裡，用勺子攪動，以防沾鍋底。

顧清婉把馬河鎮的事情詳詳細細地說出來，聽得顧父都目瞪口呆。

「那妳七奶奶恐怕很傷心。」顧父嘆氣道。

「可不是。」顧清婉回道，又把七嬸執意要回來的事說出，顧父理解地點頭。

之後便是她一個人獨闖山林，制伏兩頭老虎的事……

「妳娘打妳是對的，若是爹當時在場，也會打妳。」顧父聽到女兒講述打虎的經過，開口道，他能體會妻子當時那種擔憂害怕的心情。

此刻，就算聽女兒講述，他都一身是汗。

顧清婉嚅動了兩下嘴唇，沒有反駁，繼續講著一路上的事，直到把兩頭活老虎送到夏家。

「這樣做是對的，只是麻煩人家不太好，人家會不會以為妳是挾恩圖報？」顧父凝眉問道。

「應該不會吧。」顧清婉想到夏大管家的態度。

「姊姊，你們在說什麼？剛才我聽到活老虎。」顧清言沒梳洗，一臉驚奇地挑簾進來，剛才他急著去茅房，沒聽清楚，此刻滿心的好奇。

顧父看到兒子的樣子，故作生氣道：「快點洗漱，有客人在，讓人看笑話。」

「好吧。」顧清言萎靡地垂著肩膀，走到顧清婉旁邊時低聲道：「待會兒好好給我講講。」

顧清婉寵溺地笑著頷首。

這時，院子裡有說話聲，是馬開元和馬堯，顧父連忙走出去招呼二人洗漱，隨後陪著閒聊。

顧清婉繼續做飯，等到顧清言洗漱完進來，她已經把要炒的菜備好。

當顧清言聽完顧清婉的話，已經興奮得想要大吼大叫。

可是激動過後的他又拉下臉來。

顧清婉不明所以，難道這就是傳說中的樂極生悲？

「姊姊，這幾天偶爾會出現來看病的人，而且都不是村子裡的，爹說有些是鎮上的人。」顧清言將這幾日的情況告訴顧清婉。

「有沒有發現什麼異常？」顧清婉一臉後怕，難道前世的陷害還要再次上演？

「有。」顧清言疑惑道：「每個人都確確實實有病、規規矩矩的，而且都是爹問情況他們答，只是每個人走的時候，給的銀子都是看病的兩倍，就是這點有些反常……」

「那爹收下了？」顧清婉聽著也覺得奇怪。

「不收也沒辦法，那些人走時直接將銀子丟下就走，若是爹不要，就從門口丟進院子，人一溜煙就不見了。」顧清言想了好幾天，也沒弄清楚是怎麼回事。

「除了這些，還有別的情況嗎？」顧清婉想問的是羅雪容家。

「這倒是沒有。」顧清言搖頭。

顧清婉挑眉，沒想到羅雪容這麼能忍。羅雪容不主動，他們家便一直沈默，這事先放著，目前她最擔憂的還是那些莫名其妙的病人。「那些人來看病，你就沒有試探？」

「妳能想到爹也能，爹每個人都試探了，就是什麼也問不出來，所以收的銀子根本不敢花。」顧清言想到顧父這兩天的樣子，覺得好笑。

這話一落，顧清婉腦子裡有道靈光閃過，這事會不會和夏祁軒有關呢？雖然才見過兩次面，但感覺像那人的作風，難道是為了感謝她搭救之恩？

不過這只是初步推敲，並不能確定，也不能排除是有人想要預謀什麼。

姊弟二人都有心事，灶房裡安靜下來，只有顧清婉忙碌的身影。

顧母回來時顧清婉已經做好飯菜，在院裡擺了一桌，顧父陪著馬開元和馬堯吃，母子三人在灶房裡隨意吃了點。

吃完飯，馬開元、馬堯回去，顧父陪著二人出門，將他們送到河對岸領取牛車，好付保管費。

姊弟倆便去餵蠶，看著白白胖胖的蠶，顧清婉就像看到了銀子，往年他們可就靠這些東西養著。

餵完蠶出來，顧父正好進門，看到姊弟倆各自忙活著。「你們的娘呢？」

「娘去七奶奶家幫忙了。」顧清婉看了爹一眼回道。

「言哥兒。」顧父抬了板凳坐在顧清言旁邊，臉上是肅穆的神情。

「怎麼了，爹？」顧清言不明白爹一本正經地要說什麼?顧清婉也有些好奇，穿針的動作慢了不少。

「爹能看出你們姊弟倆如今都有自己的想法，不管做什麼都不需要我和你們的娘操心，這轉變來得有些快，爹娘都還沒適應過來呢。」顧父說著，苦笑道。

姊弟二人相視一眼，並沒接話，等著顧父繼續說。

第二十三章

「爹的意思是，以後不管你們做什麼，爹娘都不會阻止，也不會反對，所以你們就放心大膽地去做。」顧父的話，讓姊弟倆都目瞪口呆。

不愧是他們崇拜的爹，太開明了。

「娘管姊姊那麼嚴厲，娘應該不會同意吧？」顧清言還是有些擔心娘那邊，此刻不要聽到他爹這麼一說，就白高興一場。

「你娘那兒有爹我呢。」顧父笑道：「其實上次賣老虎的銀子，爹是打算在鎮上買個院子，後來聽你那晚提起，說打算開飯館，爹就有了想法。前幾天託人打探店鋪的事，估計再過幾天便有消息。」

「爹！」顧清言實在太高興了，已經不知道該說什麼來表達激動、興奮的心情。

顧清婉雖然沒有說話，但她臉上的笑容能看出她也很開心。

「本來爹已經做好準備，就算借銀子，也要讓你們把飯館開起來，但現在不用了，小婉昨晚打的老虎，只要賣掉，銀子多少都有。」顧父笑道。

「爹，您為什麼會同意？」顧清言有些想不明白，若是在別人眼裡，他和姊姊只不過是半大的孩子啊。

「因為你們有自己的想法和見解，已經是不需要躲在爹娘羽翼下成長的孩子，雖然爹不知道什麼令你們姊弟二人一夕成長，但爹知道，你們永遠是我顧愷之最疼愛的孩子。」

顧清婉和顧清言已經震驚得不知該說什麼了，發現這是第一次真真正正地認識他們的爹。

顧清言一直猜測爹不是一般人，此刻更是有這樣的想法。

姊弟倆心裡雖然都有疑問，卻很有默契地沒有開口問，他們相信，總有一天，父親會親自告訴他們。

顧父說完這番話，便離開家，說是去七嬸家裡幫忙挖墳地。

「姊姊，我感覺爹娘不簡單。」等顧父一走，顧清言放下書，沒有心思再看。

「別多想，就像爹說的，不管我們怎麼改變，我們都是他和娘的孩子；同樣的，他們不管是什麼人，都是我們的爹娘。」顧清婉朝大門走去，準備把門關上。

這時，門口出現幾名男男女女，朝他們家院子裡探頭探腦，當看到顧清婉時，為首一名五十左右的漢子臉上強自扯出一抹笑容。「小妹妹，請問這裡是顧愷之家嗎？」

顧清婉凝眉，心裡雖然疑惑，還是淡淡地點頭。「正是，請問您們是？」

顧清言也聽到說話聲，走了出來，看到門口幾人，頓時心生厭惡，就是莫名不喜。

「這麼說你們倆是愷之的孩子？」那漢子一臉喜色，作勢就要朝顧清言抱來，顧清言忙避開，冷冷地瞪漢子一眼。「你們是誰？」

「你看，我這是太高興，忘了給你們介紹了。我是你們的大伯顧愷先，他是二伯顧愷才，她是三姑顧愷梅，四姑顧愷蘭，五姑顧愷菊。」顧愷先熱情地介紹著。

姊弟倆相視一眼，從彼此眼裡都看到戒備。

雖然心中不喜，出於禮貌，顧清婉還是讓開，請幾人進門。「您們先坐著，我去找我爹娘。」隨後給弟弟打了眼色，轉身離去。

顧清婉見到顧父時，顧父正和村子裡幾名漢子拿著鋤頭，準備去地裡，她連忙小跑過去。

幾名漢子也見到顧清婉，都笑著喊她，她都一一回禮。

顧父自然也看到她，見女兒的眼神好像有事，於是走到她前面，低聲問道：「怎麼了？」

「爹，家裡來了幾個人，說是我們的親伯伯和姑姑。」顧清婉聲音壓得極低，只有顧父能聽見。

這話一落，顧父臉色突然沈下來，他點點頭。「妳去找妳娘，她在東屋陪妳七奶奶。」

顧清婉依言朝東屋走去，顧父歉意地對幾人道：「不好意思，家裡有點事，得回去一趟，辛苦你們幾位了。」

幾人都看出顧父的臉色不太好，理解地點點頭。「去吧，交給哥兒幾個。」

這時，顧清婉牽著她娘從東屋出來，顧母和顧父相看一眼，兩人的眼神裡都出現烏雲密布。

離開七嬸家，走在路上，左右沒旁人，顧母才開口。「怎麼會突然找上門來？」

「不知道。」顧父也很不理解，他五歲的時候就被他爹娘賣人，那家人開始時沒有孩子，還會好好待他，後來那家人有了自己的孩子，便把他趕出家門，若不是師父收留，傳以醫術，他說不定早沒了。

還有一點，他隱居此地的事情是祕密，他們怎麼會知道？

「爹、娘，到底怎麼回事？難道他們真的是我的伯伯、姑姑？」顧清婉看出爹娘的臉色都不太對。

顧母一直都知道顧父的身分，也明白他這些年來心裡的痛，便將顧父的事情告訴女兒。「妳爹是顧家最小的孩子，那時顧家窮得揭不開鍋，就把妳爹賣人，起初那家人沒有兒子，對妳爹還算不錯，但那家人自己有了兒子，就把妳爹趕出家門。」

這和想像的差別有點大啊，顧清婉不敢置信地看著爹的背影，在她心裡，像爹這種開明的父親，家世應該不會簡單，但沒想到會是這樣，頓時心疼起爹。

本還想追問爹後來是怎麼長大的，就到了家門口。

顧清婉只能將心裡的疑問吞進肚子裡。瞧見王青蓮從灶房裡挑開門簾，露出那張齙牙嘴來，和她娘打了聲招呼，好像是在燒開水，打算給這幾個來者不善的人泡茶水喝。

顧愷先和顧愷才兄弟倆和顧愷之說話，顧清婉正邁開步子朝灶房走去，瞧見顧愷梅、顧愷蘭、顧愷菊三人說笑著從她屋裡走出來。

三人見到顧清婉，不自覺地攏了攏袖子，露出友好的笑容。「小婉，妳娘回來了嗎？」

顧清婉當然看到三人的小動作，頓時有種不好的預感，平時除了娘，沒人會進她房間。她平時攢的銅板全放在枕頭下，但此刻眾目睽睽之下，若是她跑進屋子查看，一定會被說是無禮、沒教養，只能忍下心裡的難受，禮貌地點頭。「娘在灶房。」

「哎喲，我們還沒見過愷之的媳婦，走，我們去看看。」三姊妹邊笑邊扭著腰肢朝灶房走去。

聽到這些，顧清婉嗤之以鼻。

顧清言在暗中給顧清婉打眼色，眼裡滿滿都是怒火，不用說，也知道幾人一定是說了什麼，讓弟弟不悅。

顧清婉並沒表現在臉上，看到擺在板凳上的鞋底，她靈機一動，趕忙走過去，做出不好意思的樣子，把鞋底和針線收起，拿回屋子裡。

一回到屋子，她第一查看的當然是枕頭下的幾十個銅板。

枕頭掀開，平時鼓脹的荷包此刻乾乾癟癟地躺在那裡，頓時心裡怒氣噌噌地往上冒。幾個小家子氣的女人，連幾十枚銅板都不放過！

隨後她又打開櫃子，裡面衣物被翻得亂七八糟。

深呼吸好幾次才勉強壓下心裡的火，出了房門，她又換上淺淺的笑容。

灶房裡傳來幾個女人的笑聲，顧清婉咬牙暗恨不已，正好迎上弟弟的目光，姊弟二人相視一眼，傳遞了訊息。

「小婉。」顧母的聲音在灶房裡響起。

顧清婉連忙走過去，挑簾看進屋子，望向她娘。「娘，您叫我？」

「嗯，去拿兩塊肉來，待會兒做上幾樣菜。」顧母說著，一邊圍著圍腰布。

顧母的話音落下，顧家姊妹三人臉上有些不自然。

顧清婉假裝沒看見，她應一聲，朝堂屋走去，灶房裡傳來顧愷梅的聲音。「小婉被月娘妳教得真乖。」

隨後是顧母謙虛的話語。

顧清婉進去堂屋，將幾個女人的聲音隔絕。她爬上樓梯，這種隔層小樓，家家戶戶都有，用來晾乾收回來的莊稼，只是顧家沒有莊稼可收，只能將燻好的肉放在隔層的房樑上掛著，防止老鼠或貓偷吃。

當顧清婉看到桿子上只剩下孤零零的一塊肉時，拳頭攥得咯吱咯吱響，這哪裡來的是親戚？明明是不要臉的土匪！難怪弟弟的臉色那麼難看。

但是為了爹娘，只能先忍著，主要是還不知道爹是什麼想法，畢竟一個從小失去家人的人，內心是很渴望認祖歸宗的。

壓下內心裡的熊熊怒火，顧清婉拿著那塊肉下樓，顧父見到她時問道：「怎麼才拿一塊，這麼多人哪夠吃？」

爹啊，沒有肉要怎麼拿啊？顧清婉想要回話，卻被顧愷先搶先道：「不，不需要太多，我們幾個都不愛吃肉，少弄一些，弄多了，壞了可惜。」

聽到這話，姊弟倆差點內傷。不愛吃肉的話，你們拿走我們那麼多的肉，拿去給狗吃不成？

既然顧愷先開口，顧父也沒勉強，畢竟那些野豬肉都是女兒弄回來的，留下給孩子偶爾補補。但他哪裡知道，所有的野豬肉、兔肉、野雞肉都被幾個哥哥姊姊打包好了。

顧清婉沒再說什麼，拿著肉進了灶房，把肉放在案桌上。

顧家三姊妹見顧清婉沒有說什麼，臉上露出得意的笑容。

顧愷梅笑道：「月娘啊，咱們的爹娘身體不太好，所以我們幾個把你們家樓上的肉都裝上，準備回去孝敬爹娘，妳不會生氣吧？」

顧清婉在心裡深呼吸、深呼吸。

見過無恥的，就沒見過這樣無恥的，再也找不到這樣的人，竟然會找出這種冠冕堂皇的理由！顧愷梅都說要拿去孝順那兩個老的，如果說不行，一定會被冠上不孝的名頭。

顧母聽到這話先是一怔，旋即露出端莊得體的笑容。「孝敬爹娘是應該的，月娘怎麼會生氣。」

王青蓮是來幫忙的，剛開始她還以為這些人會幫襯顧家，現在聽來，這是來坑人家的，頓時心裡對這些人不喜起來，但這是人家的家務事。她在衣角上抹了一下手，道：「月娘，我爐子上還燉著豬食，先回去了。」說著，人朝外走去。

「真是麻煩妳了，這麼忙還過來幫忙。」顧母笑道。

而後院中，顧清婉開始掐蒜葉。

顧清言知道顧家三姊妹把姊姊的幾十枚銅板都拿走，心裡同樣憤怒不已。

「姊姊，我們要不要整整他們？」姊姊能忍，他忍不下去，這實在太欺負人了。

「看爹的樣子，這幾人已經確定是他的哥哥、姊姊，我們不知道爹的想法，萬一爹想要認祖歸宗呢？我們若是做什麼，會不會不太好？所以，先忍一忍。」顧清婉此刻也只能這麼說。

顧清言擔憂地道：「我現在最擔心的是，這些人嘗到了甜頭，以後經常來。」

「那你說怎麼辦？」顧清婉蹙起眉頭。

「就按照妳說的，先忍這次，若是再來做什麼過分的事，我們就給他們顏色看看。」顧清言此時也想不到好辦法。

顧清言挑簾進了灶房，看了一眼外面，壓低聲音道：「娘，待會兒有時間您進屋看看，她們三個進過爹娘和姊姊的房間，姊姊的幾十枚銅錢已經給她們瓜分了。」

顧母聽到兒子的話，險些切到手指，心裡有氣，但不能當著孩子的面表現出來。「沒事，以後說不定她們就不來了。」

「希望吧。」顧清言嘟囔一句。

「娘，我發現此事有蹊蹺。」顧清婉見到幾人的時候便有這想法。

「什麼？」顧母問道，顧清言也看向姊姊。

「不管他們是不是我們的親人，我們都得小心。爹已經離家這麼多年，他們是怎樣肯定爹的身世的？如果沒人指引，肯定找不到我們家。」顧清婉的話，讓母子二人心裡都生出濃濃的警惕。

「先看著。」顧母將切好的肉片弄到碗裡，淡淡道。

母子三人說著悄悄話，飯菜也做了出來，擺了兩桌，男子一桌，女子一桌。

本來顧清言心裡有千萬個不願意和顧家兄弟坐的，但為了聽取消息，只得忍著胃中翻滾的不適和他們坐在一起。

而顧清婉她們這桌更是鬧心。

「月娘啊，好在妳是嫁到我們家來，不興規矩，若是嫁到有錢有勢的家裡，這吃飯也有一套，婆家人吃著飯，這做媳婦的都得在一旁添飯布菜。」顧愷梅端著飯，用嘴吸了一把筷子，便伸到盤裡挾了大塊肉放在碗裡吃起來，一邊吃一邊說。

緊跟著是顧愷蘭、顧愷菊，一人一筷子下來，盤子裡已經所剩無幾。

看得顧清婉心裡一陣吐血，這叫不愛吃肉？當即回道：「沒想到三姑還有閒心懂有錢人家的規矩，我自出生開始便三餐不繼，如果不是村子裡好心人救濟，我們家都不會有今日。娘整天為了生計焦頭爛額，哪有心情去瞭解有錢人家的規矩？」

顧清婉這話乍聽沒什麼深意，若是仔細推敲，便明白裡面暗含嘲諷。誰叫顧家兄弟姊妹明明家境不好，卻不好好奔波前程，反而學那些有的沒的東西，此刻竟然還給她娘說規矩！

當顧清婉開口的時候，顧母原本能阻止，但她卻由女兒說完，皆因她心裡有氣。

這三姊妹真不是東西，第一次到人家家裡，親都沒認，便自作主張拿走東西，連她女兒攢的幾十枚銅錢，這幾個女人都拿走，現在又來給她說規矩。

但表面工夫還是得做，顧母故意瞪向顧清婉。「大人說話，一個孩子插什麼嘴？」

「沒事，沒事，孩子都喜歡實話實說。」顧愷梅笑得人畜無害，好似根本沒聽懂顧清婉話裡的嘲諷，說完，還以她那帶著唾沫的筷子從盤裡挾了一小片碎肉到顧清婉碗裡。「妳娘沒說妳什麼，別傷心，快吃。」

傷心妳個頭！顧清婉看著碗裡的那片肉一陣反胃，但總不能當著人家的面把肉丟了，那才是打人臉。

顧愷梅看到顧清婉低垂著頭，筷子也不動，以為她是被顧母嚇的，轉頭嚴肅地看向顧母。「月娘，妳看，把孩子罵得都不敢吃飯，這個做娘的怎麼回事？難道不知道孩子吃飯的時候，有天大的事也不能說她？這樣容易讓孩子腸胃不好。」

顧母連連扯出笑容。「說得對，是我做得不好。」隨後轉頭看向顧清婉。「小婉，快吃飯。」

顧清婉忍著噁心，把那塊肉吃進嘴裡，還做出一副好好吃的樣子。

頓時，屋子裡沒了說話聲，只有筷子和碗盤碰撞的聲音。

吃完飯，顧家母女收拾碗筷，那三姊妹抬著板凳去院子裡和顧家兄弟聊天。

顧清婉還得燒水給幾人泡茶。

顧母恐怕是被這幾人氣的，一句話也不說，坐在板凳上，不知道在想什麼。

「言哥兒，來。」顧清婉挑開簾子，朝坐在顧父旁邊的顧清言喊道。

「姊姊。」顧清言在聽幾人商量準備讓爹認祖歸宗的事，他挑簾走進灶房，看到娘心情不太好，才看向姊姊。「怎麼了？」

第二十四章

顧清婉站起身，姊弟倆附耳低語幾句。

顧清言拳頭攥得死緊，問道：「姊姊是不是想要……」收拾他們？

最後幾個字就算不用說出口，顧清婉也明白，她輕輕頷首，又在弟弟耳邊說了幾句。

顧清言點點頭，嘴角勾起淺笑，挑簾走出去。

不多時，他拿了一些荷葉進來，當然還有別的東西。

水一燒開，顧清婉便泡好茶端出去，讓幾個伯伯、姑姑們喝，當然，她爹也跟著喝了。

顧清婉本打算在灶房待到幾人離開，但爹不允許，說以後大家是親人，今日就當是認識、認識，大家坐一起說說話。

說的都是些沒有營養的話，顧清婉聽得昏昏欲睡，就提了一下認親的事，但對方態度不用說也知道，根本不是真心想要接受她爹。

隨後都是一些不著邊的閒聊，諸如顧愷先、顧愷才家裡有幾個孩子，接著就是三姊妹家的情況，大體都說了一些。

反正幾家人情況要比多年前好，聽到這裡顧清婉心裡更是不屑，條件好怎會幾塊肉都不放過，連幾十枚銅錢三個女人都還要瓜分。

「小婉丫頭怕是快要及笄了吧？」就在顧清婉滿心鬱悶的時候，顧愷梅談起了她。

「還有兩個多月。」顧母笑著替顧清婉回答。

「姑娘家一及笄，就得嫁人，到時給妳物色一個人品、才情、相貌都好的夫君。」顧愷梅笑道。

其他兄弟姊妹幾人也笑著點頭。

顧母和顧父相視一眼，心裡都有不悅。

顧清婉卻裝作不好意思地嘟囔一句。「我還沒及笄，說這話怪不好意思的。」其實她心裡嘔得慌，不知什麼原因，顧愷梅一說這事的時候，她就有種心悸的感覺。

「哈哈，小婉丫頭這是不好意思了。」顧愷梅幾兄妹都笑起來。

「對了，大哥，記得早些年娘就有寒腿，如今可好些了？」顧父忙轉移話題，不讓幾人說他女兒的事。

「沒有，這些年還越發嚴重。」顧愷先說到這事，臉上是真的出現愁容，眉頭緊皺，似能夾死一隻蒼蠅。

顧愷之點點頭。「那待會兒我給你們帶些藥回去，給咱娘用上，能緩減寒腿之症。」

「這好，再多拿些補藥。」顧愷梅樂呵呵地接過話。

顧家兄弟姊妹幾個不覺得這話有問題，但顧母和顧清婉姊弟就不那麼認為了，錢也取，肉也拿，現在竟然連藥也要，這家子都是土匪嗎？

幾人這一句、那一句地扯著，好不容易到了申時，兄弟姊妹不得不走。來的時候空著手，走的時候滿背簍，說的就是這幾人。

稍後，當顧父得知哥哥、姊姊們把他家的肉全拿走的時候，也愣了半晌，但他不可能發作在臉上。

顧清婉是最可憐的，還要收拾茶杯、茶水。這茶葉名為苦丁茶，山上到處都是，根本沒人要，一到春天，家家戶戶都會去採摘一些回來待客。

她負責洗茶杯的同時，顧清言在煮解藥——顧父跟著喝了不少茶裡的藤黃粉，若是不解毒，晚上一定拉到天昏地暗。

而東北屋臥房內，顧母此刻癱坐在地，滿臉是淚，捂住嘴哭泣。

顧父送完幾個兄長、姊姊回來，看了一眼灶房，卻不見妻子，便朝睡房走去，他想問問妻子的意見。

走進裡屋，便聽到妻子的哭聲，頓時有種不好的預感，趕忙走進去。

看到蹲坐在地上哭泣的妻子，顧父的心糾在一起，走過去蹲在她面前，低聲問道：「怎麼了？」

「你別碰我，我現在不想看到你！」顧母壓下聲音低吼，夫妻倆吵架，她不想讓孩子聽見。

「到底怎麼了?給我說說。」顧父不顧反抗，強硬地把她抱在懷裡。

顧母氣得在顧父的胸口上搥打。「我恨你，恨你，恨你!你那都是什麼鬼親戚，他們不是人，是土匪，是賊！」

「月娘，別激動好嗎？一會兒孩子都聽到了。」顧父緊緊抱著顧母，心疼地道。

「顧愷之，我告訴你，你要是認這些親戚，我就帶著孩子離開你。」顧母突然推開顧父，眼裡有著深深的無助和悲涼。

顧父已經有多少年沒有見過妻子這樣，曾經只有一次，就是他為了生計，不得不出外幫人做工，留下即將臨盆的妻子在家。等他歸家後，只見到滿地血水、摔爛的破碗——那是妻子用來割臍帶才摔爛的，當時窮得連剪刀都買不起——妻子虛弱地躺在地上，剛出生的女兒則躺在一件破衣裳上蹬著小腿。

他到現在也忘不了妻子那時的眼神，無助、悲涼、愛、恨、怨，各種複雜情緒匯聚在那雙黑亮的眼裡。

「月娘，告訴我，到底怎麼了？他們做了什麼嗎？」顧父最害怕的就是妻子、孩子都離開他。

「你的幾個好姊姊，她們拿走我娘的黑玉手鐲啊！」顧母氣得扯著顧父的衣領，搖晃著他，嘴裡歇斯底里地低吼著，眼淚如斷線珍珠般不停掉落。

「怎麼會？」顧父簡直不敢相信，那可是……

「怎麼不會？我沒想到你家有這種無恥卑鄙的人，不只偷走我的黑玉手鐲，還有我們家所有銀子，連小婉的幾十枚銅錢都不放過！」顧母無比憤怒，她的眼裡再也沒有往昔的溫柔。

「所有銀子？」顧父一陣頭暈目眩，他強撐著身體。「妳是說我們準備給孩子開店的銀子都拿走了？」

哭起來。

「不信你自己看，看看我們家現在可還能找出一個子兒？」顧母低吼道，隨後抱著膝蓋哭起來。

「我去追他們，把黑玉手鐲和銀子要回來。」顧父說著，便要往外走去，卻被顧母扯著褲腿，他轉頭看向她。

她抬起矇矓的淚眼。「罷了，莫追了，就當是遭小偷吧。我只求你看清他們的真面目，我不阻止你認祖歸宗，也不會妨礙你孝順你爹娘，但他們幾人，萬萬不能再有什麼瓜葛。」

「不行，那手鐲可是岳母留給妳的最後一樣東西，若是再被他們拿去，妳讓我怎麼面對妳？將來去了陰曹地府，又怎麼和岳母交代？」顧父說著，便要往外走，卻被顧母死死拉著。

「愷之，你的姊姊們絕不是善茬，你根本就要不回來，她們來個死不承認你該如何？」

「難道就這樣算了嗎？」顧父從沒有這麼無力過，幾十年沒有親人，一朝出現，竟然是這般境況。

「看他們的樣子，怕是還會再來，到時試探試探再說。」顧母咬著唇，強忍著心裡的痛。

夫妻二人的談話，被端著解藥進來的顧清婉聽得清清楚楚，她站在外面，半晌才反應過來，又悄無聲息地出了東北屋……

「太過分了，這幾個賤人！」顧清言聽完姊姊說的情況，一拳砸在牆壁上，手背頓時破皮滲出鮮血。

「你怎麼這麼衝動，痛的可是自己。」顧清婉拉過顧清言，便朝東屋走去。為顧清言上完藥，顧清婉一邊將藥收進櫃子，一邊道：「我去追他們。」

「我也去。」顧清言立馬站起身。

「不要，你留下，我去。待會兒爹娘問起，你也好遮掩，就說我去看梅花從她外祖母家回來了沒有。」顧清婉收拾好，從東屋裡出來，顧清言跟在身後，聽著她交代。

「梅花是誰？」顧清言一臉疑惑，自從穿越後，沒聽過這號人物啊？

「就像你說的那種關係，她是我的『閨密』。」顧清婉嘴角帶笑，笑意卻不達到眼底。

「好吧，切莫手下留情，讓他們記憶深刻最好。」顧清言淡淡說著令人背脊發寒的話。

顧家人雖說有馬車代步，卻中了顧清婉的毒，想要走快是不可能的，幾個人走走停停。

顧家在鄰縣全縣，要經過馬河鎮，同樣要翻越馬口山。

顧清婉也不沿路追擊，而是一路提氣飛奔，抄小路，準備先去馬口山給幾人準備點大禮。

顧家兄弟姊妹幾個沒有聽過馬口山有危險的事，幾人拉肚子一路走走停停，到了馬口山，天色已漸漸暗下。

「再這樣拉下去，我們今晚能不能到家還是個問題。」顧愷梅捂住肚子，痛苦地呻吟著。

「我們拉肚子拉得真是蹊蹺，你們說會不會是那母子三人給我們下了藥？」顧愷菊看向幾人。

顧愷先卻搖搖頭。「恐怕不是吧，他們吃啥，我們吃啥，也沒分別，他們下藥，就不怕毒到自己？我看應該是我們長期沒沾葷，水喝多了栽的。」

「我們喝的是茶水，又不是涼水，怎麼可能吃了肉拉肚子？」顧愷梅有些不同意大哥的話。

「不過也不排除他們給我們下藥。」顧愷先又道。

「哼，竟然敢給我們下藥，看下次去不弄得他家雞犬……不……寧，哎喲，這恐怕又是要拉上了，快停車，大哥！」顧愷梅是個睚眥必報的，此刻一聽這話，那還得了，當即就要發難，肚子卻不爭氣地一陣翻江倒海襲來，險些衝破屁門，當即抱著肚子喊停車。

車還未停穩，她已經等不及撥開樹叢，鑽進林子裡。

前方一棵大樹，正好能遮羞，她一點猶豫都沒有，快速跑過去，邊跑邊解褲帶。

就在她火燒火燎地準備脫褲子時，樹下盤著一條碗口粗大的蛇，頓時嚇得她雙腿一軟。

「娘啊！好大的蛇啊！」

即刻抓住褲腰便往回跑，但是肚子不爭氣，一陣抽痛，還來不及夾緊屁門，便一股溫熱噴射出來——這下好了，拉到褲襠裡了！算了！反正都拉了，也不在乎那麼一點，乾脆邊走邊拉！

「三姊，妳這是怎麼了？」顧愷蘭和顧愷菊聽到喊聲，正好兩人肚子也作怪，便鑽進林子來，卻瞧見顧愷梅提著褲子跑，走路姿勢還有些彆扭。

「好大的蛇！」顧愷梅指著樹下，把手放鬆一些，令褲子上的黏膩感沒那麼強。

「好臭！三姊妳拉到哪兒了？」顧愷蘭左顧右盼，生怕踩到。

顧愷梅面紅耳赤，支支吾吾。

顧愷菊是個心思剔透的，頓時明白過來，趕忙退後兩步，離顧愷梅遠些。「蛇在哪兒？」

「樹下面。」顧愷梅後怕地縮了縮脖子。

顧愷蘭膽子要大一些，從地上撿了一根棍子，慢慢朝大樹走去，探頭探腦，當看到樹下什麼也沒有，頓時放鬆下來。「哪兒有蛇？三姊妳眼花了。」

顧愷梅也不想解釋那麼多，現在她難受得緊。「四妹、五妹，妳們誰把褲子借我穿。」

「三姊，等我先解決再說，憋不住了。」顧愷蘭做出很著急的樣子，手忙腳亂地解開褲帶，當場脫下褲子一陣唏哩嘩啦。

顧愷蘭亦是如此，兩人拉完，拔了旁邊一把草，擦了擦屁股，提起褲子，沒有一點要把褲子讓給顧愷梅的意思。

顧愷梅見此，心頭頓怒，她好歹是姊姊，竟然這樣對她，當即怒聲道：「我說把妳們的褲子脫一條給我穿！」

「三姊，若是我們把褲子給妳了，我們怎麼辦？」兩人明顯不願意把褲子給她。

「待會兒妳們誰穿上大哥的袍子，不就能擋住了嗎？」顧愷梅看向兩人身上的褲子，瞧那架勢是想明搶。

「三姊，那妳穿上大哥的袍子不也一樣，為什麼非得要我們的？」顧愷蘭嘟囔一句。「除非妳把老六媳婦的手鐲讓給我，我就把褲子給妳。」

三姊妹雖然沒有什麼見識，但她們都清楚，顧母的手鐲絕非凡品。

「那是我先看到的，自然是我的，銀子不是都分給妳們了嗎？」顧愷梅又不是傻子，哪裡願意把那麼好的東西讓出去。

「聽三姊這話是想獨吞？」顧愷菊淡淡道。

「東西是我拚著得罪老六拿的，當然是我的。」顧愷梅毫不退讓。

「好啊，我去告訴娘，看妳能不能獨吞。」顧愷菊說完便朝樹林外走，剛走幾步，便見旁邊一條烏梢蛇吐著舌芯子看著她，嚇得尖叫一聲跑回來。

「三姊，我怎麼感覺不對勁啊。」顧愷蘭頓時縮了縮脖子，到處聽到窸窸窣窣的聲音。

「啊——」樹林外響起顧愷先的叫聲。

「快走！」顧愷梅也感覺到不對勁，再聽到顧愷先的聲音，有種不好的預感襲來，提著褲子便要往樹林外跑，剛走兩步，踩到軟中帶硬的東西，頓時小腿一陣疼痛襲來。

「是蛇啊！我被蛇咬了，快來拉我一把！」

顧愷蘭、顧愷菊都自顧不暇，沒人管她，兩人同樣被蛇咬到，聲嘶力竭地哭喊著，想叫喚顧愷先來救她們。

豈料喊了半天也沒人來，反而聽到外面亂糟糟的一片，頓時三姊妹感到一陣絕望。

「為什麼這裡到處是蛇啊？菩薩救命！」顧愷蘭一陣嚎天喊地。

躲在暗處的顧清婉冷冷地看著這一切，這些蛇當然是她的傑作，全是她從樹林捉回來的。雖然這些蛇都沒有毒，卻能讓三姊妹受不少罪。

而顧愷才和顧愷先同樣進林子裡拉肚子，遇到的卻不是毒蛇，而是野狼。

她提前將野狼準備好，看到顧愷梅進入右邊林子時，她便把狼拴到左邊林子，等到那兄弟二人進入林子，她在遠處把狼的繩子弄斷。

感覺差不多了，顧清婉看了顧家姊妹一眼，便朝顧愷先兄弟那邊跑去。狼是吃人，但她可沒想要這兄弟倆死。

左邊林子裡，顧愷先和顧愷才已經遍體鱗傷，狼狠狠地咬下他們幾口肉，此時顧清婉突然從天而降。「孽畜，休得傷人。」

話音落下，她揮動木棍朝野狼打去，本來她身上的氣息野狼就記得——顧清婉是牠懼怕的人類，還不等棍子上身，野狼便放下到嘴的肉，轉身便跑。

身受重傷的兩人逃過一劫，頓時淚流滿面。「謝謝活菩薩救命之恩！」

「活菩薩，你們說的是誰啊？」顧清婉故意粗嗄著聲音說話，像鴨子那般沙啞難聽。

不等二人開口，她便道：「你們不會說的是我吧？」

隨後哈哈大笑起來，把二人笑得一臉茫然，才聽她開口道：「我不是來救你們的，我是來打劫的，本來遠遠見到一輛馬車走來，在前面等著搶劫，怎知左等右等不見人，我才尋了過來，沒想到遇見這種事，快把你們的銀子交出來！」

兄弟倆聽到這番話，明白對方是這一帶的慣犯，本來身上的銀子也不是他們的，就當是破財消災吧，況且人家也狼口下救了他們。

「女俠，若是把銀子給妳，妳會殺掉我們嗎？」顧愷才比較擔心這個。

「本仙只要財不要命。」顧清婉不屑地哼道：「趕緊交銀子，別囉囉嗦嗦的。」

第二十五章

兩人看出眼前的人不耐煩，怕對方一怒之下殺了他們，忍著傷痛把銀子全部拿出來，恭恭敬敬地舉起。

「還有沒有？」顧清婉接過銀子，冷聲恐嚇道。

兩人趕忙對天發誓，說身上再也找不到半個子兒。

「算你們識相。」顧清婉似是信了兩人的話，像貪財鬼一般拿到手裡掂了掂，還拿了一塊放在嘴裡咬了咬，隨後揣進懷裡，準備要走。

「大仙，求求您再做做好事。」顧愷先想到對面林子裡的三個妹妹。

「什麼事啊？」顧清婉不耐煩地轉身看向顧愷先，嚇得顧愷才趕忙扯了扯顧愷先的袖子。

「求求大仙去對面林子裡救救小人的三個妹妹。」顧愷先作為老大，還是比較在意幾個小的。

「哦，她們身上有銀子嗎？」顧清婉一聽，露出財迷的樣子。

顧愷先連忙點頭如搗蒜。「有、有，她們三個身上的銀子還多一些。」

「有銀子事情就好辦了，交給我吧。」顧清婉說著，便朝林子外走去。

「大哥，你說她會不會到最後殺人滅口啊？」顧愷才很怕死，忍著腿被咬了兩口的痛，磨磨蹭蹭地站起身。

「應該不會，你沒看到官府都沒人通緝她，這說明並沒有出過人命，而且你看她，在林子裡就像在自己家一樣，可見她一定是這裡的慣犯。」顧愷先腦補很偉大。

「大哥，這林子裡全是野獸，我們這才進馬口山便如此，前面還有好長一段路，要不要等會兒我們求求她，護送我們過馬口山？」顧愷才扶起顧愷先，慢慢朝外面走著，一邊說道。

「這倒是好，問題是人家會不會這樣做？」顧愷先心裡沒底，但感覺這賊還算有些良心，倒是可以試試。

右邊林子裡，三姊妹身上已經被蛇咬了好多口子，都以為要死了，趴在地上哭嚎。

顧清婉看到這畫面，嘲諷地笑了笑，隨後故意踩到木棍發出聲音。「妳們三個就是對面兄弟倆的妹妹？」

三姊妹聽到說話聲，抬頭看去，看到一個膀大腰圓戴著冪羅的女漢子，顧愷梅當先反應過來。「是的，女俠士請救救我們！」

顧清婉看起來膀大腰圓是她用衣裳塞的，這樣做避免對方看穿她的身分。

聽見顧愷梅的話，她一動不動，朝三人伸出手，動了動手指。「聽妳們兄長說有銀子和首飾，我才過來的，先把銀子、首飾交出來，我再救人。」

意思很明顯，不給銀子不救人，首飾是她自己加上去的，目的當然是黑玉手鐲。

三姊妹身上疼得要命，周圍還有不少蛇竄來竄去，此刻只想趕快離開這鬼地方，一點猶豫都沒有，便把銀子交出來。

但顧愷梅卻不把手鐲交出來。

顧清婉掂了掂銀子，語氣裡全是不滿。「這裡只有銀子，首飾呢？妳們三個是女人，我可不相信不佩戴首飾，不管金的銀的玉的都交出來，快點！」

「女俠，菩薩，我們真的沒有了，妳就救救我們吧！」顧愷梅趴在地上一動不敢動，她的褲子沒繫腰帶，掛在大腿上，一陣陣惡臭從裡面散發出來。

將銀子揣進懷裡，顧清婉一句話不說，轉身便要離去。

「等等，妳拿了銀子為何不救人？」顧愷菊喊道。

「那兩人說妳們有首飾、銀子，我才來救人的，可是妳們只給銀子，沒首飾，憑什麼要我救妳們？」顧清婉說著，抬起步伐，毫不猶豫地要離開。

顧家三姊妹頓時急了，顧愷蘭喊道：「等等，我給妳！」說完，便把耳朵上的銀耳墜子取下。

「我的也給妳！」顧愷菊看到老四那麼做，猶豫一下，也把銀耳墜子取下來，還有手上的銀手鐲。

顧愷梅見此，也磨磨蹭蹭地把耳墜子取下，卻沒有拿出黑玉手鐲。

顧清婉接過幾人的首飾，嫌棄地用一塊布包起來揣進懷裡，冷冷道：「反正大家都是女的，我要搜搜妳們身上，看看還有沒有藏私？若是敢藏私，今晚妳們所有人都要死在這裡。」

黑玉手鐲才是顧清婉要取回的，但顧愷梅卻不自覺，為了她娘，她可以殺死幾人。話落，顧清婉便朝顧愷蘭走去，伸手便要搜。

幾人雖是普通人，卻能感覺得到顧清婉的殺意，頓時嚇得不輕。

顧愷蘭求爹爹告奶奶地道：「女俠，我真的沒有了！真的，我不騙妳，妳別殺我！」聽到顧清婉的冷哼聲，她險些尿褲子。「我和五妹都沒有，但是三姊有！」

「四妹！」顧愷梅沒想到顧愷蘭會出賣自己。

「三姊，反正那也是六弟媳婦的東西，命才重要啊！」顧愷蘭哭道：「妳難道想大家陪妳死嗎？」

「我才不信她能救得了我們，這麼多蛇！」顧愷梅看著周圍竄來竄去的蛇，再怎麼樣對方也只是個女人。

「既然她不肯交出來，我也不勉強，我最是心善了。」顧清婉這時開口，三姊妹以為她真的就這麼算了，心裡的喜意還沒維持一瞬，便被顧清婉接下來的話弄得沒了。

「反正我也拿了妳們兩個的銀子和手飾，救妳們倆是可以的，她麼，自求多福。」

說完，顧清婉便揮動手中木棍，趕走那些蛇，蛇好像有靈性一般，全朝著顧愷梅那邊竄去，為顧清婉讓出一條道。

「妳們倆還等什麼？」顧清婉弄出一條道來，兩人趕忙拔腿就跑。

顧愷梅見狀，也想跟著跑，卻被顧清婉一棍子打在她腳上。「妳就在此自生自滅。」

顧愷蘭和顧愷菊此刻不再被蛇圍著，站在顧清婉身後看著顧愷梅，有些不忍心，想要開口，顧清婉卻比她們先開口。「趁著還沒徹底天黑，妳們應該趕緊找點『垂盆草』，雖然這些蛇沒毒，但妳們被咬了這麼多下，也會難受的。」

兩人也恨顧愷梅貪心，真的轉身就走，找垂盆草去。

顧清婉說完話，便轉身朝樹林外走。

「不要走！不要走啊！我給妳，我給妳還不行嗎？」顧愷梅見那人一走，蛇又圍上來，她害怕極了，心裡已經快要崩潰。

早知如此，又何必當初呢？顧清婉停下腳步，轉身看向顧愷梅，等著她把黑玉手鐲拿出來，才慢慢走過去。

接過黑玉手鐲那一刻，顧清婉頓時安心不少，將黑玉手鐲鄭重地放進懷裡，才去救顧愷梅。

這些蛇好像是她養的一般，只要她用棍子驅趕，蛇便自動竄開，讓出路來。

顧愷梅才感覺到她的不簡單，已經管不了褲子有沒有屎，提上褲子、繫上褲腰帶，顧不得身上的痛，朝林子外跑去。

顧清婉看著顧愷梅的背影，冷笑一聲，才慢慢走出林子，她手中的棍子抹了「蛇王粉」，這才能驅使蛇群。今日在蛇堆裡發現這蛇王粉算是運氣，天下間，有不少人為了尋找一點點蛇王粉而丟掉性命。

顧家兄弟姊妹幾個已經坐上馬車，看到顧清婉從林子裡出來，顧愷先忙招手。「菩薩，我們兄弟姊妹的銀子都給了妳，可不可以送我們出這馬口山？」

「本仙不殺你們就該燒香拜佛了，還要我送你們走，想得美。」顧清婉冷冷說完，已經走進左邊林子，她的背簍還在裡面呢。

「大仙，不要走啊！」顧愷先想叫住顧清婉的腳步，但人已經沒入深林中。

此時，天色已經徹底黑暗，今夜，好在有月色。

「算了，走……走吧。」顧愷梅現在渾身痛，本來是涼爽的天，她卻感覺到寒冷，不停顫抖。

幾人都看出她的不對勁，但這個時候個個都受了傷，自顧不暇，當然沒人管她。

顧愷先忍痛趕車，也怪他們幾人運氣不好，才走沒多遠，就被幾匹狼擋了道。

「怎麼辦？」顧愷才已經快要尿褲子。

顧愷先二話不說就調轉馬頭，準備逃出馬口山，今晚只能在船山鎮留宿。可是身後的幾頭狼卻不允許，嗥叫著追上來。

「牠們追上來了！」顧愷才急得不行，拿起馬鞭，顧不得身上的傷口，用力地抽打在馬背上，馬兒吃痛，跑得快了幾分。

只是馬兒再快，也跑不過凶狠的狼。

眼看即將追上來，顧清婉揹著背簍從林子裡走出來，看清楚是顧家馬車朝這邊疾馳而來，聽見野狼的聲音，看來又要費一番周折才能回去了。

「菩薩救命！」顧愷先看到顧清婉，當即大喜地喊道。

「麻煩死了，看來要做賠本的買賣。」顧清婉說著，抽出別在背簍上的木棍，便朝著追趕上來的野狼打去。

顧家幾人見顧清婉出手，停下馬車，都驚魂未定地看著後方。

顧清婉的身手，對付五頭狼不在話下，揮舞著蛇王棍朝狼的腰部打去——腰是狼身上最脆弱的地方。

一棍一狼，眨眼間便解決掉。

殺死了幾頭野狼，顧清婉可不想浪費，把五頭狼都裝進背簍，也不和顧家姊弟說話，逕自朝馬河鎮方向走去。

顧愷先見此，又調轉馬頭跟上來。「菩薩，您這是去哪裡？我捎上您。」

「不用了，難道你想知道本仙的住處，想去告發我？」顧清婉凶狠的聲音從冪羅中傳出。

顧愷先連說不是，只說是想讓顧清婉送他們一程。

「不用我送你們，前面應該沒野獸了。如果你們想要安全過去馬口山，最好把那些燻肉扔掉，那味道太濃，引野獸。」顧清婉說完，揹著背簍，幾個跳躍後沒入夜色中，她得趕緊回去，爹娘一定擔心死了。

不是心慈手軟，她出手相救，全是因為顧父，否則以她記仇的心，怎會放過他們？

顧家兄弟姊妹幾人，為了活命，真的把燻肉都扔下車，隨後快馬加鞭朝前趕路，想要追上前方的顧清婉，只不過就算是出了馬口山，他們也沒看見顧清婉的背影。

沒看到也不出奇，人家不是都說了嗎？為了保密行蹤，怎麼可能讓他們看見？

當看到馬河鎮時，幾人都鬆了一口氣，今晚對他們來說是到死也忘不了的噩夢。

沒入夜色中的顧清婉又走進林中，直到幾人馬車走遠，才從林子裡出來，她的身材已經恢復成纖瘦嬌小。

回程的路上，看到地上扔著的燻肉，顧清婉嘆了口氣，肉上面全是塵土，已經不能再拿回去了，只得扔在這裡餵野獸。

隨後顧清婉提氣趕路，趕到鎮上，已經將近亥時。

此時街道上人少了很多，顧清婉準備先去平順肉鋪，把五頭狼處理掉。

好在她帶著冪羅，看到她背著幾頭野狼，路人們雖然都很驚奇，但卻不知道是誰。

到了平順肉鋪，店門已經關閉，但顧清婉還是去敲門。

平順正在後院殺豬，準備明日的貨物，聽到敲門聲，忙點了蠟燭走進鋪子，朗聲問道：「誰？」

「順叔，我是來賣野味的。」不管何時何地，嘴甜都是一件好事。

平順聽到喊他順叔，想必是熟人，拆開兩塊門板，看向門口，只能看到一個帶著冪羅的少女，而她的背簍裡有幾頭野狼。

「進來吧。」

「謝謝順叔。」顧清婉道了謝，才揹著背簍進門。

將背簍放下，顧清婉看向平順。「順叔，這些狼你給個價，絕對是鮮的，死了還不到一個時辰。」

「哦。」平順伸手去摸其中一頭野狼，皮鬆柔軟，確實剛死不久，心中估量一下，一頭野狼的皮就值十兩銀子，五頭也就五十兩，他還得從中賺一些。

「五頭狼，給妳三十兩，妳可以考慮一下。」

「不用了，三十就三十。」這些野狼是順手裝的，今日本來就沒打算掙錢。

平順沒想到還有這麼爽快的少女，不由對顧清婉有了幾分好感。「以後再有都送來，我會多給妳一些銀子。」

「上次順叔你也是這麼說的。」顧清婉如銀鈴般的笑聲傳出冪羅，聲音裡沒有別的意思。

「上次？妳是？」平順好奇極了，他可不記得有個少女來賣過野味給他。

顧清婉將冪羅拿下，露出清麗素雅的面容，眼睛清澈明亮，比外面天空上的繁星還要耀眼。

半晌後，平順才一拍腦袋，絡腮鬍一動，臉上猙獰的傷疤上揚。「是妳啊，妳爹怎麼放心讓妳一個人來？」

「我爹有事走不開。」顧清婉不想解釋那麼多，畢竟和平順不是很熟。

平順理解地點點頭，笑著朝後院走去。「等我一下，給妳拿銀子。」

「好的。」顧清婉乖巧地點點頭，此刻哪有一點在馬口山林中的狠辣。

須臾，平順拿著二十兩銀元寶、十五兩散銀出來，當著顧清婉的面數給她。

「順叔，多了五兩。」顧清婉其實知道是平順故意多給她的，但還是要提醒一聲。

平順很喜歡顧清婉這樣的性子，笑道：「這是我給妳的，拿去買點零嘴吃。」本來他就賺了她不少，給她五兩，也不過少賺五兩而已。他做事一向看眼緣，且像他這種見多死亡的人，直覺都很準，他和這個少女交際以後不止這一點。

「謝謝順叔。」顧清婉將銀子收好，揹著背簍和平順道謝，便朝家裡趕，此時再不回去，恐怕瞞不住爹娘了。

顧清婉哪裡曉得，她爹娘早就知道了，當她剛出門還沒一炷香，顧父、顧母便從屋裡出來，顧清言不會撒謊，被顧父看穿，追問一番，便知道她去幹什麼了。

此時此刻，一家三口等在村口望眼欲穿。

顧母眼淚就沒乾過，顧父也很擔心，但他們能做的就是等待。

顧清言倒是不擔心，顧清婉這些天的刻苦訓練他都看在眼裡，對付那幾個普通人，沒有問題。

「爹，娘，姊姊回來了。」顧清言眼尖，看到坡下李家祖墳那裡一道身影疾速飛奔上坡而來，整個村子，只有他姊姊有這身手。

顧父、顧母也看到女兒。「小婉——」隔得遠遠地便喊起來。

顧清婉聽到娘的聲音，以為是幻覺，沒怎麼在意，聲音落下不久，又聽見弟弟的聲音，才抬頭看向村口。三道高低不一的人影站在月色下，朝她招手。

她眼睛有些濕潤，有種遊子歸家的感覺。

「爹，娘，言哥兒。」

她遠遠喊了一聲，聽到幾人應她，她又提了幾分力氣，急速飛奔。

「爹，娘。」人到近前，顧清婉有些害怕，怕娘訓她，可是這次顧母並沒有訓她，而是走向她，拉著她的手問：「有沒有受傷？累不累？餓不餓？」

說完，也不等她說話，便拉著她往家裡走。

她就著月光回頭看向爹和弟弟，父子二人都笑了笑，並沒有說什麼。

村人睡得早，四下靜悄悄的，只有七嬸家到處點著白燈籠，那是為李明丫點的。

回到家裡，顧母便使喚顧父。「當家的，你燒火，我做飯。」

「娘，您歇著，我自己來。」顧清婉把背簍放下，走進灶房裡。

「爹和娘來做，妳快去洗洗，妳看看妳，像隻花貓。」顧母瞋了她一眼。

第二十六章

顧清婉用涼水洗了把臉，心裡疑惑不已，覺得好奇怪，她娘這態度轉變得也太快了吧。也沒問她事情經過，難道他們不在乎？

她剛擰乾面巾，弟弟就把水端去倒了，她更加不解，為什麼個個態度都這麼好？

等到顧清言倒水回來，她拉著他問：「為什麼你們的態度這麼好？我有些不習慣。」

「我一直都這樣，又沒變，爹娘是因為擔心妳，心疼妳，自然會對妳好。」顧清言不明白姊姊怎麼問這種傻子都明白的問題。

「好吧。」算她白問了。

姊弟倆進了灶房，顧父在燒火，屋子裡瀰漫著烤馬鈴薯的味道。

「好香。」顧清婉從未時吃飯到現在，什麼都沒吃，早已餓得前胸貼後背，聞到香味，口水都流出來了。

「爹就怕妳餓得太厲害，等不到飯做好，先給妳烤馬鈴薯吃。」顧父笑著拿火鉗翻了一下馬鈴薯。

「爹，您和娘好生偏心，兒子一天也沒吃。」顧清言故作生氣地道。

「你這皮猴，下午我不是在你七奶奶家裡給你帶了點零嘴？」顧母瞋了兒子一眼，臉上帶著淺淺的笑。

一家子頓時笑起來。

顧清婉笑著從懷裡拿出那只黑玉手鐲，在衣角擦拭兩下，走向她娘。

顧父看到女兒拿出黑玉手鐲，臉上的笑容更甚。

顧母正切著馬鈴薯絲，看到黑玉手鐲，身子微微一顫，眼睛也紅起來，在圍腰布上擦了一把手，接過手鐲，帶著無限懷念輕輕撫摸，隨後揣進懷中。

「爹放心，我沒有對伯伯、姑姑怎麼樣，只是裝成攔路打劫的，搶了他們的銀子和首飾。」不等顧父問，顧清婉便說道。隨後走出灶房，須臾，用一件衣物兜著一包東西進來，放在桌上攤開。

在燭火下，那堆銀子散發著銀色光芒。

「我還幫他們趕走野狼，野狼被我賣了三十五兩銀子。」顧清婉當然不會說她整蠱了那兄弟姊妹幾人。

「好。」顧父真的相信了顧清婉的話。

「不過爹，您可不能說出去，他們都不知道是我，我打劫的時候可是偽裝過的。」顧清婉這話主要是對她爹說的，娘和弟弟不可能說出去。

「爹知道怎麼做。」顧父道。

顧母也相信了，她現在越來越覺得女兒了不起。

屋子裡，唯一不信的只有顧清言，他自然瞭解姊姊的性子，比他還要狠心，怎麼可能不收拾那幾個讓人恨得咬牙的東西？

「娘，您先別做菜，先把這些銀子收起來，若是有人來看到怎麼辦？」顧清婉將銀子重新包好，交給娘。

顧母點點頭，將銀子抱著朝東北屋去，這一次，一定要放在隱密的地方。

顧清婉接著做菜，一邊問道：「爹，您可是打算認祖歸宗？」

「我也想知道。」顧清言今日都沒機會問這個問題，此刻姊姊問了，他也很想明白爹的態度。

「我和你們的娘都商量過，看情況，看他們下次來說什麼。」顧父對那家人並沒有感情，不想這麼早決定。

「爹，能與我們說說您的事嗎？您被那家人趕出門後怎麼過來的？」顧清婉好奇地問道。

顧清言雖然沒開口，但也很想知道。

「也沒有什麼，我運氣好，流浪了幾個月便遇到我師父，師父教我醫術，傳我衣缽。」顧父簡單解釋道，有的東西他不想多說。

「那娘呢？娘怎麼會和您一起來到這裡？」顧清婉清楚那只黑玉手鐲價值不菲，還是她外婆的東西，那娘是什麼身分？

「妳外婆病重，我出外遊醫遇到她們結下緣分。」顧父也不想多談這個話題，有的事情還是月娘自己和孩子們講比較好。

「我還以為娘是富家千金，然後和爹您私奔到這裡的呢，看來是我戲文看多了。」顧清言聽到此，怎麼總是猜不到爹娘的身分呢？

顧清婉也同感地笑起來。姊弟倆並沒注意到顧父眼裡的驚訝和一閃而逝的黯然。

院子裡響起顧母的腳步聲，隨後她挑簾進來，臉上帶著自信滿滿的笑容。「這次我把銀子藏好了，除了我，誰也別想找到，包括你們三人。」

顧愷之三人都笑起來。

顧清言笑道：「娘有信心就好，若是又被他們拿走，便再也拿不回來了。」

顧母自然明白這個道理，點點頭。

「對了爹，我一路上有個問題沒有想明白。」顧清婉打算炒菜，她娘已經搶先一步將鍋子放在爐上，刮了一點豬油進去化開，等到油熱，才將馬鈴薯絲放進去。

「什麼？」顧父此刻心驚膽顫，他發現孩子們的問題越來越難回答，越來越犀利，他都怕自己快保不住秘密了。

「爹的老家就是隔壁全縣？」

「不是，爹的老家是在西南的常州白縣，怎麼了？」顧父不明白女兒怎麼會這樣問。

「那伯伯、姑姑們怎麼回的是全縣？」

「十年前家鄉鬧饑荒，全家逃難到全縣，在全縣安了家。前兩個月有人告訴他們，說船山鎮這邊有個大夫，和他們一家人都長得像，他們才打聽到我的事，最後找上門來，在沒有見到我時，都還不敢確定。」顧父知道孩子怕是多心了，仔細地講解經過。

「哦。」顧清婉完全不相信這個理由，聽起來一點漏洞都沒有，幾乎很完美，但越是完美，事情才越有古怪。

沒有確認身分，就拿走人家家裡的東西？那這些人是多麼不要臉？

心裡覺得有蹊蹺，但顧清婉暫時找不到突破口。看那幾人的樣子，應該是被人指使而來，那麼就會有企圖，有企圖就會再來。看來，得等他們下一次來再仔細觀察。

顧清婉的問題一個接一個，顧家沒有一個人是傻子，有的事情稍微一想便明白過來，都對那些人有了警戒之心。

吃完飯，一家子洗漱好就回房睡覺。

次日，姊弟倆在家負責做家務，顧家沒有牲畜，沒有土地，在家其實也沒什麼活兒好做，除了餵蠶、擔水，就是閒著。

不過，顧清婉不同，她閒不住，把蠶餵完，便揹上背簍，準備去山上割些竹枝回來，再半個月蠶便要吐絲了。

顧清言如今就是姊姊的跟屁蟲，她走到哪裡，顧清言就去哪裡，姊弟倆感情極好。

剛把大門鎖上，便見一名十二、三歲的小胖子跑來，隨著跑動，身上的肥肉都在顫動，一張胖乎乎的包子臉，把眼睛都擠到剩下一點點。

「小婉姊姊，言哥兒，你們這是要去哪兒？」

小胖子跑到近前，禮貌地喊兩聲。

「你是哪位？」姊弟倆異口同聲。

眼前的人雖然眼熟，但真認不出來是誰。

小胖子微微愣了一下，旋即一張包子臉脹得通紅，用手撓撓頭。「我是李翔啊。」

「李翔？」顧清婉上下打量一下，還真是！隨後驚呼道：「你是翔哥兒？你怎麼變成這樣子？」

這才幾個月不見而已，李翔就胖成這樣，她還真的沒認出來。

顧清婉看向弟弟的表情，附耳低語幾句，顧清言點點頭。

李翔和李暢是蘭嬸的雙胞胎兒子，因為蘭嬸和顧母的緣故，兄弟倆以前和顧清言的關係最好。

顧清婉用眼神詢問顧清言是不是要留下和李翔說話，見弟弟暗暗搖頭，她暗中瞋了他一眼，笑著對李翔道：「翔哥兒，言哥兒要和我一起去砍竹枝，你晚點過來。」

「那我和你們一起去。」李翔一開口，臉上的肉都在抖。

由不得顧家姊弟拒絕，李翔已經做好要跟隨的準備，姊弟倆只得作罷。

顧清言有些不開心，他還想聽姊姊說說怎麼收拾顧家那幾人的呢，這小胖子就跑來摻和。

顧清婉不知道弟弟的心思，和李翔一道說話。「你這幾個月吃了什麼？怎麼變這麼胖？」

「我在縣城裡一家酒樓做小二，伙食太好，就成這樣了。」李翔說起這個，包子臉變苦瓜臉。

「你們兄弟不是在大戶人家做工嗎？」蘭嬸好像是這樣對她娘說的。

「那是暢哥兒，不是我。」李翔有些不好意思，他去了人家家裡做兩天，那家人就莫名其妙不要他，只要暢哥兒留下，最後他怕回來丟人，只好去酒樓幫忙。

「你什麼時候回來的？還去嗎？」顧清婉開口說完，見顧清言一直沈默不語，伸手扯了扯他的衣袖，讓他和人家說說話。

「不去了，暢哥兒在外面，我在家裡幫忙爹娘就好。」李翔也發現今兒的顧清言比以前沈默寡言很多，覺得有些奇怪，顧清婉已經開口解釋。

「言哥兒上次從陡坡上摔到頭，不記得以前的事，看到你不熟悉，話就少。」

「我昨晚聽我娘提過，沒想到是真的。」李翔偏頭打量顧清言，並沒看出什麼異狀。

「以後還請你多多照顧他，他現在好多東西都不會。」家裡每個長輩總會對別人這樣說。

「沒問題，以後我會一直在家，他只要不會的，來找我，我都會給他做。」李翔用肥厚的手掌拍拍胸脯道。

「那就麻煩你了。」顧清婉樂呵呵地笑了，看到弟弟又有了朋友，她也開心。這些日子，弟弟除了家人，和誰都不愛說話，更不會去找小伙伴玩，她都擔心弟弟了。如今李翔回來，弟弟應該就有伴了。

李翔雖然憨厚，但話也不少，把縣裡的事都告訴姊弟倆。

他們今兒沒有上山，就只在擔水的那條溝下方一片竹林裡砍竹枝，李翔雖然很胖，幹活挺麻利，身子比顧清言還要靈活，只要顧清婉砍好一抱，他便搶著抱進背簍裝好。

使得顧家姊弟倆對他增加不少好感，顧清言更是開口和他說上幾句。

竹林裡蛇蟲較多，砍了一上午竹枝，就見到五、六條蛇，嚇得李翔嗷嗷叫。

顧清言現在已經不再懼怕蛇了，因為他知道，有姊姊在，那些蛇傷不了他。

回去的時候，顧清婉找了一條稍微大一些的烏梢蛇帶回去，準備給李翔和弟弟煮蛇湯喝。

這一舉動，讓李翔眼裡滿是精光。「難怪娘說小婉姊姊現在什麼都不怕了，而且還力大無窮。」

顧清婉只是笑笑，並沒多說。

回到家裡，顧清言洗了手便去後院燒火搭鍋——他最近吃了幾次蛇肉，已經喜歡上這味道。

煮蛇的時候不能在屋子裡，因為房樑上有陽塵，做飯的時候熱氣上升，容易讓陽塵落進鍋裡，蛇肉不能沾到一丁點，否則沒有蛇毒的肉都會變得奇毒無比，這都是祖輩們傳下來的經驗。

顧清婉把蛇皮一刮，用剪刀從排污處到蛇脖處，剪開一條長長的口子，取出蛇膽，其餘的都清理掉，隨後切段，放進淺淺的鹽水裡浸泡一會兒，這才瀝乾水分。

看得李翔一愣一愣的，這動作熟練度非常高，突然間羨慕起顧清言來。

他們只要想吃，天天都能吃上蛇肉啊！

李翔在酒樓做小二，自然明白蛇肉的美味，在縣城的酒館裡，一條蛇要二、三十兩銀子呢。

切好蔥、薑、蒜，顧清婉便將洗淨的鐵鍋放在露天火爐上，刮了一點豬油化開，燒熱，將蔥、薑、蒜倒進去爆炒出香味，再將瀝乾水分的蛇肉倒進去，不出片刻，香氣撲鼻。

加上鹽巴調料，炒上須臾，便加兩瓢水燉上，蓋上鍋蓋，等將肉湯熬成米白色時便能出鍋。

做完這些，顧清婉又煮了一道青菜，一葷一素營養均衡。

當李翔喝到蛇湯那一刻，頓時半天說不出話來，一雙被肥肉擠成線的眼睛在這一刻瞪得老圓。

姊弟倆不明所以，便見他腦袋緩緩地轉動，隨後轉向顧清婉，喃喃道：「小婉姊姊，妳這湯裡放了什麼？」

「沒什麼啊，就普通調味料，怎麼了？吃得不習慣？」顧清婉沒想明白怎麼回事，她家人吃的時候，她都是放那些調味料，並沒多加什麼。

「不是，是太好喝了！」李翔說著，端起湯咕嚕咕嚕喝下去，隨後站起來朝湯鍋走去，揭開鍋蓋一剎那，他愣住了。

裡面只有幾塊蛇肉，還有一點點湯底，他轉頭看向姊弟倆，眼裡有幾分委屈。「小婉姊姊，為什麼不多煮一點？」

呃，顧清婉按著一人一碗煮的湯，並沒多煮。

「你要是不嫌棄，我的給你喝。」顧清言見李翔這麼喜歡姊姊做的菜，心裡對他的好感又升了幾分，於是把自己的湯讓出來。

「真的啊。」李翔立馬邁開胖腿小跑過來。「不嫌棄，我怎會嫌棄言哥兒吃的東西，以前我們不都這樣過來的。」說著，怕顧清言反悔一般，端著那碗湯便一口喝光了。

姊弟倆相視一眼，都笑起來，顧清婉道：「你要是喜歡，以後常來，我給你做。」

一口氣喝完蛇湯，李翔意猶未盡地抹了一把嘴。「小婉姊姊，妳的手藝真好，比福滿樓的大廚做的還好吃！」

福滿樓就是李翔做小二的酒樓，也是縣城最大的酒樓。

「翔哥兒，要是我姊姊去開飯館，你說行不行？」顧清言溫聲問道。

「行，一定行！」李翔鄭重其事地道。

「其實我們家正有這打算，讓我姊姊開家飯館，我在前面幫忙，她在後面炒菜，不用拋頭露面的，你說行嗎？」顧清言好像找到了知己，雖然才相處短短一、兩個時辰，但他覺得李翔這人可以交往做朋友。

「這好，若是逢趕集日忙不過來的時候，我可以去幫你們。」李翔拍手贊成，因為激動，臉上的肥肉都在顫動。

「那就這麼說定了。」顧清言笑道。

李翔出來一上午，總在外面不妥，便向姊弟倆告辭歸家。

顧清言趁著餵蠶的時候，問了顧清婉昨晚的事。

對於顧清言，顧清婉自然不會有絲毫隱瞞，把經過都詳細講給他聽，包括顧愷梅拉到褲子裡的事。

聽得顧清言一陣反胃，想著下次顧愷梅來，是不是不讓她坐板凳呢？所有經過講完，顧清言激動地抱起顧清婉。「姊姊妳最棒！」

「快放我下來，娘看到你這樣，要罵你了。」顧清婉趕忙推開顧清言，嗔怪道。

「妳是我親姊姊，又沒什麼。」顧清言有些委屈，他用這方式來表達姊弟情深不行嗎？

「言哥兒，你沒對爹說我給那幾人下藥嗎？」顧清婉偏頭看向弟弟，爹怎麼沒有過問這事呢？

「說了，爹只是嘆了口氣，什麼也沒說。」顧清言回想一下當時被迫說出姊姊行蹤時，爹的態度。

顧清婉微微點點頭，其實也可以理解，那家人實在太過分了，爹肯定知道他們母子三人有氣，沒毒死那幾人已經算是仁慈的了。

「小婉、言哥兒，就你們姊弟倆在家？你爹娘還沒回來嗎？」牛二嬸從大門口走進來，笑道。

姊弟倆抬頭望去，還看到她身後的羅雪容，還以為這事就算了呢，沒想到還是不死心？

「我爹娘不知道什麼時候回來，妳們要不晚些再過來。」顧清言放下書，走到牛二嬸前面擋著她，不讓兩人朝院子裡走。

第二十七章

「言哥兒。」顧清婉微微蹙眉，這樣做人家會怎麼看他們家？

顧清言撇撇嘴，正要說話，便看到爹娘進門，他朝外喊道：「爹，娘，您們回來了，她們來找您們。」

顧父和顧母也沒想到一回來就遇到她們，但還是禮貌地打招呼，領二人進院子坐。

顧清婉看著牛二嬸和羅雪容，突然間明白過來，這兩人是瞅著她爹娘快回來才來的。

「愷之啊，那天二嬸說的事，你考慮得怎麼樣了？」待幾人坐定，牛二嬸單刀直入，不拐彎抹角。

「牛二嬸，我覺得不合適。」顧父看了羅雪容一眼，直接將自己的想法說出來，他的心裡，只容得下妻子和一雙兒女。

「怎麼不合適？是覺得心娥配不上你？」羅雪容原本還想忍的，但關係到曹心娥的將來，她還是忍不住開口。

「不是，我絕對沒有那樣的想法。我心裡只有月娘，其他女人我接受不了，就算我勉強接受她，對她也不公平，不是嗎？」顧父將顧母的手握在手裡，向兩人表達他拒絕的決心。

「我看不是吧，你不就是嫌棄我家心娥不是清白之身嘛？」羅雪容三角眼一瞪，看到顧父、顧母十指緊扣，冷哼一聲，不屑地道：「你也不照照鏡子，若我心娥還是閨女，你認為我會低三下四來讓你接受她？就是因為她已經不是黃花大閨女，我才讓你娶她的。我開出的條件也很豐厚，至少以後你們家不愁吃穿，連土地也有了。」

牛二嬸聽到這話，頓時都不好意思起來。既然顧愷之這麼不入妳的眼，幹麼三番兩次要人家娶妳閨女？讓她都跟著來丟臉。

姊弟倆聽了一肚子火，這麼小看人，又何必來他們家？

顧清言冷笑道：「既然如此，容奶奶又何必來找我爹呢？妳家條件這麼好，想必有不少人排隊等著娶妳家閨女，所以還請妳高抬貴腳，只要是為了這件事，麻煩不要再踏足我家門檻，妳這三天兩頭就來，安的什麼心？是不是看不得別人家好過？」

顧父、顧母愣了，沒想到不是什麼事都強出頭的女兒開口說這種話，竟然是他們少言寡語的兒子，可見羅雪容的事真的把他惹到了。

牛二嬸沒敢說話，本來這件事就是羅雪容不對，非要把女兒嫁給別人，現在又說出那種小看人的話，是個正常人都無法接受。

羅雪容卻不依，也不看顧清言只是個十二歲的少年，當即便發作。「我幾十歲的人才不跟你這種沒教養的東西計較，屁都不懂的臭玩意兒，就會聽別人說，長大也是個沒出息的！」

「雪容，我們回去。」牛二嬸聽不下去了，這種事不好好跟人家說，還來罵人家孩子。就憑妳這態度，若是人家顧愷之真娶了妳女兒，那不是更不得了？

「我不走，今日就要給我個說法。」羅雪容手指扣住牆壁上的縫隙，死活不走，隨後瞪向顧父。「顧愷之，話可是你說的，既然你不娶我家心娥，就別怪我唱衰你。」

「說法？什麼說法？是說妳女兒不要臉，還沒出嫁便和王忠私通，珠胎暗結，然後又勾引人家李大蠻子？再說妳要強迫我爹娶妳那一雙玉臂萬人枕的女兒？」顧清婉早就想要開口，不想娘難做，本想忍下來，但羅雪容竟然出口威脅，她便忍不了。

「妳個賤人，這裡有妳說話的分兒？」羅雪容發現，最近只要她一和顧家發生爭執，顧清婉都會站出來說得她啞口無言。

顧父、顧母臉色陰沈，竟然當著他們的面罵他們的女兒。

牛二嬸也是一臉苦瓜，這下可好，得罪人了，忙去扯羅雪容的手，可羅雪容就像生根一樣，拉都拉不動。

顧清婉冷笑道，用手指著地面。「這兒是我家，在我家說話都沒分兒，要到哪兒才有分兒？」

「妳個天收死絕，就等著一輩子做老姑婆，看哪個男人敢娶妳！」羅雪容決定，出去以後就亂說顧清婉的不是。

「容嬸，妳說話注意點，我小婉好像沒有把妳怎麼樣吧，妳這樣胡說她，舉頭三尺有神明，人在做天在看，妳就不怕死後被割舌頭？」顧母脾性好，但也不代表好欺負。

「娘，對這種人有什麼好生氣的，我早就說過她是個佛口蛇心的人，既然知道是什麼樣人，我們何必計較呢？我嫁不嫁得出去不是她一張嘴說了算。」顧清婉連忙安慰。

顧母想了想，還是輕輕點點頭，沒再說什麼，她知道女兒有辦法收拾羅雪容，便由著她處理。

「羅雪容，我娘忍妳這麼多年不是怕妳，而是因為她住在這村子裡，大家左鄰右舍抬頭不見低頭見，給妳留幾分薄面，不是妳有多了不起。在我眼裡，妳就是個快要進棺材的人，不要在我面前耍狠，妳威脅不到我的。今日的事，不管是跟誰說，誰都不會說我們家錯。

「妳一個幾十歲的人，打著吃齋唸佛的口號，可心眼卻比蠍子還要毒。都說父母做每件事都是給下一代積福，妳家的曹心娥弄成這樣，妳還不知道檢討，卻整天秋風黑臉耍刀子，這家耍了那家耍，妳真以為妳了不起得很？」

顧清婉說這番話，沒有疾言厲色，有的只是平淡溫和，聽進羅雪容的耳裡卻如同刀割。

「放屁，沒教養的！長膽子了，現在竟敢指著老娘的鼻子罵！」羅雪容氣得七竅生煙。

「我沒有閒情跟妳吵架，麻煩妳走，既然這麼相看兩厭，以後就不要再來我家。」顧清婉看到羅雪容嘴臉就噁心，說又說不出個所以然，就會滿口髒話。

「走吧。」牛二嬸拽著羅雪容就往外拖。

羅雪容覺得留下來只會繼續被顧清婉奚落，還被說得啞口無言，只得半推半就地讓牛二嬸拉走了。

顧父、顧母相視一眼，都擔心起來，剛才羅雪容那語氣，像是要四處亂說他們的女兒，眼看顧清婉再兩個多月就要及笄，可不能被羅雪容給唱壞名聲。

「爹，娘，不用擔心。」顧清婉安慰一聲，便笑問道：「下葬了嗎？」她問的是李明丫的屍骨。

「嗯。」顧母點點頭，重新坐在板凳上。「妳七奶奶白髮人送黑髮人，傷心得不行，這才幾天，感覺她又老了不少。」

「那娘得空就多陪陪七奶奶，家裡有我呢。」顧清婉說著，拿起鞋底重新開納。

沒一會兒，村人都傳開了。

說羅雪容在顧家逼著顧愷之娶曹心娥，還罵人家孩子。

這事當然是對門的王青蓮說的，她嘴巴快，加上最近和羅雪容關係不太好，經過她那張嘴添油加醋一番，村人都知道了羅雪容的無恥行為。

村人都知道，顧愷之是不可能娶曹心娥的，婆娘們頓時團結起來，堅決不和羅雪容說話，都怕被纏上，一旦纏上，自家男人就要分一半給曹心娥，換誰都不樂意。

自從這天開始，顧家一如既往地平平順順，其樂融融，而羅雪容的無恥徹底被村裡的婆娘們口口相傳，臭名遠播，跟著她倒楣的自然是她的女兒曹心娥。

就算羅雪容有秀才兒子護身，也沒有用，就連她那秀才兒子、童生兒子也被人們傳臭名聲。有這樣的娘和妹妹，這種秀才的人品能好到哪裡去？

曹心娥的名聲徹底壞了，沒有一個敢娶。

也不知道怎麼回事，過了三、四天，突然傳出曹心娥願意嫁給李大蠻子，且還是她自己去找的，很多人都不理解曹心娥為什麼會這樣做？

這些日子，村子裡的婆娘們躲曹家母女像躲瘟神，都不清楚她們家的狀況，自然就不明白曹心娥怎麼突然間要嫁給李大蠻子。

顧清婉聽說這事時微微有些驚訝，同時感覺這其中有蹊蹺，不過這不是她所關心的，她現在一心想的都是夏大管家幫她找人買虎的事，都隔了四、五天，還沒有音信。

她也知道這件事急不得，只得等消息。顧父這兩天已經在看店鋪，最便宜的店鋪單是租金一年就得五十兩銀子，再來是裝修費，各種雜七雜八的算下來，家裡銀子根本不夠。若能快些處理掉兩頭老虎，便有銀子可用。

此刻雖然是夜深人靜，顧清婉卻沒有入睡的意思，莫名地心情有些煩躁，聽見村中響起狗吠聲，令她越是不安。

突然間坐起來，沒有燈光，她卻一摸一準地找到外衫，套在身上，出了房門，朝後院走去。

她膽大不害怕鬼怪。

後院裡靜悄悄的，樹影在黑夜裡如同鬼魅張牙舞爪，上完茅房繫好褲帶，正準備往屋子裡走，突見東屋房頂有火光，而院牆外有急速狂奔的腳步聲。

弟弟和爹娘的臥房正好有窗戶對著後院，她急忙敲打弟弟的窗。「言哥兒，快起來，東屋走水！」隨後又敲響爹娘的，聽到他們都起來後，她又道：「我去追那放火的人！」

說完，她提氣跳過院牆，敲窗的時間用得不多，顧清婉就著月色還能看到逃跑的賊人朝山上跑去，眼見賊人快沒影，遂彎身從地上拾起幾塊石子，提氣追了幾步，朝賊人扔去——

「啊！啊！」兩聲慘叫響起，顧清婉經過這段時間的特訓，就算蒙著雙眼，投擲東西也是一擲一準，何況她此刻睜著雙眼。她本想追到賊人再說，但看到東屋火光越來越大，只得折回身去救火。

顧父、顧母忙著把灶房裡的米糧搬出來，顧清言拿水盆準備救火，卻根本無能為力，這房屋太高，水潑灑不上去，只能看著火勢越來越大。

顧清婉回到院子裡，火已經快燒到灶房，若是這樣燒下去，他們家的房子會徹底燒毀！

「姊姊，怎麼辦？」顧清言看到自家即將毀掉，心裡著急不已，他見救不了火，便幫著把重要的東西都搬到院子裡。

顧父、顧母更是沒時間和顧清婉說話，兩人都希望損失能少些，忙搬運東西。

顧清婉觀察火勢，隨後從牆壁上抽出鐮刀，腳尖一踏，整個人飛向灶房上方，揮動鐮刀，將連接東屋的麥稈和竹竿木頭都撥下房頂，這樣就算東屋的火勢過來，也沒有可以燒的東西。

「爹、娘、言哥兒你們走開，別在下面！」

她朝下面大喊完，手上動作不停，將能燃燒的東西儘量都撥到地上去，不讓沾到火。

顧父、顧母看著火勢那麼大，女兒在房頂上，都擔心不已，但他們幫不上忙。

「月娘，顧大哥。」門外敲門聲、喊聲響起，是鄰居們來了。

顧母連忙去開門，來的人是蘭嬸夫婦和王青蓮等人，每個人手裡都拿著木盆、木桶，可是顧家的房子太高，要澆水也根本潑不上去。

而且就算想用水滅火，但家家戶戶最多只有兩口水缸，只能眼睜睜看著東屋被燒毀。

「月娘，怎麼辦？」蘭嬸看著火勢那麼大，想救也救不來。

其他人也只有乾著急的分兒。

顧清言為了不讓姊姊的能力暴露出來，趁著亂哄哄的時候，找來梯子搭在灶房那頭。

而顧清婉在上面被烘得渾身是汗，身上皮膚被大火烤得像針扎一般刺痛，她卻顧不得這些。火勢已經燒到灶房邊，好在她一身力氣，就算木頭被釘死在房樑上，她仍然將其掰開，扔到院子裡。

這時，趕來救火的蘭嬸等人才發現房頂上的顧清婉，看到她離大火麼近，都擔心到不行。

突然一陣風颳過，火撲到顧清婉身上，她手裡正抱著木頭往下扔，想躲都來不及，只能看著火光撲到身上。

「姊姊！」顧清言看到這一幕，雙手攥得死緊，這一刻，他真恨自己沒用、幫不上忙，心裡難受得不行。

顧父、顧母都擔心得要死，顧母更是急得直掉眼淚。

等火光過後，所有飽含擔憂的眼神看向顧清婉剛站立的地方，只見顧清婉蹲在一根木頭上，用手裡的木頭擋著纖瘦的身軀。

「姊姊，不要管了，快下來，我求妳了行不行！」顧清言急得大喊，就算讓火燒了房子，他也不要看到姊姊再被火燒到了。

「小婉，下來，不要管了，要燒就讓它燒！」顧父亦是急得不行。

顧清婉身上火辣辣地疼，但她不想讓爹娘和言哥兒擔心，於是強扯出笑容。「我沒事。」說完，將手裡的木頭扔到地上，又開始弄另外一根。

聞著頭髮燒焦的味道，因火勢太大，溫度透過衣衫灼得皮膚刺痛，她卻沒有停手的意思，忍著疼痛不停掰著木頭。

這一世，說什麼都不能讓這個家毀掉，她要守護好這個家，那個放火賊人，她一定會把他找出來，絕對不會放過他！

在顧清婉不肯放棄的努力下，東屋的火勢搆不著灶房房頂上的木頭，她才從房頂下去，用的是弟弟為她抬來的梯子，她不想讓村人知曉她會飛簷走壁。

顧母和蘭嬸等顧清婉剛下梯子，就拉著她進西屋，都要看看她燒傷沒有，王青蓮則幫忙燒水泡茶，招呼前來的人。

而顧父和顧清言、李明他們都在看著火勢，東屋是救不回來了，但不能燒到別處。

屋裡燭光下，顧清婉頭髮被火吻過，表面一層全部燒焦，皮膚都是紅紅的，顧母見狀，眼淚如同斷線珍珠一般，掉個不停。

「娘，我沒事。」顧清婉雖然痛，但真不願意看到娘傷心，出聲安慰。

顧母又是心疼又是氣，忍不住在顧清婉的屁股上打兩下。「叫妳不聽話，妳是不是想嚇死娘啊？」

「月娘，妳怎能打孩子？」蘭嬸也是眼睛紅紅的，拉著顧母的手。

顧清婉知道，娘這是心疼她，越是在乎，越是害怕失去。

「娘，我真的沒事。」

「把衣物都脫了。」顧母知道女兒是在安慰自己，不想和她爭論這個，抹把淚，拿出珍藏的薄荷膏，打開蓋子，一股薄荷清香瀰漫在屋子裡。

蘭嬸幫著顧清婉把衣帶都解開，把褻衣脫掉，只著一件粉色繡白芍藥的肚兜和褻褲。穿著衣裳的時候沒覺得什麼，當看到顧清婉背上那塊紅得都溢血的皮膚，顧母「哇」一聲就哭起來，蘭嬸亦是跟著掉眼淚。

這孩子，也太堅強了些，都成這樣了還不吭一聲。

第二十八章

給顧清婉上了薄荷膏，等穿上衣裳，顧母便讓她休息，不讓她出去。

顧母走出西屋後，顧父和顧清言都圍攏上來，問顧清婉的情況，顧母不可能隱滿，把情況都告訴父子倆。

父子倆心裡都難受，但他們是男人，不可能像顧母那樣哭。

「娘，我去看看姊姊。」顧清言說完，便朝西屋走去。

顧母在後面叫住他。「你快回去睡覺，明兒起來再去看也成。你姊姊累了，讓她好好休息。」

「好。」雖然很擔心，顧清言還是希望姊姊能好好休息，有什麼事，都只能等到明兒再說。

顧母、顧父一宿未睡，鄰居們知道他們家房子走水，都趕來問有沒有需要幫忙的，好在有顧清婉，損失不是很大，只是東屋裡的醫用品全部燒毀，連一點藥渣都不剩。

此時，東屋的火雖已漸漸熄滅，卻仍濃煙滾滾，一群人站在東屋門口朝裡面探頭探腦，卻沒人敢進去——裡面還有火星，屋子燒過後特別容易塌，因此沒人敢進去冒險，只得在門口看看就罷了。

「月娘，我怎麼感覺是有人故意放火，這火不可能無端端燒起來。」蘭嬸看到東屋的樣子，義憤填膺地道。

顧父、顧母兩人相視一眼，他們都知道女兒出去追過放火賊，但沒追到，兩人都點點頭，把顧清婉去追人的事情說了。

「那這賊人是山上的人？」馬奶奶雙手環抱胸前，看向他們幾人，是詢問亦是猜測。

「就不知道是誰，要是知道，非把這賊子拉出來送官。」蘭嬸氣呼呼說完，手搭上顧母的手臂。「月娘，妳也別傷心了，好在人都沒事。」

「我知道，只是想不明白，我和愷之從來不得罪誰，不知道是誰要和我們家過不去？」顧母眼睛紅紅的，一想到有人要對付自己家，心裡難免擔憂。

此話一出，蘭嬸突然有了想法，但現在人多，她不好說，只得把想到的事情壓下。

顧清婉聽著外面的人嘰嘰喳喳，慢慢陷入沈睡。身上被火燒過的地方娘都給抹了薄荷膏，沒有那麼刺痛，睡得比較安穩。

一覺醒來，將近巳時，太陽照射進窗子縫隙，特別刺眼。

只是她一頭青絲被毀得像雞窩，她穿好衣裳從屋子裡出去，弟弟在幫忙收拾院子。

「姊姊，怎麼不多睡會兒？」顧清言停下手中的動作，回頭看向她。

她搖搖頭走過去。「我睡好了。」說著，去找木盆洗臉。

顧清言已經把她的牙刷和粗鹽準備好，擔憂地問道：「娘說妳背上一片紅紅的，還有溢血的情況，現在可好些了？」

「不疼了，你又不是不知道我的恢復能力。」她一邊洗臉一邊回道。

雖然知道，顧清言仍然心疼，只要一想到姊姊在那樣的火焰中熬下來，他的心裡就很難過，再看到姊姊本來又黑又長的頭髮，此刻……

「你別用這樣的眼神看我，我真的沒事，爹呢？」顧清婉看了弟弟一眼，從起床到現在都沒有看到爹，只有娘在後院忙著，遂開口問道。

「爹說去貴叔家一趟。」顧清言收回目光，將碗碟都放進專門洗菜、洗碗的木盆裡，昨晚姊姊撥房頂的時候，灑下不少灰塵在裡面。

洗漱完，顧清婉拿起篦子梳頭，覺得特別難梳，她才知道自己頭髮如今有多糟糕。準備打水洗頭，水缸裡卻一滴水也沒有，弟弟的聲音也隨之響起。「沒有水了，水昨晚都用完了，今兒一早用的水是蓮嬸給我們提來的。」

「那我去挑水。」顧清婉頂著個雞窩頭去找水桶和扁擔。

「姊姊妳不會就這樣去挑水吧？」顧清言看著姊姊的頭髮，又心疼又難過，還有兩分想笑。

「沒事，村子裡忙的時候，很多婦女都不會梳頭就去幹活。」

顧清言有些無奈地嘆了口氣，實在是古代的髮型太過講究，紮起來繁瑣。他拉過姊姊坐在板凳上。「我給妳紮，一下就好。」說著不給姊姊說話機會，用手指梳理姊姊亂糟糟的髮絲。

「你什麼時候學會梳頭了？」顧清婉好笑不已。

「妳別動就行了。」顧清言表情極認真，將姊姊的頭髮全部收攏在頭頂，紮了一個丸子頭。

顧清婉臉上帶著淺淺的笑容，任由弟弟在她頭上搗鼓。

「昨晚妳去追那賊人，可看清是誰？」頭頂上方，弟弟的聲音響起。

她輕輕搖頭。「沒有。」

顧清言皺起眉，難道就讓那賊子這樣逃了？念頭未落，顧清婉又道：「不過，那賊人的腿上挨了我兩下石子，定受了不輕的傷，至少十天半個月走路都會有些困難。」

「就是不知道這賊人是本村人還是外村的人？」顧清言說著，已經把髮帶綁好，一個簡單的丸子頭便出來了。

抬手摸了摸頭髮，顧清婉走到木盆邊用水一照，看到整個人清清爽爽，清澈的眼睛一亮，朝弟弟豎起大拇指，才回道：「應該是村人。」

「村子裡？何以見得？」見姊姊滿意，顧清言笑了笑，隨後挑眉問道。

「因為他的背影有些熟悉，應該是村人，只是我現在想不起來。」顧清婉凝眉說著，去挑起水桶，對弟弟道：「你去找李翔，他和村子裡的娃娃們關係都好，你讓他注意一下，村子裡最近誰的右腿走路不正常。」

說完，她挑著水桶朝外走。

顧清言聞言，去找了李翔幫忙。顧家姊弟的事，李翔都會義不容辭去做，等顧清言一走，他便去找村子裡的那些小伙伴。

顧清言回到家，顧父正好回來，手裡拿著一根竹筒，竹筒用玉米芯塞著，裡面應該是有什麼東西。

「你姊姊呢？」顧父問道。

「姊姊挑水去了。」顧清言說著，將出門前泡的碗筷都清洗出來。

「這是我從你貴叔那兒弄的蘆薈水，等她回來，讓她用這個洗頭。」顧父說著，就去後院幫忙。

顧清言應一聲，把竹筒重新找了個地方鄭重放起來。

顧家灶房現在不能用了，顧母在後院搭了一個灶頭，開始蒸飯。

「他答應了嗎？」聽到腳步聲，顧母回頭看了顧父一眼問道。

「答應了，說等他家的飯糰捏完就過來蓋。」顧父說著，走過去幫忙擇菜。

「當家的，你說我們要不要趁此機會，把幾間房頂翻新一下？」顧母用商量的語氣道。

「也好。」顧父沈吟半晌點點頭。「就算孩子倆開了飯館，他們不回來住，我們也得住，翻新一下住上幾年，也不用再累一次。」

「我就是這麼想。」顧母笑道。

夫妻倆又計劃了一番，前院突然吵雜起來，顧父看了顧母一眼，連忙朝外走去，顧母也跟出去。

院子裡此刻有好幾個人，都是牛二嬸家的幾個兒子和媳婦，還有牛二嬸的老伴李全。

「愷之、月娘，快來給你二嬸看看！」看到夫妻倆，六十多歲的李全眼淚都快急出來了，此刻因為焦心，臉上的皺紋更深了幾分。

「這是怎麼了?」顧父、顧母連忙跑過去,看向門板上的牛二嬸,前兩天不是都還精神抖擻的嗎?怎麼今兒就成這樣子了?

牛二嬸露在外面的皮膚全部變成青紫色,直翻白眼,嘴裡不停冒白沫,不用說也知道是中毒。

「你二嬸一早又去割草,去了上次被蛇咬的地方。她看到她割掉的那塊肉腫得如拳頭大,一時好奇,便用鐮刀把那塊肉弄破,那塊肉裡冒出一股煙,她正好吸進鼻子,就變成這樣了。」李全擦著紅紅的眼睛,一邊說道。

「愷之,你快救人!」李大才見顧父不動,急忙開口。

「李叔,不是我不救人,實在是我無能為力,家裡的藥材和銀針都被昨晚的火給毀掉了,現在你們趕緊把人抬去鎮上,或許還來得及。」顧父凝眉道。

李家人也看到東屋被毀得一塌糊塗,知道說再多也沒用,抬著牛二嬸便離開顧家。

「爹,那人恐怕撐不到鎮上了。」顧清言這時開口,顧母趕忙扯了他一下,讓他別說這種不吉利的話,讓李家人聽到可不好。

「這或許就是劫數。」顧父嘆了口氣,看了一眼他收拾好的那幾根銀針,全部被昨晚的大火給熔成一塊。

顧清婉挑著水回來,一進門便看到一家人都站在一塊兒,每個人臉色都不是很好,不由擔憂地問道:「怎麼了?又出什麼事了嗎?」

顧母本來就不喜歡說人長短,看了一眼女兒的髮式,動了動嘴皮子,沒說出一個字,最後無奈地嘆口氣。「我去做飯。」說著朝後院走去。

顧父也沒說什麼，跟著去了後院。

顧清婉放下水桶，顧清言伸手準備幫忙倒水，被她搶先一步，把水桶裡的水都倒進水缸。「力氣活我自己來。」

「姊姊，牛奶奶恐怕不行了。」顧清言壓低聲音說著，把剛才李家抬著牛二嬸來的事說了一遍。

顧清婉聽完，面無表情，擔起水桶繼續挑水，或許真如她爹說的，這是牛奶奶的劫數，偏逢她家東屋藥材毀盡才出這種事。

果然，到了午時，便聽到李全家響起喪砲聲。

顧家人正在吃飯，聽到這聲音都不好受，吃完飯，顧母和顧父去幫忙。

顧清婉正在收拾碗筷，門口來了一個十七、八歲的男子，他朝顧家院子裡探頭探腦，顧清言看到他，問道：「你找誰？」

「我叫小安，是夏家的下人，夏大管家讓小的來請顧姑娘去夏家一趟。」小安滿臉笑容，恭敬地說道。

「哦，你先進來坐會兒，我去叫我姊姊。」顧清言一聽，就知道銀子快要進口袋了，高興地引著小安進門，並去後院喊顧清婉。

顧清婉聽到這話，亦很高興，收拾完，便進屋換一身衣裳，梳理頭髮。有了顧父找來的蘆薈水，洗過之後，頭髮已經沒有早上那般毛糙，順滑了不少。

同樣將頭髮梳成垂鬟分髾髻，只是少了些什麼，顧清婉看著長短不一的頭髮，嘆了口氣，戴上冪䍦出門，弟弟已經揹上背簍和小安說話，看樣子是準備跟著一起去。

她沒說什麼，弟弟很少出門，讓他跟著去轉轉也好。

把門鎖好，讓弟弟和小安先走，她去李全家送鑰匙。

此刻的李全家裡，來了不少幫忙的人，李家的人都已經換上孝服，眼睛都是紅紅的，顧清婉在心裡嘆了口氣，撥開人群找她爹娘的影子。

「這麼算下來，曹心娥嫁人那日和牛二嬸下葬是同一天嘍？真是不吉利。」

「本來曹心娥嫁給李大蠻子，就不是什麼好事，有什麼吉利不吉利的。」

「哈哈，一個不要臉的女人而已，害得我這些日子睡不好、吃不好。」

「那倒是，誰叫妳當家的長得好，怕她惦記也是難免的。」

一群婆娘圍在一起嘰嘰喳喳說著，這些話都進了顧清婉的耳裡，曹心娥的事情，不是她該關心的。

在一堆人裡找到擇菜的顧母，顧清婉附耳與娘說了幾句，便把鑰匙交給娘才離開。

等顧清婉一走，和她娘一起擇菜的婆娘們都說小婉長得越來越標緻，問顧母有沒有想好把她嫁到哪裡的話，顧母只是笑著搪塞過去。

顧清婉的腳程想要追上弟弟和小安，很快便能追上。

到了夏家，顧清婉以為只會見到夏大管家，沒想到還有米鋪東家夏祁軒。

不過也是，離她寄放老虎已經將近半月，夏祁軒回來也是理所當然的。

「顧姑娘，顧少爺。」夏祁軒坐在輪椅中，禮貌地打招呼，聲音溫和。
「見過夏東家。」顧清婉從來沒和有身分的人說過話，還是有些拘束。
顧清言表現得比較淡定，雖然夏祁軒在他印象中還不錯，但他知道，夏祁軒不是他要交往的人。
「小婉。」夏海笑著開口，看到顧清婉，就像看到孫女一般喜愛。
「海伯。」顧清婉也笑著喊道，隨後扯了扯弟弟的袖子，顧清言也開口喊了一聲。
夏祁軒看到海伯這麼喜歡顧清婉，星眸裡波光瀲灩，臉上帶著溫文爾雅的笑容，沒有說什麼。
夏海推著夏祁軒，招呼姊弟倆進門。
夏府是標準的三進院子，這樣的院子在船山鎮已經算是頂好，從正門進入是刻畫著仙鶴松柏的影壁。走過前院，穿過垂花門便是正院，正院兩旁栽種著花花草草，之後才是正廳。
姊弟倆被招呼進了正廳，小廝上了茶水。顧清婉輕輕抿了一口茶水，放下茶杯，才看向夏海。「海伯，買家什麼時候會來？」
「顧姑娘，難道我就不能成為買家？」夏祁軒接過話去，笑道。
冪羅中的小臉微微露出驚訝之色，隨後恢復正常。「沒想到夏東家會喜歡老虎。」
夏祁軒笑道：「其實要這兩頭老虎的人多了去，是我讓海伯留到我回來，讓顧姑娘等這麼多天，真是過意不去。」
「夏東家哪裡話，您不嫌我把兩頭老虎放在府上吃喝，我已經很感激了，您再說這話，不是讓我無地自容？」顧清婉有些不好意思，兩頭老虎的食量驚人，只有夏家這樣的人家才養得起。

起初她想的是賣了銀子，把一頭老虎的銀子全給夏家，才由著老虎一直在夏家生活下來的。

「顧姑娘，一頭老虎的價錢，我給妳二百兩可好？」夏祁軒認真地看向顧清婉，這個價錢在鎮上是公道的。

顧清婉和顧清言都沒想到一頭老虎能賣這麼多銀子，震驚得說不出話來。

夏祁軒以為顧清婉是嫌銀子少，正要開口加一些，便聽顧清婉道：「會不會太多了？」

顧清婉的天真讓夏祁軒和夏海都笑起來，夏祁軒笑道：「顧姑娘放心，我給妳的價錢不高也不低，妳心中不需要有什麼負擔。」

顧清婉點點頭，但還是覺得一頭老虎二百兩真的好多。

夏海出去，半晌後，拿著一盒銀子還有兩張銀票進來，走到顧清婉旁邊，放在桌上。

「小婉，妳點點。」

顧清婉點點頭，拿起兩張銀票一看，銀票是一張一百兩的，盒子裡有十九個銀元寶，還有十兩碎銀，頓時驚訝得說不出話來。「海伯，銀子太多了，這些您拿回去。」說著，把二百兩銀票退還給夏海。

「小婉，妳這是做什麼？」夏海凝眉問道。

「我不是說過賣了老虎後你們抽兩成的嗎？再說，這些日子你們一直養著老虎，我不能收這麼多。」顧清婉將銀票推到夏海的手裡，只準備要那些銀子。

「顧姑娘，這些銀子是妳該得的，妳理應收下。」夏祁軒開口道：「就算按照妳說的抽取兩成，也不過是八十兩。老虎留下這麼久沒賣，不是賣不了，而是我放了話，讓海伯留著，這點與妳無關。給妳銀子的時候，我就已經把抽成算進去了。所以妳不要推辭，安心收下便是。」

「姊姊，既然夏東家都這麼說了，我們收下便是。」顧清言低聲在顧清婉的耳邊說道。

「好，那就謝謝夏東家了。」顧清婉說著把銀票揣進懷中，銀子放進背簍裡。

夏祁軒笑著點點頭，隨後道：「顧姑娘和顧少爺若是家中無事，可留下吃頓便飯，我還有事處理，讓海伯陪著你們。」

「夏東家請便。」顧清婉笑著回道。

隨後，夏祁軒在顧清婉姊弟倆的目送下，轉動輪椅離開了客廳。

「海伯，我們姊弟該告辭了，就不叨擾了。」顧清婉知道生意人都忙，她能看得出海伯操持整個夏家，事情很多。

「以後再有什麼野味，都拿來夏家，公子和我都愛這口。」夏海也沒說挽留的話語，笑著送姊弟倆出門。

「好。」顧清婉點點頭，兩人朝外走去。

送走了顧家姊弟倆，夏海走去書房，向夏祁軒稟報一聲。

夏祁軒正在伏案書寫，聽到夏海的腳步聲，抬頭看了他一眼，又低頭繼續寫著。「走了嗎？」

夏海點點頭，隨後走向夏祁軒。「公子，您什麼時候行動？」

「過上些時日。」夏祁軒淡淡道。

「公子，只剩下最後一個這名字的人，若再不是他，我們是不是又得轉移他地？」夏海這些日子以來，已漸漸喜歡上這塊山明水秀的地方。

「這也是沒辦法的事。」夏祁軒嘆了口氣，放下毫筆，接過夏海遞來的茶水輕啜一口。

夏海不想離開這地方，但公子去哪裡他就得去哪裡，只是突然間腦子裡有了想法，那就是給公子找個此地的媳婦，念頭一起，便浮現出顧清婉的身影。

想到此，他試探地問道：「公子覺得小婉如何？」

夏祁軒沒想到夏海會突然莫名問起這話題，但還是陷入沈思，想到幾次遇到顧清婉的情景，開口道：「是個奇特的女子。」

此話一落，夏海臉上的皺紋因笑容的關係，形成一朵開在陽光下明媚的花，能得到公子這樣的評價，說明顧清婉在他心裡是有影子的人。

——未完，待續，請看文創風629《愛妻請賜罪》2

愛在春夏燦爛時 2018 週年慶

莫顏

四大護法再度登場——

幽默風趣，摻點刺激，愛情冒險進行中！

橘子說 1260 :: 5/22出版 ::

《護花保鑣》【四大護法之二】

週年慶限定
75折
簽名書不限量

鷹護法巫姜這輩子沒吃過牢飯，但為了湊銀子，

她不得不頂著女淫魔的名號混入獄中。

不苟言笑的她，將東西交給另一位更加不苟言笑的朝廷欽犯。

「靳子花，有人託我把東西交給你。」

男人冷銳的墨眸閃著危險的刺芒。「本將軍不叫靳子花。」

巫姜愣住，瞇起的目光閃著隱怒。「你不是靳子花？那你是誰？」

男人冷森森地回答。「本將軍叫花子靳。」

巫姜狐疑地拿出字條確認，恍悟的切了一聲——

原來這字是要從左邊唸過來啊！

豹護法巫澈也為了湊銀子，不得不將就去當芙蓉這丫頭的保鑣。

「我看上的不是妳，是銀子。」他雙臂橫胸，一副不屑女色的模樣。

芙蓉客氣地應付。「我明白，一文錢逼死英雄漢嘛，委屈您了。」

巫澈嗤笑。「傻丫頭沒見識，一文錢哪能逼死人？一萬兩還差不多！」

芙蓉抖了抖嘴角。秀才遇到兵，有理講不清，她忍！

愛在春夏燦爛時 2018 週年慶

橘子說 1261 :: 5/22出版 ::

《重婚生活有點甜》

週年慶限定
75折
簽名書不限量

初次見到他，她遠遠地看著，羨慕他有一個可愛的兒子，
第二次見面，他在滂沱大雨中為傷痛的她撐起一把傘，
之後再相見，她竟然奪舍重生，成了他的妻！
看著他與兒子的親密互動，父子間一派和樂融融，
程雨告訴自己，無論如何都要留住這樣的幸福，
即使這一切，本不屬於她……
從醫院帶回離家出走卻意外因車禍受傷的妻子，
杜凌雲發現她不僅失去了記憶，似乎也變了一個人！
從前，她對自己這個丈夫冷淡，對兒子更是疏離，
如今她溫柔體貼，和他共同重建了一個溫暖的家。
從貌合神離到夫唱婦隨，他們都在學習，
唯有相互寵愛、彼此包容，婚姻才能維繫長久，
點點滴滴的甜，都是源自於最真誠的心……

季可薔

睽違許久，新作問世！
放閃撒糖樣樣來～～

旺來說

書太多，不知道要看什麼？
來來來，搜羅各方讀者意見，
推薦幾套有笑又有淚！

單本

單本

小叮嚀——

(1) 請於訂購後**兩日內**完成付款，最後訂購於**2018/5/8前**完成付款才算有效訂單喔！
(2) 首賣不限量簽名書採預購方式，會等到新書出版當天再依序寄出。
(3) 活動期間親自至本社購買亦享有相同折扣，請先電話聯絡確認欲購書籍，以方便備書。
(4) 購書滿千元(含)以上免郵資。未滿千元部分：
郵資65元(2本以下郵資50元)／超商取貨70元，限7本以內／宅配100元。
(5) 特賣書籍因出書時間較久，雖經擦拭、整理，仍有褪色或整飾痕跡，故難免不如新書亮麗。
除缺頁、倒裝外無法換書，因實在無書可換，但一定會優先提供書況較良好的書給大家。
若有個人原因需要換書，需自付來回郵資。
(6) 各書籍庫存不一，若遇缺書情形可選擇換書或退款。
(7) 歡迎海外讀者參與(郵資另計)，請上網訂購或是mail至love小姐信箱(love@doghouse.com.tw)詢問相關訊息。

狗屋．果樹有權修改優惠活動的實施權益及辦法。

歲月靜好 良夫無雙／沐顏

2018年4月出版

愛妻請賜罪

都說了今生不嫁給讀書人，
這傢伙還硬是要來挑戰，
既然這麼不知死活，就別怪她不客氣了～～

文創風 628 1

顧清婉才剛要及笄，父親就遭人陷害，冤死獄中，
就連母親、弟弟也先後過世，從此家破人亡，
偏偏失了依靠的她，成親後竟又遇人不淑——
好不容易夫君狀元及第，這薄情郎卻對她痛下毒手，一屍兩命！
所幸上天終於公平一回，竟讓她回到一切噩夢都未發生之前，
既然重活一世，就不要再扛著掃把星的名聲過日子，
哪怕她只是一介無錢無勢的弱女子，也要神擋殺神、佛擋滅佛，
無論是誰都不能阻擋她一家平安活下去的心願！

文創風 629 2

許是上蒼保佑，爹爹被誣告醫死人的冤案總算逃過一劫！
如今終於否極泰來，也該為生計做些打算，告別苦日子——
幸好她有兩世累積的好廚藝，偏偏世事難料，
前世那狠毒夫婿竟又找上門，執意求娶她，
加上一干極品親戚敲邊鼓、逼她就範，搞得她一個頭兩個大，
開玩笑，嫁誰都好就是不能嫁給這個殺人兇手啊，
若非嫁不可，那她乾脆嫁給鎮上夏家米鋪的瘸腿東家夏祁軒吧！

文創風 630 3

前世一朝被蛇咬，顧清婉便發誓，今生絕不嫁給讀書人！
這夏家米鋪東家儀表不凡，還大發善心賑濟貧民，人品無可挑剔，
最重要的是，他是個商人，絕非書生，橫看豎看都是最佳夫婿人選！
孰料婚後才發現這夏祁軒根本不如表面上那麼單純——
原來他是京城國公府的名門公子，事出有因才來到這小鄉鎮開米鋪，
無意間得知她的誓言，便隱瞞自己曾經中過狀元，與她成親！
瞧瞧，這款相公實在可惡，分明是在扮豬吃老虎，
如今人證、物證俱在，大膽夫婿該當何罪？!

文創風 631 4 完

隨著飯館的生意蒸蒸日上，顧清婉決定實現重生以來的夢想——
她遇過太多女子身患婦疾卻羞於啟齒，最終反而延誤病情，
若能開設專看婦人病的醫館，定可拯救許多女子的性命！
怎奈醫館才開張，京城裡的陰謀竟擴散開來，連她都遭受波及，
都怪這樁陰謀與前世她爹爹遭人誣陷有關，如今竟又找上門來，
而且夏祁軒之所以受了腿傷、遠離京城，都是因此事而起！
那些朝堂上的權力之爭她才懶得理會，但是惹到她的家人就是找死，
唯有除去心頭大患，才有安生日子過啊！

為流浪貓狗加油 和貓寶貝 狗寶貝

廝守終生(一定要終生喔！)的幸福機會

對人來說，貓寶貝狗寶貝只是生活的一部分，
但妳（你）對牠們來說，卻是生活的全部，領養前請一定要考慮清楚——

▲ 擁有多樣面貌的小少女　尢咕

性　　別：女生
品　　種：米克斯
年　　紀：2歲
個　　性：愛撒嬌，可又愛耍高冷；超愛玩耍，很愛演
特　　徵：粉紅小鼻子、可愛的白色眉毛
健康狀況：1. 已打過預防針。
　　　　　2. 一隻眼睛曾受過傷，已痊癒，但有留傷疤。
目前住所：高雄市

『尢咕』的故事：

在一個下大雨的夜裡，中途的朋友聽見了狗叫聲與幼貓細微的哭聲，於是上前察看，就見全身濕漉漉的尢咕縮在小縫隙裡，還被幾隻狗包圍，且畏怯地發抖著。後來，中途和朋友把牠給救出，並送到中途家裡照料。

本來中途以為，尢咕應該會害怕而不敢從紙箱出來，殊不知才進家門十幾分鐘後，尢咕竟然就大剌剌在家中探險了！之後，中途在和尢咕相處時也發現，尢咕只要碰到水和狗，就會變得很緊張，中途想，可能是因為牠之前有過不愉快的回憶。

尢咕是隻非常乖巧的小貓咪，有時喜歡賣賣萌，有時喜歡耍耍白目，但牠最喜歡做的事就是——在大人講話時喵喵叫！就像是牠也有不少「個貓」意見要表達，忍不住想插嘴一樣。

中途表示，尢咕對陌生人會有戒心，因此需要慢慢與牠培養感情，可是只要肯花時間陪牠玩耍、摸摸牠，讓牠熟悉了以後，就會無時無刻黏在你左右喔！如果您正在尋找乖巧又有趣的貓貓陪伴，歡迎來信ppac5427@gmail.com，或致電0953-688-950（陳小姐）。

認養資格：

1. 認養者須年滿20歲，有穩定經濟能力。
2. 須同意簽認養寵物切結書，並對貓有一定了解。
3. 會對待尢咕不離不棄。

來信請說明：

a. 個人基本資料：姓名、性別、年齡、家庭狀況、職業與經濟來源等。
b. 想認養尢咕的理由。
c. 過去養寵物的經驗，及簡介一下您的飼養環境。
d. 若未來有結婚、懷孕、出國或搬家等計劃，將如何安置尢咕？

文創風 628

愛妻請賜罪 1

國家圖書館出版品預行編目資料

愛妻請賜罪 / 沐顏著. --
初版. -- 臺北市 : 狗屋, 2018.04-
冊 ; 公分. --(文創風)
ISBN 978-986-328-853-4(第1冊:平裝). --

857.7　　　　107002736

著作者	沐顏
編輯	余一霞
校對	黃薇霓　林安祺
發行所	狗屋出版社有限公司
地址	台北市104中山區龍江路71巷15號1樓
電話	02-2776-5889～0
發行字號	局版台業字845號
法律顧問	蕭雄淋律師
總經銷	知遠文化事業有限公司
電話	02-2664-8800
初版	2018年4月
國際書碼	ISBN-13　978-986-328-853-4

本著作物由起點中文網(www.qidian.com)授權出版

定價250元

狗屋劃撥帳號：19001626

網址：love.doghouse.com.tw　E-mail：love@doghouse.com.tw